Praise for *Ma Mum and Willian.*

'*Ma Mum and William Wordsworm* is beautifully and vibrantly written – Erin's voice and engaging personality immediately take up residence in your head. I also loved the vivid way the author captures the everyday details of family life in the late seventies. Ranging in mood from anguished to heart-warming, this novel is a deeply satisfying read with echoes of Anne Donovan, Elissa Soave, Des Dillon and Paul McVeigh. I'm sure it will appeal to people Erin's age and to adults.'

   – *Carol Mackay Author*

'Do not be put off by the Lanarkshire dialect. It is very easy to read. Wish there were room for more quotes.

    "It's like ma brain's made ae water and ither people's talk is a stane skiffin the surface".'

   – *Jo Barcroft*

'This will always be a difficult topic to read, but this was beautifully written with sensitivity and great insight, as well as injecting it throughout with some humour to lighten the heavier sections.

    I loved the whole feeling of this - the dialect, the era and the themes all pulling it together and creating a great nostalgic read which completely hooked me from start to finish.'

   – *@book_aholic_17*

Ma Mum &
William Wordsworth

JULIE KENNEDY

First published in 2013 by FeedARead.com Publishing
Second edition published in 2023 by Howkin Words Press

ISBN: 978-1-3999-8897-1

Publishing services from Lumphanan Press
www.lumphananpress.co.uk

The publisher acknowledges receipt of the Scottish Government's Scots
Language Publication Grant towards this publication.

Scottish Government
Riaghaltas na h-Alba
gov.scot

*This book is dedicated to the memory of
my mum, dad and my brother Brian.*

February

Ah finish rubbin orange lip gloss oan ma cheeks. Then ah climb doon fae the tree. Ah pull ma school skirt up an go towards the back door. In the lobby, ah'm passin ma mammy, she says 'Yi're too young for blusher.'

'Better than bein peely wally.'

'Don't be cheeky. An wipe those leaves off your cardigan.'

Check ma skirt. Dusty bum, no a good look.

'You're coming with me to the doctor's appointment.'

'But mam, it's English first two periods.'

'Erin, I'm not your mam or your maw. Don't use that slang on me. I'm your mother. Now, don't argue. You can go back to bed for an hour if you like, the appointment's not till half ten.'

She's only goin oan aboot slang cos she's Irish, but she'd clout me across the face fir sayin that, so decide it's no the time fir a discussion.

'An what've you done to your tie? Jesus Christ, where's the rest of it? You made me swear.'

The fashion at oor school's tae tuck the lang pairt ae yir tie inside yir shirt, so's only a short, stubby bit shows. Evirybudy his their ties like that except the snobs who hiv big thick knots an lang pairts tae their bellies. 'Ah'm no goin back tae bed wi ma uniform oan. Ah'll go an wake, Anna.'

Lookin in the mirror up the stairs, ah tie back ma hair wi a bobble. Ah've git the colour ae hair fae ma daddy's side ae the faimily, it's broon wi red through it an ma eyes are a light shade ae green that ma best pal Sally says are cats' eyes but real cats' eyes are yellae an mine don't glow in the dark. Folk say ah look like ma mammy, apairt fae the fact her hair is black, but ah don't see it, only that ah've git her mooth an her smile. Eviryone else in the faimily his a pointy chin, mair like oor dad.

Same as pickin aw the chocolate aff a Club biscuit, linin the pieces oan a silver wrapper, so yi can eat the chocolate last, ah wait fir the right moment tae tell oor Anna that ah'm gittin the mornin aff school. The reaction's better than expected; she pure runs doon the stairs gien it:

'How come SHE gits tae stay aff?'

Ah follow her so ah can enjoy it. Ma mammy's at the cooker makin toast fir the three wee wans, hauf watchin the grill, hauf gien us a row.

'Get to school and stop moaning.'

Ah pick up yesterday's *Daily Record* and hiv a wee read while drinkin a luxurious, second cup ae tea. Paul's last up, cannae find his tie. As usual. Ah hid mine the night afore like treasure. Anyway, this isnae the three musketeers, that aw fir wan an wan fir aw crap. It's brilliant bein able tae sicken him, stayin aff school an that but when he leaves an ma mammy goes up the stairs tae git ready, ah'm left masel in the livin room. Don't think ah've evir evir been in the livin room masel. It's funny, cos ah can still imagine the others even though they're no here. An see when ah look above the fireplace at the picture ae The Sacred Heart ae

Jesus, it's lookin in ma direction like a big glass mirror in a supermarket. God is supposed tae be the picture but the God in ma heid his nae face. Sometimes, God's a voice sayin 'dae this an dae that' an ither times God is there listenin tae ma troubles, helpin me sort it aw oot. It's funny, sittin in a room masel, no daein anythin, jist sittin. Ah'm aware ae me as a body an ma thoughts as thoughts but it's weird, as if the faimily's anither body, an ah'm pairt ae it, an withoot them, ah'm no hail. But it's nice admirin the waw paper that ma mammy put up fir Christmas an the skirtin boards an the windae sills that we painted.

Ah finish the homework fir Mrs Kelly. We're daein *The Journey Of The Maji* by T. S Elliot. We've tae write an essay aboot aw the techniques. Conclusion. Ah scribble wan quick. Shuv the jotter in ma bag. Drew says he hates poetry. Oan a hill there stood a dookit, it's no there noo cos sumbudy took it. Tshhh Tshhh Tshhh.

'Ready?'

'Is it yir migraines, mammy?' She sometimes gits sair heids, especially efter workin nightshift at the hospital. Last week an auld man died oan the ward an she didnae git oot her bed aw day.

'It's probably nothing, only I don't have any get up and go. Your daddy's not going to give me peace till I see the doctor. Probably need a blood test. A good tonic.'

Her answer tae evirythin is a tonic, if yi're pale or that. Tonics hiv a busy life pickin people up.

Ah tried tae explain it tae Anna: 'There's gin an tonic that people drink oan the telly wi ice cubes clinkin in a glass but ma mammy's tonics put colour in yir cheeks.'

'That's weird,' she said.

Ootside it's pure dreich an peltin doon wi rain. February's

a miserable time ae the year wi Christmas an New Year over an the summer holidays still ages away; mibbe we'll go tae Ireland oan holiday this year.

'The doctor'll sort me out. Here, take my arm, will you? I feel a bit weak.' Ah've nevir taken ma mammy's airm afore, no tae help her.

'Stop a wee minute. Till I get ma breath.' God sake. She's worse than ma gran.

At the bus stop, this workie guy turns tae her. 'Hiya, gorgeous.'

Don't know where tae look. When will it be ma turn? When will she start bein invisible like evirybudy else's mammy?

At first, she disnae say anythin. Hope this appointment disnae take lang.

'Ah said, hiya gorgeous.' He says it like she's supposed tae say somethin back. S'cuse me fir bein here but whit happened tae her no bein well?

'You need your eyes tested,' she says back. Nae bother wi the breath noo. Tug her airm tae remind her ah'm here.

'Hen, yi're obviously married an yi don't git telt enough.'

She laughs like ah laugh when Drew's gien me aw the patter in Chemistry an auld Eggie Heid isnae lookin. Mibbe fir ma daddy's sake it's a good job ah'm here. It's always the same. Even ma History teacher Mr Rooney fancies ma mammy. Ah think Drew's got a thing fir her as well.

Thank God the number twenty-five bus arrives cos it's muscle man's bus. He winks at her afore he gits oan, his builder's bum showin at the top ae his troosers. White Y's. Ah mean really.

'Don't mention that to your daddy. It's jist a bit of fun.' But this is good cos noo she owes me.

'Mum?'

'Whit?'

'See at the parent's night next week, gonnae wear yir fawn raincoat wi the big buckle?'

'But what if it's not rainin?'

'It's whit the ither mums wear. Yi really suit it.'

Ah know they must *dae* it, itherwise there widnae be us. Sometimes, oan Seturday mornins, yi cannae git intae their room cos they must push the sideboard against the door. Cannae sit in the livin room, knowin they're at it. Yi hiv tae put the telly up dead loud or git oot the hoose. Yi shouldnae need tae put up wi that in yir ain hoose.

Mibbe ma mammy's havin anither wean. That's why she's tired. A bun in the oven, Drew calls it. Last time wi oor Lizzie, ah guessed cos her chest got dead big. We were daein the gairden an she must hiv seen me lookin cos she telt me that night that she wis expectin. But she always says anither wan won't make any difference. That's anither person tae fight wi fir any attention, anither bed tae squeeze intae wan ae oor rooms. It's dead nice though, at the start: the smell ae talcum powder, softness ae white nappies, the fresh skin ae the baby an its dead cute smiles. Durin the bus journey aw plan where ah'll take the new wean fir a walk. There's the park wi aw the swings, an when it's later at night, ah can go aroond the streeets.

Aff the bus, she leans intae me as if she might lose her balance an in ma heid ah can see her fawin an me no bein able tae stop her, baith ae us hittin the grun at the same time like a bad dream when yi're fawin aff a cliff an yi watch yersel puttin a foot over the edge.

She says: 'Now hold on to me again. Won't be long now.'

Above her top lip, the red lipstick's smudged.

In the waitin room at the doctor's, there's a picture ae a body oan the waw. Yi can see aw the pairts: liver, lungs an heart, red lines fir blood vessels. The intestines are like a lang pink rope, aw curled an twisted. We don't speak. She's in anither wurld but no in her dirty look way, as though yi're the cause ae eviry misery she evir had but in an anxious way as if she's worried aboot somethin that we didnae cause. It's nice bein here, wi her oan ma ain, only ah wish this bit wis over quickly noo an we could go fir a coffee. Coffee is nice, such a treat. A green light comes oan above the reception desk.

'Eve McLaughlin,' the wumman behind the desk says, a bit like a teacher callin the register.

'Erin McLaughlin.'

'Here, Miss.'

'What?'

'Present, Miss.'

'Be good,' ma mammy says as if there wis any scope fir bein bad.

At the door the doctor shakes ma mammy's haun: 'It's yersel, Eve. Still nursing?'

'Two nights a week, that's enough with all the weans,' ma mammy says, then they disappear inside the room.

Ah'm thinkin how mum brightened up when she spoke tae the doctor an that she must be feelin better when Mrs Simmons fae Ritchie Road appears through the swing doors.

'Hiya hen. Whit yi in here fir?'

'Ah'm waitin fir ma mammy. She's in wi the doctor.'

'Is she, hen? Whit's up wi her?'

'A heidache.' She nods but disnae say 'Aye, nae wunder wi youse lot.' But ah can see by her face she thinks it.

'Och well. Tell her ah wis askin fir her. Will yi, hen?'

'Aye, Mrs Simmons.'

She hovers fir a wee while, looks towards the doctor's closed door.

'See yi, hen.'

The *Scots Magazine* oan the table his a picture ae a mountain an a stag at the top. Inside, there's nuthin aboot pop music, only cures fir arthritis an findin yir faimily tartan. There's ither people come in, sit behind me. Efter a while, the door ae the doctor's room opens an mum comes oot.

'Whit did the doctor say?' She disnae answer until we pass the desk an aw the ither people cannae hear.

'Said I probably need that tonic, right enough. I told you, didn't I? He took a blood test. You know, I feel better already. I'm desperate for a coffee. Let's go.'

Ah'd like tae go back tae school noo an see ma pals but the coffee wid be nice.

Ah don't tell her aboot Mrs Simmons in case she worries evirybody knows her business.

In the wee Italian café, next door tae the Co-op, the wumman who serves us his jet black hair same as Maria in the chip shop where ah hiv ma Seturday job.

'How yi daein?' she says tae ma mammy, wipin the table.

'Fine, Marcella. I'm fine. This is ma eldest.'

'Aye, right enough. She's yir double.' There's a picture ae green hills, lookin doon tae a blue sea an wee white hooses oan hillsides that look like they might slide intae the water.

'Whit'll yi hiv. Usual?'

'A milky coffee, Marcella. And Erin, what'll you have?'

'Irn Bru, please.'

Marcella brings the milky coffee first. Lovely an creamy lookin. If ah'm auld enough tae haud mum's airm then ah can hiv coffee as well. A perk ae bein fifteen. 'Can ah hiv coffee?'

'Course you can.'

When mine dis come there's a skin oan the surface ae hers cos she waited fir me.

'The Pope's hat,' she says, liftin the skin expertly wi a tea spoon. Well, the Pope's heid must be roastin cos the coffee's steamin hot. Ah drink mine quick cos ah don't want a pope's hat oan ma chin.

'Mammy?'

Funny how ah'm always readin her face, workin oot her moods an whether ah should duck cos there's a slap comin or whether she's in a happy, singin in the kitchen, mood.

'See that paintin oan the waw? Where is that place?'

'Don't know. We'll ask Marcella.'

Marcella brings two tea cakes oan a wee plate.

Mum asks: 'Where is that place in the picture?'

Marcella claps her hauns and puts them tae her chest but smiles like she's got a pleasant kind ae pain.

'That Barga. Where I an Luigi come fae. Beautiful. Sunshine. Sunshine eviry day.'

'Yi must miss it.'

'Aye. Miss it sore but go ma holidays there at the Fair. Lookin forwards.'

She goes tae serve sumbudy else, leavin us wi the tea cakes an thoughts ae Barga where it's sunny aw the time. Ma mammy disnae speak.

'It's like Ireland, isn't it? In the picture. Green, an the hills are like Kerry?'

'I was thinking that.'

Ah don't say that maist holidays involve us starin oot the windae at the rain. That wid waste the feelin that Marcella an baith ae us share a memory ae a warm, green place. Ah'm always homesick fir ma faimily an the countryside in Ireland fir a few weeks efter the holiday, especially ma cousins, but once we go back tae school, it's as if they nevir existed.

Ah play wi the paper fae the tea cake, tryin tae think ae somethin tae say.

'You like school don't you?'

'Ah like sum things.'

'Did you know I was best in my class at the Irish, when I was at school? I must show you my certificates. Remind me.'

She's telt me that afore. Bein at the doctor his made her mair talkative. It's nice. Wunder whit's happenin at school.

'Ah can count tae ten in Irish: an, doch, tri ...'

'My, you're a smart girl,' she says lookin away fae me tae the paintin.

Ah forgot mum disnae like it when yi show aff but don't know whit else tae say when she's brought the subject up.

'What else are you doin at the school?'

'Well, ah telt yi ah'm missin English the day.'

'Is that Mrs Kelly still your teacher?'

'Aye.'

'Is she the History teacher as well?'

'Naw, she's jist the English teacher.'

But ma mammy's right. Mrs Kelly is always talking aboot local history even though she's an English teacher. She took us tae The Mitchell Library. There wis stuff there ye couldnae git in oor library. Mrs Kelly said the study ae history wis the study ae past peoples. Oor mum isnae interested in local history.

She said: 'You should be studyin Irish history, that's your history.'

But we live in Scotland an Ireland wisnae the project. It wisnae local; local's where yi live.

'Yi're Scottish, hen. Don't listen tae yir mammy. That's yir history,' ma dad said, lookin up fae the *Daily Record*.

Ah jist wished they'd make up their minds.

'Take aw the time yi need, hen,' the wumman in the Mitchell Library said.

The library wis dead big. The wumman behind the desk gied me a book aboot Lanarkshire. Ah looked up oor scheme; at wan time it wis a wee village wi flax in its fields. The pits started then the Irish an Polish came lookin fir work. There wis this photo ae a man, a wumman an six weans staunin ootside a hoose shaped like a bee hive, nae windaes. Mr Twaddle, the History teacher, says people where we live still live in caves. Ma mammy said Mr Twaddle widnae kmow his erse fae his elbow an no tae mind him.

The night efter the visit tae the library ah wis staunin oan the step at the front door looking at the steelworks.

'What yi doin standin in the pitch black? Come in. You'll catch your death.'

'That's what history's for,' said Mrs Kelly, 'to put you in touch with the past.'

Ma mammy says she disnae believe in the past; she says it's depressin. So, ah don't mention Mrs Kelly, again; ah sip ma coffee an say nuthin.

'Well, let me see what you're doing.'

'Wan ae ma jotters?'

'What else, if you have them.'

Ah show her the paper wi The Coming Of The Maji. She reads the words intae herself.

'He's a fierce way of putting a thing about the weather.'

'What dae yi mean?'

'A cold coming we had of it. I like that.'

She goes quiet readin the rest then she says: 'Oh, it's about the baby Jesus.'

'An The Three Wise Men.'

Ah want tae say an ma daddy is wan ae the six hauns at the door dicin. But she's in a funny mood. Then she gies the book back.

'I'll read it later. Do you need me to help you with your homework?'

Mibee ma daddy wid hiv been a camel man. He likes horses so he probably wid.

'Naw.'

'What?'

'No...'

'Okay, I'm tired anyway. Let's sit for a while before we get the bus.'

There's so much tae look forward tae. Mrs Kelly's class. Drew. Whit's Sally been up tae the day? When ma bus comes, an she stays at the bus-stop, ah feel lighter gettin oan.

* * *

When wir aw sittin in front ae the telly havin oor dinner, there's a chap at the door.

'Erin, answer that,' ma daddy shouts fae the chair.

At the door there's man wi a briefcase, wearin a suit. At first ah think it's wan ae the Mormons who're always comin tae the door an tryin tae convert us. But ah recognise this man. It's the doctor ma mammy went tae see earlier.

'Can I speak to your mother?'

Mum his already appeared fae the livin-room.

'Oh, Doctor, come in. Erin, let the man past.'

'Can I speak to you, in private?'

Only problem is we've no spare rooms so he'll need tae speak tae her in the lobby.

'Erin, go and get your father.'

When ma dad appears, ah try tae sneak away but the doctor says: 'I'm sorry to arrive unannounced like this.'

'It's okay, Doctor. But what is it?' Mum says.

'Your tests came back and they're showing something wrong. I wanted to tell you right away.'

'But what are they showing?'

'You're blood cell count isn't right. It might be nothing but I want to send you for tests. It's routine in these cases.'

Jist then mum catches my eye.

'Erin, go and make the doctor a cup of tea and use the good cups.'

The good cups are the wans fae their weddin china set in the livin-room. Oan the couch is ma mammy's writin pad's called 'Blue Wave.' The paper's blue wi deep blue spaces between faint grey lines an the letters need tae be dead big tae touch the top an bottom; it's funny cos the sea separates us fae Ireland an it's blue as well an the blue paper carries oor news tae Gran an the rest ae the faimily.

When ah go back tae the lobby an gie him his tea, the doctor says tae ma mammy: 'They'll look after you in the hospital. You're one of their own.'

'Thanks, Doctor, for coming at this hour and ye won't have had your dinner.'

'Don't worry about me,' he says. He looks tired and a bit worried but naebudy mentions it.

'And, Joe, here's a thirteen-week line so you can sign off your work.'

Mum takes the medical line that he's already written oot.

When the doctor leaves, mum switches aff the telly an the hoose goes mair quiet wi nae pictures tae look at. Too early fir this kind ae quiet till the ice-cream van jingle arrives in the street.

Simmit says: 'Can we git a cone?'

'Away an give me peace, Simmit. There'll be no ice cream the night. Erin and Anna get the dishes done. The rest of you get your school things ready for the mornin. You heard the doctor; I'll not be here when you get up.'

'How come?' Simmit, ma brother, asks.

'I've to go for more tests to the hospital.'

Ma daddy says, quietly: 'Why didn't yi go, earlier, when ah telt yi?'

'It's probably nothing,' she says tae him. 'The doctor told me it's routine.'

They won't fight if she's goin intae hospital. They definitely won't fight.

Ah go intae the kitchen an think aboot climbin the tree tae git a bit ae peace when oor Paul appears at the back door wi his binoculars. He's no hud them oot the box fir years. 'Yi'll git a slaggin if any ae yir pals see yi,' ah say, hopin tae git rid ae him.

He ignores me, lifts the glasses tae his eyes an starts lookin oot in the direction ae the neighbour's gooseberry bushes. From that direction there's a sound like a squeaky bike wheel. Ah cannae see anythin.

'Honestly, Paul. The neighbours'll report yi fir bein a peepin Tom.'

'A twitcher yi mean? Now, shhh. Yi'll frighten it away.'

A wee grey bird flies oot ae the bushes, hovers a bit then heids aff across the tops ae hooses.

'Swift,' he says like it's a miracle that there is such a bird in Scotland. Ah'd understaun it if it wis the exotic birds he showed me in wan ae his library books.

'That's if yi're interested,' he says gien me a wee dunt oan ma shoulder when he walks past me back intae the hoose.

It starts tae rain, drizzlin at first then really teemin. One minute it's dry then this. Oan the grass a leaf moves gien me a fright. Ah end up throwin the tea towel doon the stairs. But when ah look again, it's no a leaf but a green frog hoppin over the grass. Better git that tea towel or ma mammy'll kill me.

* * *

Later that night, ah cannae sleep so ah go doon the stairs an she's sittin oan the couch, readin. Ah catch sight ae the black an red cover of the book she consults when anybudy his any symptoms: *DOCTOR BLACK'S MEDICAL ENCYCLOPEDIA*. When she sees me, she turns the book over an places it oan the couch near her.

'You should be in bed. Can you not sleep?'

'Naw. Dae yi want me tae make yi a cup ae tea?'

'I'm alright. The uniforms are there for the mornin.'

'Ah could hiv helped yi. Are yi sure yi don't want anythin?'

'No, I'm away to bed. Put the lights out after me.'

She gits up an puts her haun oan ma shoulder. Ah hiv tae try hard no tae pull away but ah cannae help it.

'What's up? I'm not going to hit you? Why are you so nervous all the time?'

'Ah don't know.'

'You're a good, lassie, Erin. I nevir tell you that enough.'

Ah don't know whit tae say so ah look away.

'Mind put oot the light on your way up,' she says.

When ah can hear her in the bedroom upstairs ah open the book an read oot loud: 'Until the middle of the eighteenth century people believed children were formed by semen and menstrual blood connecting. Semen carried the shape of the child. Emotional states such as melancholia were attributed to blood conditions, for example The Black Bile.'

The hail chapter is aboot blood. Ah mind a film wi a famous actress an she wis puttin leeches on this man cos he hud somethin wrang wi his blood: *The African Queen*. Ah make a mental note tae find oot mair aboot the film an whit happens in case ah can git clues there.

Ah put oot the light an creep up the stairs. When ah close ma eyes ah try not tae think ae cockroaches bein used as a cure fir a disease. Fae ma mammy an daddy's room ah can hear them baith snorin; it's the nicest sound ah've evir heard.

lost oan a mountain

The next day durin Geography, Mr McKenna says the quarter ae tongue oor mums buy fae the Co-op is made ae ox's tongue. When yi git it fae the Co-op it's flat as if the tongue's been ironed, bits ae jelly in between an served up oan a piece ae greaseproof paper, no a moooo comin fae it then. Ah'm still goin hame at lunchtime even though ma mammy's away fir her tests. She'll be back the morra an we can git back tae normal. She said she'd leave me the key ae the door wi Agnes an there'll be somethin on the work top fir me tae eat.

Aw the way tae the bus-stop ah can feel ma tongue inside ma mooth, wunderin whit's fir lunch. Wunder whit else dae we eat, that's actually disgustin? Ah hope Mr McKenna disnae tell us aboot sausage rolls the morra, cos ah'll die if there's a terrible history tae them.

Evirybudy else is at school dinners. Ah don't like school dinners even though we're Free Dinners. Ma mammy says it's okay fir me tae come hame at dinnertime eviry day fir company fir her but no the rest cos that wid be too much. Aw big families are Free Dinners. Wan nutritious meal ae the day. Mix that wi the smoke inhaled fae the smoker's corner an that's a three-course meal.

In a dream aboot ox tongues, ah forget tae git the key fae Agnes, oor neighbour. Ah'm aboot tae turn roond an go back doon the path when ah look up an see oor front door open. Agnes must be makin ma tea. But in the livin room, it's ma daddy sittin in front ae the gas fire. He looks up an then looks away.

'Whit is it, dad?'

'Yir mother's been taken tae the big hospital in Glasgow.'

'Whit ir yi talkin aboot?'

'Yir mammy. Don't make me say it again. Ir yi no listenin? Yi'll need tae stay aff school the day anyway, right? The doctors want tae speak tae me this efternoon. Ah'll need tae git a bus, it'll take aw day but. Ah mean somebudy his tae be here fir the wans comin in fae the wee school. Yi're the Wumman ae the Hoose the day, right?'

Ma mammy'll kill him fir sayin ah'm Wumman ae the Hoose cos she's still Wumman ae the Hoose even if she is in Glasgow. Ah don't argue though.

French, first two periods in the efternoon, then Geography. The Geography class oan the fifth flair full ae big windaes an light. Yi can see right across Motherwell tae Tinto Hill fae up there. Said ah'd see Drew an ah've done ma hamework. It's always a good class when yi've done yir hamework.

Ah want tae say somethin tae make him feel better but don't whit tae say so instead ah ask: 'Why ah hiv tae stay aff school?'

'Christ, ah wish ah hud brothers or sisters, ah really dae,' he says.

When he leaves fir the hospital, it's the end ae the lunchtime news oan the telly an the weather forecast is startin; there's a map ae the UK an high high up where Scotland is the weather man sticks a cloud wi a trail ae stars. That means snow. 'Rain tae follow.' The stars turn tae tears. He says there'll be westerly winds the night.

'Gales an heavy snow in the North. Have a nice afternoon,' dazzlin teeth an a sunbed tan.

The Scottish news starts aff wi a story aboot a climber lost in the hills: a thirty-five-year-auld dentist. Rescue teams trudge through knee-deep snow like in a documentary aboot people tryin tae git tae the North Pole. The people are in the distance an the camera makes them look toaty compared tae the mountains. A rescue man says they'll keep tryin but a helicopter in the backgrun drowns him oot as it lands. Eviry ten minutes, ah'm at the door, lookin fir Annemarie. Ah heard the wee school bell hauf an hour ago.

'Hiya, hen.' Agnes stops at the gate. 'How's yir mammy? Yir poor dad. Is he still at the hospital?'

'Aye.'

'Ah'm sure she'll be fine.'

'Dae yi think so?'

'Och, aye. It'll jist be a precaution. If yi need anythin gie ma door a chap.'

'Okay, cheerio.'

'See yi later, hen.'

Mibbe the lost dentist is trapped under snow wi no oxygen. Hope they find him.

Hoors pass until school's oot an there's an avalanche ae bodies, ma brothers rushin fir spaces in front ae the telly, castin school skins: coats, bags, even their shoes. Four pies an four sausage rolls. Eight disnae fit the grill. Shifts ae three. The wee wans first. Three sausage rolls. Decisions, decisions.

'Ah want a pie.'

'Shut up! Yi'll take whit yi git.'
The laddies dae the dishes thinight withoot an argie bargie.
Sally comes tae the door.
'Comin fir a walk?'
'Naw.'
'How no?'
'Cannae. Need tae watch Them.'
'Nae luck.'
'Ah'll see yi the morra at school.'

Efter dinner, in the livin room, it's warm wi aw the bodies an the fire oan, two panels. Later that night when ma daddy comes back fae Glasgow, the rest are in bed.

Eviry time he goes tae speak his eyes fill up.

Ah don't know where tae look, whit tae say.

'Da, whit's up?'

It's too quiet up they stairs. Ma brothers an sisters are awfie quiet fir this time ae night. Ah can imagine them in their beds, aw listenin; each wan ae us waitin aw night, secretly frettin. The tests. Results. Did she pass or fail? Pairt ae me waits, gittin ready fir THE NEWS an anither pairt ae me separates fae the me that's there an becomes a me that watches. Watchin him an watchin me. Ah see him disintegrate afore ma eyes: a mosaic, wee pieces stuck thegither, flyin apairt or a mirror that's broken intae shards.

'They weren't good, the tests.

She's got a

She's got a

She's got a blood disorder.

Don't ask me aboot it. White cell count isnae right. Christ, if yi'd hud tae listen tae whit ah hud tae listen tae. They doctors.'

This is anither mosaic. White cells. Red cells. Doctors in white coats. Ma mammy bein kept in hospital.

'Is there a cup ae tea?'

Two mugs. Will ah need tae stay aff school?

'Wi'll no tell them. Okay?' nods towards the ceilin.

'Okay.' Don't even know whit there is tae no tell them. White cells, red cells, whit the doctors said. Listen fir hints, somethin that might make sense again.

'Why did it happen tae her, eh? Forty-two years ae age. They doctors, eh. Ah walked ontae that main road right in front ae a double decker bus. Ah wish. Nevir mind.'

Ah can see him no lookin where he wis goin – a thin, red-haired man staunin in the yellae box, aw the drivers hootin, callin him a daft bastard. He didnae care. He wanted somethin tae happen that wid git him aff the hook.

'But whit dis it mean?'

'Whit dae yi think it means?'

Efter a while it's as if ah wis inside his heid, hearin his thoughts, but that's better than listenin tae mine cos when ah turn tae mine there's jist space where thoughts should be. Must be like freezin oan a mountain, wind howlin in yir ears, the loneliness ae aw that snow. The last shot oan the late news is the dentist's uncollected car in a deserted car park. That's when ah go tae bed.

But ah cannae sleep fir thinkin the same thought. Will she die? Ah wanted tae ask the question but ah'm scared ae the answer cos if she dis then it's aw ma fault.

six months afore

At school when we're walkin hame Drew says: 'Come oot, Erin. Please. Yi're always doin hamework. Gie yirself a break.'

Naebudy's oan Drew's back, lookin fir him tae be hame at eight o'clock. He disnae git it when ah say ah cannae go oot at night, that ah'm no always allowed.

'Ah'll try.'

'You better.'

Drew his a coo's lick ae blonde hair that falls over wan eye so he always his tae sweep his too-lang fringe back wi his haun. When he talks tae me, ah only see the wan blue eye, hiv tae stop masel reachin over an sweepin the hair back so ah can look intae baith eyes. Sometimes ah cannae believe he's ma boyfriend.

'Mammy, ah'm goin up tae Sally's fir an hoor.'

'Well, that's fine but be back before I go to work. I'm night shift at the hospital, an I need you here.'

'Did yi git a sleep?'

'I got a few hours. But you be back on time.'

'Okay.'

She always says: 'Sally comes fae a respectable faimily. We're respectable people an you should mix wi respectable peoples' weans.' She sent me tae Sally's big sister tae learn elocution. Sally's big sister's studyin tae be a speech therapist. Yi've tae staun wi wan foot in front ae the ither an say 'peter piper picked a peck ae pickled pepper.' And yi've tae keep yir airms clapped in at yir sides jist like gittin ready tae jump aff a dale at the baths. Ah'm that worried aboot ma airms an ma legs, ah cannae hear the instructions aboot whit ah'm supposed tae say. But Sally keeps interruptin; her an me burst oot laughin whenevir her sister says a thing in a really hoity toity voice. She's really nice, her sister. It's jist her job.

Efter a few weeks she gies up oan Sally an me. We sit oan Sally's bed, listenin tae their Osmonds LP.

'Crazy Horses.Whhhaaaaaa Whhhaaaaaa.'

'What did you learn today?' ma mammy asks.

Ah show her how ah staun: wan foot in front ae the ither.

'How does that help your voice?'

'Don't ask me, but it must.'

'Jesus, is that what I'm payin good money for?' Practice in front ae the mirror:

She sells seashells oan the seashore.

Red leather yellow leather, black soap an sloda.

Black soap an soda.

What did you learn the day?

'Oan a hill there stood a dookit, it's no there noo cos sumbudy took it. '

'Very funny.'

AY EEEE EYE OHHHH YOUUU

Elocution is the wurld's worst thing ah've evir did. Done.

Doe a deer a female deer. Ray a drop ae golden shite. Whit chance hiv a got wi ma mammy always tellin me tae speak proper an these elocution lessons? Ma pals already suspect ah might be posh; if they find this oot it'll be little left oot lassie. But ah act daft. Waste time, kid oan ah don't know how tae staun the right way; Sally's sister can spend a hail hoor showin me that. Finally, she tells ma mammy she cannae hiv a class wi jist wan person. Wan peck ae pickled person.

Drew an the crowd are goin tae the site ae the auld primary school. There's a bing there noo. We go there fir a lumber; us, goin steady couples. Drew looks relieved when ah arrive. Thought he might git a knockback.

There's me an Sally, Rose-Ann, oor three laddies, an the rest are pan watchers. They're the lowest ae the low; jist staunin watchin us kissin. Only thing they're good fir is bein lookoots. Nosy parkers extraordinaire.

Drew moves his haun up an doon ma back. If yi let a laddie slip the mitt or that they'd tell evirybudy next day at school. Drew knows if he makes wan wrang move, ah'll tell him where tae go. He likes me fir that. So he says. Ah widnae make a show ae him; jist move his haun where it should be.

We stay like that fir ages, oor heids goin round in circles, stoppin fir a breath eviry noo an then. Ah close ma eyes cos when they're open ah can see the pan watchers lookin right at us. Dirty buggers.

Evirythin's fine until ah look up an there's oor Anna.

'Yi better git hame. Ma mam went up tae Sally's lookin fir yi. She knows yi're up here wi laddies.'

'And how dis she know that? Yi telt her, didn't yi?'

Anna jist turns an walks away. That means she did. Bitch.

Drew disnae want tae stop.

'Ah've hud enough air; wan last time then ah'll let yi go.'

Ah feel grown up wi him; there's no way ah'm runnin hame like a wee lassie.

This time he puts his tongue in ma mooth again. Jesus. Whit dae ah dae?

Did he mean it?

Walkin hame, ah ask Sally.

'His a laddie evir put his tongue in yir mooth?'

'That's French kissin.'

'Whit dae yi dae?'

'Ah don't like it so ah accidently oan purpose bite them. They git the message.'

'And whit if yi like it?'

'Put yir tongue in his mooth an jist see whit happens.'

Ah think aboot that.

Then Sally says: 'Isn't that yir mammy?'

When ah look back, Drew's at the ither side ae the road wi the ither laddies. Ma mammy's wearin her purple pinny an her airms are swingin like a sergeant major. Ah'm tryin tae look cool an gittin ready fir the aff at the same time. 'Get home you little B. Where the hell have you been?'

An when she's next tae me, she slaps me right across the face.

The only safe place is wan wi a lock oan the door: the bathroom. Thank God ah thought ae it. Run, run as fast as yi can, yi cannae catch me ah'm the gingerbread lassie. Through the front door an up they stairs like a hare at a dog track. But this hare stumbles oan a step. She grabs ma leg, briefly. Ah pull the leg away; she stumbles. When ah'm inside the bathroom, ah nearly git the door closed but she jams her foot tae stop me an that's that. Ah'm done fir then.

Might as well gie in. Wan day ah'll run faster, be stronger. Then she'll see.

Then ah put ma haun over ma face, still sair where she hit me.

'Get your hands away. I'm not going to touch you.'

'That's whit yi always say.'

She moves her foot away fae the door so ah take ma chance an slam the door shut.

'Come out of there. I'm warnin you.'

Ah can hear her breathin gittin quieter.

She says: 'Look I only want to speak to you.'

'Ah hate yi,' ah shout back. 'Ah wish yi were dead.'

An ah promise maself that wan day ah'll run away fae hame an then she'll be sorry an no matter how much she begs me tae come back, ah won't.

March

Ah'll watch the house ah tell ma daddy but he says the hoose'll watch itself, an ah hiv tae go tae hospital as well. He's bought a second haun car tae make visitin easier. Six weans in the back seat, an me an oor Paul in the front. If the polis catch us we'll git done fir car overcrowdin but, mibbe, wan look at us lot, they'll wave us past. That wid be aw we needed, ma daddy in jail.

We stop at the yellae box oan the road. A red double decker flashes ma daddy tae go but this black BMW races right through jist missin us.

Ma daddy shouts towards the speedin car: 'It wis him, did yi see it?'

The hospital car park attendant wi the capped hat turns a blind eye tae ma dad's blue Cortina, lookin hauf-cut as he winks at me. Dad tells him aboot ma mammy's illness an wi're mortified. But it gits us a parkin space. Although, sometimes, when yi feel sad the last thing yi want is people lookin intae yir face, askin yi how yi are. A parkin space isnae worth it; nuthin really is worth that.

Rectangular windaes look oot tae the short-stay car park fae the hospital. Ah wunder if ma mammy can see the rigmarole we hiv tae go through doon here.

'Wid yi believe that? Yi widnae believe it, wid yi?'

Dad's is still goin oan aboot the near miss but thank God he's moved away towards the entrance, otherwise, wi'll be here aw day. Ah hiv tae keep the wee wans by the haun, otherwise, they might walk intae a car. It's like herdin cats as ma granny says. Ma dad his his eyes oan the laddies an Anna is helpin me. Wi're like somethin oot The Sound ae Music, a big line ae weans, walkin across the car park: Raindrops an roses ... Climb eviry mountain ...

The second attendant is starin at us, face covered in red pimples. He's a laddie dressed up in a uniform fir the day. Two workies in overaws absail doon the waw ae the hospital. It's a relief tae git inside the groonds.

'Fancy a shot?' says the wan oan the grun.

'No, ta.'

Annemarie giggles, starts tae pull away. No chance.

Evirythin happens too quickly, automatic pilot. Sometimes, ah wish ah could staun in the middle ae the road an scream at the traffic: Stop! Slow doon!

The Infection Control Unit is oan the top flair. We irnae allowed in ma mammy's cubicle aw at the same time. Ma dad takes the laddies first an ah hiv tae stay wi the wee wans who are fightin aboot the radio heidphones attached tae the waw in the waitin room. Lizzie his them in her ears, Annemarie wants a shot. Annemarie is wearin her special occasion dark green velvet skirt. Her petted lip starts tae appear.

'Aye, staun still. Tell me if yi hear anythin.'

Lizzie pulls the heidphones aff hersel, puttin wan in Annemarie's ear. She his oan her satin dress wi the white lace trim that she inherited fae Lizzie, makin her like a pale blue angel. Ah wish we could aw hiv wings tae fly away fae here.

'Gimmee a turn. A real turn.' Annemarie starts tae greet.

'Shhhh, the two ae yi. Or wi'll git thrown oot. Dae yi not want tae see ma mammy, dae yi?'

When the laddies come back, Dad takes Annemarie, Elaine an Lizzie.

Wi dae this in shifts.

'Are yi no comin as well, Erin?' Mair ae an order than a question.

'Ah'll watch the laddies. Sumbudy needs tae watch them.'

Dad gies me a look. Don't leave this tae me, it says. Well, why are they leavin it tae me? Whit can ah say that wid help? There is nuthin ah can say.

The laddies settle doon tae watch fitbaw oan the big telly in the ward. That should keep them occupied fir a while. At least it disnae kept cuttin oot like ours dis an ma dad disnae need tae hit the top wi his fist. One ae these days, he'll put his fist right through the ten o'clock news, knock oot Trevor McDonald or Anna Ford. That'll be a laugh.

Nee naw nee naw ...

He's still staunin there.

'Erin, yir mum says yi've tae come. Wants tae talk tae yi aboot bills. You come. Ah cannae mind evirythin she tells me ah've got tae mind.'

'God, Dad it's no a general knowledge quiz.'

And no matter how much ah try tae avoid it, ah hiv tae go an speak tae her. It should be enough tae be there in the buildin, daein stuff. They didnae need tae speak tae me when naebudy wis ill, happy tae let me be a normal invisible teenager, noo evirybudy wants tae talk tae me as if they've suddenly found ma conversation interestin or ah find their talk interestin. Well, ah hivnae. Ah might look like ah hiv. Nae point gittin a petted lip.

The cubicle she's in his only a bed an a few chairs. The bed his metal sides, a bit like a fence that folds up an doon. Need tae wear these masks that yi pull oot fae a box attached tae the door like a paper towel holder, the kind yi git in the toilets at school. Ah hate those masks, can hardly breathe wi wan oan; efter a while the elastic is diggin intae ma ears but yi cannae take it aff cos there are germs in oor mooths that could gie her an infection. Yi can feel yir tongue against the paper. It's wet an yi've only put it oan. Ma daddy says maist people hiv immune systems that protect their bodies like an airmy but her airmy's deserted, he says. He always explains things as if life's wan big war film. At least it's no a Western. And that's why ah'm scared tae breathe in case some ae the germs manage tae sneak through.

Ma mammy is in a kind ae a box too: a glass box, an when yir walkin towards her, she can already see yi fae her bed. She's sittin up wi her airm roond Annemarie. Lizzie is eatin the chocolate we brought.

'So you're here. Are you hidin from me?'

'Ah wis watchin the wee wans.'

'You nevir paid the furniture place with the right book. Did I not say the blue book?'

Black an blue bruises oan her legs. Black an blue books. Evirythin goes blank in ma heid. Ma tongue feels thick an ah cannae answer.

'Are you listenin, Erin?'

'Ah thought yi said the black book.'

'Sure, haven't you been with me many a time and I've handed over the blue book. You'll have to concentrate. While I'm in here you're the woman of the house.'

'Ah know... ah'm sorry ...'

'Ye'll need tae concentrate better.'

'Ah wis...'

'The black book is for the carpets. You have to tell the women in the shop that, or they'll mark the wrong amounts in. The carpet place is the floor above the furniture showroom.'

'Ah know where it is. Ah thought yi said black.'

Ma dad gied me a wee list that she'd written doon:

Co- Operative – £3 a week
Jean's Place – £2 a week

'So you'll need to go back and tell them to change the figures. Tell them the money you've been payin should be scored out the black book and written in the blue book. Bring it here the next time so I can check myself that it's been done right. Are you listenin, Erin?'

Ah nod. Cos ae the mask ah cannae really talk back, no properly. Ah hiv tae lift it away fae ma mooth; ma tongue is makin the paper mair wet an saft as if it might tear, as if ma tongue might stick right through an that will be awfu cos aw the germs will come rushin towards her an ma tongue will peek oot. She catches me tuggin it.

'You'll tear it, if you keep doing that.'

As if ah'm gonnae tell those wummen in the shop they've made a mistake, that it wis aw their fault. It hud taken me aw ma time tae open ma mooth, it could hiv been me made the mistake. Yi could see them wunderin, whit kind ae wumman sends her lassie tae pay the bills?

And we keep goin like that, me fidgetin, ma daddy rememberin bits ae news, Annemarie an Lizzie oan top ae the bed, gigglin until the nurse brings ma daddy's birthday cake. The cake is yellae wi ten candles but ma dad isnae ten, obviously. Ah like 'obviously.' Ah used tae like 'basically.' Simmit's favourite word's 'marbles' but that's anither story. We sing 'happy birthday' wi the masks oan, keepin oor voices quiet so we don't disturb the ither patients cos their curtains hiv been drawn back again an they can see us an we can see them. Ma daddy is watchin the racin oan the telly. It feels like the Sound ae Music again. Singin an that like we're in a film cos ma daddy says he's nevir hud a birthday cake in his life even when he wis a laddie. Oor mammy must be Maria but she is in bed instead ae teachin us how tae climb trees an 'Doe, ray, me, fah, so, la, tea. Doe a deer ...'

'Ah'll go an ask the nurse fir a knife, will ah?'

'Blow your candles out first.'

Don't mind evir havin candles except big white ones in the Three-Day Week when aw the lights went oot at night an we wir too scared tae go tae the toilet up the stairs.

It wis ma mammy's idea, the cake.

'Let the lassies dae it,' ma daddy says, walkin away.

When he goes fir the knife, we look at the ither visitors but she looks right at us.

'I hope you're bein good lassies for your father?'

The three wee ones nod their heids like it wis rehearsed.

'Good. Keep it up. Keep up the good work.'

Lizzie is over at the empty bed next tae ma mammy's an a sign above the bed that says: **nil by mouth.**

'Mammy, whit's nil by mooth?'

'The person can't eat anythin solid so evirythin's fed through a drip.' She takes the young ones' hauns cos they're still young. The aulder yi git, the farther yi become fae aw that.

Thank God ma mammy isnae nil by mooth itherwise she widnae git any cake. When ma daddy comes back wi the knife, it's ginormous. He slices a wee bit fir hissel, two big bits fir us, anither wee bit fir her; we read oor comics fir a while. Ah got *The Jackie*, Anna's got *The Diana*. Ma daddy reads the paper, startin fae the back, sports page first. He his a wee shavin cut at the side ae his face that ah only jist noticed. Ah don't like tae think ae him wi the razor so close tae his chin an it slippin. He is aw over the place withoot that. It's a wunder he hisnae a hail face ae cuts. But ah cannae take charge ae that as well, cannae take charge ae evirythin.

'Erin. Go and get me a coffee out the machine. There's change in that top drawer. Mind don't spill it. Mind don't burn yourself.'

Ah hiv tae move the Get Well Soon an Thinking of You cards tae open the drawer but cannae move them fir oor Anna cos she's up at the vase, smellin the flooers. Wan day she's gonnae git lost inside wan, nose first. It wid be great if there wis a big fat bee an she got stung fir a laugh. Tae break the tension.

'Carnations. Gypsophila ... that's called Baby's breath ...'

'You're a real scholar at the flowers, Anna. Pity you don't know your sums as well.'

Ma mammy nevir lets yi aff the hook. She's always oan the baw when it comes tae schoolwork. Ah wis ah wis at school even though it's the weekend. Ah should be at the library getting a new Trudy book; the laddies should be playin fitbaw an dad should be pickin a horse oot the papers that's probably gonnae lose. Ma mammy should be cleanin the hoose or shoppin or goin tae the hairdressers fir the hail ae Seturday efternoon an comin hame like a wumman oot a film wi her hair-piece piled high in a bun. An the wee wans should be playin oot the back, or watchin efternoon cartoons afore the racin starts. Ah used tae be bored wi that routine, always the same. But there's always been a door tae slip through. Yi can be invisible when yi want. In the hospital, we're stuck. She's stuck an wir stuck.

'This bloody mask. Put sugar in mine. Two sugar.' She disnae take sugar usually.

Milk an sugar. Milk an sugar. Ah hope ah don't forget.

May

At Monday break Sally says: 'Do yi like ma glittery nail varnish?'

Ma ither pals are lookin at her hands. Lilac borderin purple nails. Same colour as ma mammy's hair efter ma mistake.

Sally says: 'Dae yi like them, Erin?'

An then ah say: 'The drugs make ma mammy's hair faw oot.'

'God, Erin. That's terrible.' They're aw quiet an lookin at me an the atmosphere is dead weird.

'Ah'll nee tae find oor Paul,' an ah start walkin away.

'Wait, Erin, wait.'

But ah keep walkin.

It's only when ah've opened the door ootside Modern Studies that ah realise ah don't know where ah'm goin. Yi're no supposed tae be inside the buildin durin break but ah keep walkin alang the corridors till ah see the sign oan a door that says: Cleaner's Room.

There's nae windae so ah put the light oan. A wee table an a couple ae chairs, a kettle an a box ae tea bags, two mugs an nae milk. There ir mops in buckets an big plastic containers wi disinfectant. It's nice sittin there, no havin tae speak or no havin tae act like evirythin's fine. Ah feel evirybudy can see oan ma face that ah'm sad, an ah hate that mair than anythin. The next time ah come here ah'll make a cup ae tea an mibee hiv wan ae the biscuits. Ah'm sure the cleaner won't mind.

We've two mums noo: mum when she's in the hospital an mum when she's back at hame. Two weeks in, two weeks oot. Drugs, transfusions. 'Her airms are black an blue fae they needles,' ma da says efter visitin. The very best thing is a cure; next best thing is a bone marrow transplant. The worst thing is chemotherapy that makes yir hair faw oot, makes yi bald like the polystyrene heid Agnes puts her wig oan. Chemotherapy makes her sick an naebudy likes the word as if the chemo's worse than the disease.

'What his she, Dad?'

'She his acute myeloid leukaemia,' ma dad says.

In maths, an acute angle is less than ninety degrees; an obtuse angle is mair than ninety degrees. If she hud obtuse leukemia that wid be worse than acute but acute is better than obtuse; less than, mair than, but there's nae point tellin ma dad cos he says hissel he's thick as shite when it comes tae maths. It's a wee bit ae hope though that ah think aboot when ah'm school.

* * *

Ma Da's aunt is a nun in a convent in England. She comes an stays wi us fir a week. She brings plastic rosary beads fir the hail family. We spend ages untanglin them. She does a fart durin the rosary an evirybudy his the giggles. Ma mammy his the giggles as well. Ma da runs oot the room and says he left a pot oan. The nun smiles like we're in heaven. Nuns don't hiv bad smells in their farts that must be cos they're The Brides Of Christ.

This week we're doin haiku in class wi Mrs Kelly. We've got

a plaque oan the waw in the kitchen. It says May the road rise to meet you. Ah tell Anna that it isnae a poem, it's a proverb. But she says so, who cares? Mum wis readin when she wis in bed. Ah went tae sit wi her tae keep her company an we laughed aboot the nun's farts.

'Whit yi readin?'

She turns over the cover.

Prayers For the Dying

'Do you want to read it?'

'Ah'll read it later,' ah say.

'The nun gave me it.'

Ah open the book an pretend tae read the wurds.

'They're nice.'

'Stay a bit longer.'

But ah cannae wait tae git away.

the neighbours

Agnes's back door is open even though it's pourin. Got the note in ma pocket.

'Yir daddy's at the hospital. Chap ma door.' Biro ink already runnin oan the paper.

We've hud four months noo ae notes oan the door cos Dad's hud tae go in tae the hospital visitin in the efternoon or a consultant wants tae talk tae him aboot ma mammy. Sometimes, we come hame an she's there oan the couch as if it's the maist normal thing.

Oot the back the grass is soakin, an gooseberry bushes are heavy wi rain. Agnes disnae hiv a washin oot. She usually always his a washin oot. The trees hiv shed flooers aw alang the path like some sad confetti, efter a rained oot weddin when evirybudy gits pure soaked an aw the photos hiv a man wi a white umbrella in the backgroond. Anyway, that's the trees bare fir anither year. Doesnae last very lang. Skinny finches sing an drip … sing an drip.

Oor ither neighbours hiv their curtains still drawn in the efternoon. Night shift, probably. The two brothers who live there don't hang anythin oot oan their washin line even in summer. They're called 'The Poles', even though they're Lithuanians. Their mammy an daddy came tae Scotland when Stalin wis persecutin the Catholics. Ma mammy said they're a great people fir prayin an there's a Pole takes the choir in the church. Dad says they only came here cos they thought it wis New York. Ah scoor their washin fir hints: a few yellowy vests an pairs ae socks beside oor full lines wi weans' clathes, cotton clean sheets an towels. They must hiv a pulley in the kitchen but. Me an the laddies play badminton over their washin line, the grass is cold underfoot when oor shoes are aff an right when we're gittin intae a game, wan ae them chaps the windae, huntin us.

'They should get a life,' ma mammy always says but then she says it's their grass an they work shifts so we've tae keep away.

Wan ae them is wee an stocky an the ither is tall an thin; they work night shifts in the steelworks, sleep aw day.

'That's their lives,' Dad says.

Maist ah've evir seen ae them is as ootlines staunin at their back door smokin fags, starin at us like we're aliens. They're wunderin how they evir got stuck amongst aw us weans or mibbe how they got auld so fast, or thinkin aboot their ain dead mother an father an how it used tae be them runnin wild. Though yi'd nevir guess it, the sullen way they look at yi. They throw their fag-ends over the railin an go back inside like creatures who can nevir stay lang in daylight, who need tae check eviry noo an then that there's a place wi grass an a tree an people livin ither lives. Nevir hud the nerve tae stare at them close up tae know if they really look like brothers: the way their lips curl or their jaw sits or if they hiv the same eyes. People say it's a scandal takin up a five apartment, only the two ae them, neither chick nor child but naebudy can shift them, they've the same right as us tae be here or as anybudy else ma mammy says. It's been their hame, she says an it's naebudy's business. Dad says the only way they'll go is oot in a box. Seems like anither wurld, when yi're their age an the only thing that matters is haudin oan tae some hoose yi nevir even owned but it's sad as well cos they left Russia tae be free an they don't seem that free tae me.

Next door tae the Poles are the Duffys, the McKays, and at the end ae the block, the McGonigals. There's nine McKays, coontin the mam an dad. Five apartments. It's a street ae big families here except fir the Poles. The council don't gie yi a bigger hoose nae matter how many weans there are, yi've tae keep squeezin closer an closer thegither.

Beyond their bit ae green's some bushes wi goosegogs an blackberries. Yi need tae wait fir the right time tae pick the goosegogs; no when they're green an spiky cos they're deid soor but see when they turn red an saft, pure melt in yir mooth. Sometimes, ah can see the brothers watchin us an they don't chap yi away. Wan time they said tae me: 'Yi can pick the fruit if yi want.' That done ma nut in. Started me thinkin mibbe they'd poisoned the berries.

Today Agnes's kitchen is empty an warm. We're no allowed tae walk intae ither people's hooses even wi a note. Ah'm used tae staunin at the door, waitin tae pass a message tae her, gien her back the sugar we borrowed or sayin there's an extra apple cake cos ma mammy baked too much.

'Agnes!'

Need tae shout above the tumble drier. It's dead noisy an it's movin away fae the corner the way they dae when it's a fast cycle. Any minute noo, aw the clothes will spill oot across the blue tiles.

'Agnes.'

She appears through the inside door, wearin her apron, a yellae duster in her haun.

'C'mon in, hen. Yi're soakin staunin there.'

Inside, the blue flair tiles are spotless. The place smells ae bleach. Ah cannae git the flairs that clean. Ah always git bits ae grit an stuff piled up in the corners. That's cos ah don't pay attention when ma mammy's daein the flair. Anyway, she hates us under her feet.

'Don't worry. Yi can take yir shoes aff. Gie me yir jaicket. Och, hen. See this weather. They've git a drought doon in England an we've got this.'

Ah saw the drought oan the telly.

Ah don't want tae go inside. Here at the door, ah can breathe.

'Did ma dad leave a key?'

There's pots an dishes dryin oan the plastic rack, a bottle ae Fairy Liquid behind the tap an a used teabag oan a teaspoon.

'No, hen. He said yi've tae wait here. Shouldnae be lang. He knows yi're aff this efternoon. An he'll definitely be back fir the wee ones. Sumthin aboot a meetin at the hospital.'

'He nevir said.'

'Yir poor ma mammy. Ah miss oor chats oan the back step.'

Agnes takes ma jaiket an puts it across the radiator.

Ootside, at the bottom ae the stairs, the black bin bag inside their wire bin his collapsed inside itsel. Ah keep meanin tae tell Agnes but she keeps talkin an the words don't come oot. Ah cannae find a space where the words can go so they git stuck somewhere between ma brain an ma mooth, the way a piece ae paper gits trapped in the wire ae the bin.

'Ah'll put the kettle oan. Wee cuppa, eh?'

Her worktops are clean, no like oors wi bits ae this mornin's breakfast, jam an margarine oan them. Ah'll Dettol the kitchen fir ma mammy comin back fae the hospital at the weekend efter ah finish ma homework. If ma daddy came back soon, ah could git in a few hoors studyin fir the exam.

'How come yi're aff school, hen?'

The *Daily Record* faulded over oan the worktop. The heidline: 'Cop's Kinky Secret.'

'It's oor exams.'

The rain's really batterin the grun but there's a peace aboot it, the way it takes over evirythin. Ma hair's soakin, rain runnin doon ma face, in ma eyes an mooth. The plastic bin lid's like a drum an there's water pourin through the holes in the mesh an lyin in the creases ae the plastic bag.

'Ah already said c'mon in, hen. Ah'll need tae shut that door. Ah hate the door bein closed, feels depressin, don't yi think?'

'Ma mammy keeps oor back door closed, especially when she's washed the flairs an wants tae keep us oot.'

'Ah'm the same wi ma lot.'

'Ah'd rather be ootside. Ah like the fresh air.'

'God, yi're worse than me. At least come in a wee bit an we'll sit oan these chairs.'

She pulls over a couple ae kitchen chairs, leavin the door open so wi can still see oot. Then Agnes gies me a fresh tea bag fae the box but takes the used, yellaein wan fir hersel. The tea is hot an weak. Ma mammy's tea's dead strong. 'Irish tea', she calls it. This must be Wishy tea.

'Did ah tell yi wi were goin tae Spain oan holiday? Ah've been afore. Ah tried tae git yir mammy tae go but yi know whit she's like aboot goin tae Ireland.'

'Ma mammy won't be fit fir Ireland this year.'

'Naw, hen, she won't but mibbe next year.'

There's an awkward pause.

'Does your David no hiv his exams as well?'

'Him? He's no looked at a book since primary school.'

He's in ma year so he must hiv exams. Ah see him sometimes at the bus stop but he's no in any ae ma classes.

'Ah think he's got French the day an Chemistry the morra.'

'Aye, hen. Yi could be right. He did say somethin but he disnae study. No interested. Cannae wait tae leave.'

Fae the front ae the hoose there's the sound ae anither door openin. 'Christ, it's oor John. Hame early. Ah forgot aboot him. Here, hen shut that door, will yi. He'll think ah'm daft, sittin lookin oot at the rain. Away yi go intae the fire noo. Ah'll git the tea oan fir him.'

Closin over the door, Agnes is right. The kitchen shrinks tae jist a wee room, same as oors.

The sound ae a toilet gittin flushed then boots or somethin gittin thrown across a flair upstairs.

When ah go inside ah sit oan wan ae the comfy seats, near the coal fire. Ma mammy says gas is cleaner but ah miss the coal fire. That lovely warmth that heats yi right through tae yir bones.

In the livin room there's yellae cloth flooers in a glass vase, drops ae clear sugary stuff oan petals, supposed tae be rain. They've hud the room artexed, white circles inside ither circles like white cream bein stirred. Evirythin in the room is green: sofa an chairs, swirly patterned carpet an even the curtains.

Ah'm haudin the wee card Agnes pressed intae ma haun: '*Miracle Prayer Jesus, I trust in your divine mercy.*' Ah'll keep it fir ma mammy. There's the same picture ae Jesus as oor wan.

The door opens an in walks Mr McKay in his work clathes.

'Hiya, hen. Where's oor Agnes?'

'Hi, Mr McKay. She's in the kitchen, makin tea.'

'Agnes. Are yi there?'

He closes over the kitchen door. Now ah'm shut in here masel wi their George's weddin photo an Jesus.

Wunder if Dad's back. That's two hoors ah could hiv left tae study. Then the door opens again, makin flames in the gas fire blow aboot a bit fae the draught. Mr McKay sits doon right across fae me. He looks at me an the chair.

'Dae yi want tae sit here, Mr McKay?'

Ah've nevir said two words tae him afore.

'No, yi're awright, hen. Ah'm fine here.'

He lifts the paper an starts tae read, leavin me tae wait fir Agnes an watch the fire. His fingers are yellae at the tips fae the fags. Ah try tae focus oan the artexed ceilin. Ma mammy disnae believe in artex. She says yi're stuck wi it an then it goes oot ae fashion an yi cannae git rid ae it.

'Here's yir tea, John. Are yi aw right, hen. Wid yi like a top up?' Agnes is hoverin between the kitchen an the livin room. Ah wish she'd sit doon.

'No, thanks. Ah'm fine.'

Eventually, she sits oan the couch between the two chairs.

Mr McKay says: 'How come yi're hame early the day, hen?'

His blue eyes are oan me quickly but back towards the fire afore ah can meet them.

'Exams. French the day an chemistry the morra.'

Agnes says: 'She's brainy, John. Aren't yi, hen?' He spits intae the fire an we hiv tae wait fir a reply.

'Whit good's brains tae her noo, wi her mother sick? Surely, yi'll be leavin school tae help yir father? Is that no why he cannae work cos he's lookin efter aw youse lot?'

Ah don't know where tae look. It's as if he's been savin up the questions cos they keep comin like he's thought aboot it over an over again. An when ah look up, his blue eyes don't drift fae ma face.

The heat fae the fire is burnin ma skin. At least ah think it's the fire. Ah cannae move, cannae git up an say it's too warm in here.

'No, ah want tae stay oan.'

Now he looks like ah've spat oan him.

Agnes says: 'Aye, quite right, hen. For God's sake, leave the wee lassie alane. Times are different. There's nuthin better than a good education.'

'That lassie's place is in the hoose. Let her father go back tae work.'

'Ah'm goin tae university.'

Mrs Kelly said ah could apply, if ah work hard an ah hate that it sounds like ah'm showin aff but ah cannae help it.

'But ma dad's been aff fir months noo. An ah'd love him tae go back tae work, but dis that mean ah cannae stay oan at school?'

He takes a draw fae the fag.

'Ah'm only sayin whit ah think. Let yir father go back tae work. See, yi know yirsel.'

He lifts the metal poker fae the hearth, shakes it underneath embers, makin a sound that rustles doonwards intae the ash pan.

Agnes leans over towards him, nearly touchin the side ae the chair.

'When John's father died, hen, he took over an looked efter the mother an his brothers. He didnae leave hame till the rest were away is that no right, John?'

'Stick by yir faimily, hen. Nuthin else matters in life. You listen tae me.'

His eyes are wide an he seems tae not be lookin at me but starin at the waw behind. Whit his it got tae dae wi him? Why is it so bad wantin tae stay oan at school?

The heat's gittin mair intense in the room. There's no air tae breathe. But whit if he's right? There's nae signs ac ma mammy gittin better. People hardly evir git better fae her sort ae leukaemia an ma dad cannae stay at hame lookin efter us fir much langer, he'll go mad bein in the hoose aw day hissel. If ah left school, he could go back tae work. It might make evirythin tick over mair, if ah wis at hame. It wid only be fir a few years until the wee wans were aulder.

That night ah pray fir an answer but there's only silence. Mibbe silence means aye leave.

The next day ah go tae the careers officer an ask fir an Early Leaver's Form.

'Whit age are yi?' the man asks.

'Fifteen.'

'Third year?'

'Aye.'

'Yi're too young. Come back when yi're aboot tae turn sixteen,' he says.

'Is there anythin else ah need tae dae?'

'No, jist git yer teachers tae sign this form when the time comes. Ah'll write yir name doon so ah remember. Now, are yi sure?'

'Positive. Ah've already got a job lined up.'

July

The parish priest came tae the hoose in May an telt us an anonymous person wanted tae pay fir ma mammy an ma daddy tae go tae Lourdes.

'But who is it, Father?' ma mammy asked.

Oor Annemarie came intae the room, sayin: 'Look at ma new hat.' It wis the kind ae sanitary towel ma mammy uses wi the loops at the side. The hail room went ahhhhhh but intae ourselves cos when the parish priest is in the hoose we hiv tae sit up straight an if he talks we hiv tae say 'Father,' an if he looks at you, it's as if he knows eviry sin yi evir committed.

'They don't want me to say,' the priest answered smilin at Annemarie as if it wis the cutest thing evir.

'You don't have to decide right away. Speak to Joe.'

Later that night when she telt him, ma daddy said: 'Ah'm no religious. Nevir hiv been. Ah'd be a hypocrite tae go noo. No. Erin can go.'

Afore ah know it ah'm gittin fitted intae wan ae ma mammy's nurse's uniforms. She gits it altered fir me so that ah can go wi her tae tae the baths at the Grotto cos yi're only allowed in if yi're the official helper.

The day we leave, ma daddy puts oan his Sunday suit tae see

us aff: 'Enjoy yersel, mind,' he kisses me oan the cheek. Ma daddy nevir kisses yi except at New Year, smellin ae Bertola Cream sherry. He looks thin the day, the man in his weddin photo but aulder.

Eviryone else is already seated when ah git oan the bus, well past the time when they're aw fiddlin aboot wi cases, the time fir starin oot the windae, ready tae go, but ma mammy an daddy haud each ither in the street an ah hiv tae look away. They're like Bogart and Katherine Hepburn in The African Queen except ma mammy's wearin a wig an ma daddy's git a Wishy accent when he shouts 'cheerio.'

Wi hiv tae pray fae the minute wi git oan the bus. Pray. Pray. Pray. Aw the time. First, wi hiv tae pray fir a safe bus journey so wi gie it Hail Mary fir ages then wi hiv tae pray fir a safe flight. Mair Hail Mary's. Some holiday this is gonnae be. Nae wunder ma daddy said: 'Let Erin go.'

Ah ask the bus driver: 'Whit aboot yi cannae shuv yir granny aff the bus?' But he shakes his heid an says: 'It's aw hymns, hen.'

The priest stauns in the aisle ae the bus, haudin his rosary. It's a bad start that wir prayin the bus disnae crash an wir still in Motherwell, then when wir only aff the bus we start worryin aboot the plane. Must be very dangerous, goin tae Lourdes. Ah'm mainly goin cos ah want a tan. France is hot, bound tae git wan there. In summer Agnes gits a great tan fae sittin oot the back. Aw year roond, even September an April, when there's a chill in the air an yi're shiverin inside, she sits oot the back, facin her green wi the folded doon red parasol wobblin aroond in a hole right in the middle ae their plastic picnic table. When ah'm at school, stuck in a classroom, ah think aboot her, readin her paper or mibbe daein a crossword; the door an the windaes are open, a delicious sort ae freedom, sittin oan a step, no closed in by teachers an four white waws.

'Whit's the secret ae yir tan, Agnes?'

Ma mammy's too busy fir a tan. 'Rub coconut oil oan yir skin; great fir a tan,' Agnes says. There's coconut in macaroon bars, coconut an potatoes. Oor Anna an me tried it. We heard oil sizzlin oan oor skin an yi could fry sausages oan it but the smell wis great an made me want tae lick ma ain airms.

Wi must say a hunner thoosand Hail Mary's. Where dae they go – those Hail Mary's? Efter a while becomes a drone in the backgrun. Mmmmm. Lips are movin, sayin words, missin the beat a few times but ah'm catchin up easy.

The priest says a bit; we say a bit. Fir five decades. Ten Hail Mary's in a decade, that's ten times five, that's fifty followed by the 'I remember Oh most gracious Virgin Mary,' an then 'Hail Holy Queen.' Sometimes, Mary asks God tae cure people cos God's too busy, mibbe stoppin a war or sortin oot starvation in Africa. That's why wi pray tae Our Lady. Intercession.

Wunder whit ma mammy prays fir?

'Pray for a miracle,' ma granny says.

Move ma lips wi the rest ae them but ma heart isnae in it. It isnae that easy. The bus jerks tae a stop aw ae a sudden, an the priest his tae haud oan tae the rail tae stop hissel goin flyin oot the door. Ah'm so sick ae sadness, it's funny seein the priest losin control ae his footin, grabbin the rail as he goes forwards. Ah laugh oot loud an ma mammy kicks me.

At mealtimes in the hotel, ma mammy an me sit wi an elderly wumman, Cathy, an her daughter, Maggie, who's a nurse. There's two knives an two forks at dinnertime so ah copy ma mammy;

she shows me whit tae dae. Fir breakfast wi git croissants an when yi put butter an jam oan them they crumble in yir fingers. An gigantic cups ae coffee, big as soup bowls. Yi don't git tea in Lourdes. Folk smuggle their ain tea fae Scotland an at night drink it in thir rooms alang wi duty free Bacardi an vodka.

Eviry day we git the same pea green soup fir lunch.

Cathy says: 'They jist add water.'

The meat looks like chicken but disnae taste like it. Cathy an ma mammy say it's either horse or rabbit, a big racehorse oot ae Grand- stand oan the telly, an we're eatin it.

Mum says: 'If your father wis here, he'd put a fiver on it.'

Really, really an truly ah hope it's rabbit cos horse sounds horrible an in Scotland wir no allowed tae eat horses, jist as yi cannae eat dogs or cats in Scotland cos they're pets.

'Don't listen tae them, hen; they're kiddin oan. It's venison or somethin like it,' Cathy says, but ah still look at ma plate, suspiciously. If yi're no allowed tae eat horse an yi dae then whit happens?

'Mammy, why don't we eat rabbit in Scotland?'

'Myxomatosis,' she says, then ah mind wi got telt that at school. Wait fir the frogs' legs. Eviry plate ah git, ah think this'll be it but they nevir bring them. In the end ah'm disappointed cos ma daddy says it's a delicacy an if yi visit a country yi should at least try the food.

Eviry day wi go tae the grotto, push ma mammy in her wheelchair. There's three tall young laddies. No laddies, really they're men. They help oot at the hospital durin the holidays fir free board an they're tall, taller than any ae the laddies at school. Wan's fae near me but ah don't know him, wan's fae Glasgow an wan's fae Fife. The wan fae Fife his reddish hair an he goes aw freckly when the weather's hot. Ah like him the best cos he nevir slags me aff, no like the ither two. They're always teasin, tryin tae make me take a beamer. But Pete disnae talk tae me like ah'm a wean, an sometimes he'll offer tae push ma mammy tae gie me a break, an we walk thegither, the three ae us talkin an him shuvin the wheelchair.

Tae git tae the grotto, yi huv tae walk over a bridge, alang a road then past shops wi tacky souvenirs. Nevir been in Blackpool but Sally his an she telt me aboot it: instead ae 'kiss me quick' hats an plastic necklaces that light up wi green light at night, there's holy water fonts an plastic grottoes that spurt real water. Aw sorts ae holy things crowdin entrances an when yi go inside yi need tae duck or yi walk right intae a suspended Our Lady or mibbe a crucifix an git whacked oan the heid.

Oan the second day, we're oan the way back fae the grotto when a sudden heavy shower starts; soon the rain is hard oan ma bare shoulders. Ah'd taken aff ma cardigan as soon as wi left the grotto cos as a sign ae respect yi're no supposed tae be in a holy place wi bare shoulders, same as yi used tae hiv tae cover yir heid wi a mantilla, white or black.

Wi're a bit away fae the shops, withoot shelter, so wi hiv tae run. The red-haired helper takes a short cut across the courtyard ae the hospital, a gloomy lookin buildin wi bars oan the windaes. Nae wunder the helpers spent so much time in oor hotel.

Ma mammy says: 'I wish I'd brought a mantilla.'

In oor church only The Children of Mary wear mantillas. They hiv tae go tae novenas eviry Sunday, sit at the front wi mantillas oan like nuns. They know aw the words ae The Memorare an sing in Latin sometimes.

'Mum should ah join The Children of Mary,' ah ask.

'Don't bother with them,' she says.

Ah think she's still feart ah might try tae be a nun. There's nae chance ae that.

The rain in Lourdes rains mainly oan the pilgrims, ba dum tss! Pete, the helper, pushes ma mammy's wheelchair through puddles, an ah run alangside like havin a shoppin trolley race back hame.

Nevir thought ah'd be so glad tae see those wee crowded shops wi aw the holy paraphernalia. But it's weird cos ah'm no cold, the way rain makes yi freezin in Scotland. Even ma clathes are dry in seconds an that is the really strange thing, that French rain isn't like Wishy rain where yi wid need tae git a change ae clathes or staun in front ae a fire tae heat up.

'Ah'm dry mammy. Are you?'

'Yes, this is a warm country. The rain nevir lasts long. Do you like Lourdes, Erin?'

'Aye ma mammy, ah dae. Ah like the warm rain.'

'It's not like home. It's amazing. You'd get your death of cold if it rained there.' Ma mammy says this as if it's her rain, as if she's French an she's proud ae her country's climate. Ah nearly say ah don't like the plastic roses an ah don't like Lourdes but the way evirythin seems so important tae her here makes me stop.

At the shrine where the Virgin Mother appeared tae Bernadette, it's dead quiet like bein up the street in Wishy when the shops are aw shut. There're crutches that people who've been cured hiv left an some are covered in cobwebs an the wood looks rotten.

Cathy says: 'Some people don't know they're cured until

they go back hame. Mibbe it's years later, crippled people can suddenly walk.'

Ah don't know. God wis always daein miracles in the aulden days ae the Bible but yi widnae put a crutch up there fir a joke. So, there must be somethin in it but ah don't want tae build up ma hopes.

Seturday night, it's the torch-lit procession so the hail ae Lourdes goes tae the grotto, carryin candles made intae torches. Wi line up tae kiss the stane underneath where Our Lady appeared tae Bernadette.

'It's beautiful,' Cathy says. 'Yi'll love aw the wee lights, hen.'

When we leave the hotel, it's still light outside, but Pete wants tae git us tae the startin point afore it gits dark. The nearer we git tae the Grotto, the busier it is, an instead ae goin in the way we've been daein eviry day, wi turn left at these big gates, climb a steep hill at the top, an there's people staunin beside big boxes, gien oot the torches.

'Yi aw need five francs,' says Pete.

Evirythin costs money in Lourdes; it's no a place fir poor people. Then ah stop masel criticisin evirythin cos ah can see ma mammy's face is lit up. Ma mammy hauns over a ten franc note; she asks fir two, wan fir her an me. A bit wobbly. A candle on a stick thing wi a wee paper lampshade.

Fae here wi can see the thoosans ae lights in front an below. Now it's hauf dark, hauf light, an the darker it gits, the mair the lights staun oot, until ah cannae see people, jist lights. The line moves. Within minutes, we're in pitch blackness, apairt fae candles lightin up oor faces an below the procession winds a way through the grotto, a big snake ae white light.

Ave , Ave, Ave Maria.
Ave, Ave, Ave, Maria.

The lights an the singin carry me away tae anither wurld but then ah feel a burnin sensation oan ma haun.

'Look oot, hen.'

The candle's drippin oan me like an ice cream cone meltin in the sun except it's dead hot. Maggie grabs ma lampshade as it collapses fae roond the lit candle.

'Here, take mine. Yours is ruined. Ah've done this so many times.'

Ma haun is covered wi wax blisters but there isnae time tae pick them.

Ave, Ave, Ave, Maria.
Ave, Ave, Ave, Maria.

Ah've nevir seen so many people in wheelchairs, aw bein pushed in the dark an we've been walkin fir ages, aboot an hoor an a hauf. Nearly fawin asleep but when wi git inside the grotto, ah waken up. And the nearer we git tae the shrine, the mair ah feel this is it an if there's gonnae be a miracle then it's the night. Yi can feel it, the expectation, here in this dark wi the candles an hymns an evirythin seems so sad, aw these sick people wantin a cure. Ah watch them wan by wan goin tae the shrine; evirybudy's hopes brought tae this ugly piece ae wet rock.

Afore ah know it, it's nearly ma turn. Don't know where she is. Ah think she's behind me, a wee bit back. A middle-aged man wheels a young guy up tae the rock. He lifts him oot, hauds him towards it; he kisses it.

And then it's me.

There's water pourin doon. Ah feel spray as ah'm walkin towards it an the rock's aw black an shiny. Ah lean forward an ma lips are full ae water. And ah jist lie ma heid against it. Ah could lie here oan the grun wi water pourin doon oan top ae me. Jist when ah'm supposed tae ask God fir a cure, ah think God disnae hiv a heart tae make sick people beg fir mercy like this, in a big queue in the dark, in a foreign country, an ah cannae bring masel tae ask. Ah know the laddie in front won't git better an neither will she, nane ae them will. And the miracle is them, their courage an their faith in spite ae their sickness. And ah'm sad too cos ah wish ah hud the faith ah hud a few months ago. That's gone like the water pourin oan ma heid, away intae the soil, so ah don't know if ah'll evir feel it again.

Sumbudy puts hauns oan ma shoulders, eases me away.

'Ah'm sorry. Ah didnae mean tae...'

Naebudy in the group complains. Nane ae the sick. Naebudy cries. They hiv faith. They hiv hope.

Maggie gies me a hankie. Ah'm no sure why.

'Ah'm no cryin.'

'Don't worry, hen. Ah felt like greetin masel, the first time ah wis here.'

'Did yi, Maggie?'

'Aye, hen.'

'Ah wish ah could cry.'

'Yi will, when yi're ready.'

'Ah don't know... it feels weird that ah hivnae.'

'Now here's yir mammy comin. Change the subject.'

* * *

Later, ah'm gittin ready tae go oot wi the helpers, mum's lyin oan one of the single beds, watchin me the way ah usually watch her fashion parade. Ah wish there wis a telly in the room, tae take the attention away fae me.

'Don't stay out too late.'

'Eleven o'clock?'

'Ten. It gets dark early here. And make sure they walk you back to the hotel.'

'You go and enjoy yourself. Can't be fun pushing me about in a wheelchair all day. Have fun.'

Ah'm hopin tae mibbe drink ma first beer.

'Yi sure yi don't want me tae stay?'

'No, you go. I'll be fine. Why don't you put on a wee drop of powder and some of my nice perfume?'

Daub some perfume on ma wrists then behind each ear, the way ah've seen her doin.

'You look nice. How did it happen? You're a young woman nearly.'

'Am ah?'

'Yes, you are. And I want you to enjoy yourself.'

'Ah'll try.'

'If anyone asks what's wrong with me, don't tell them. It's no-body's business.'

'Okay.'

But then she's lyin back on the bed, exhausted; that's part of the thing that's changed as well, her bein sick, no bein the wan goin oot for the night.

'Ah'll see yi at ten then. Hope you hiv a good sleep. Ah'll put the lamp oan the floor so there's no too much light,' ah say, desperate tae git oot the room an away.

'Bye, darling. Have a nice time and be careful.'

But ah'm glad it's me that's here and not any of the others.

'This is my daughter,' she says to people, here. 'My daughter,' as if ah'm the only wan in the faimily fir a change.

August

'God, Eve, it's yersel. Yi look well. How's it gaun?' The door near the windae opens an a wumman wi glasses comes oot.

'More like death warmed up, Jackie.'

The ither wumman hauds ma mammy a broon envelope.

'An how's the treatment?'

'Och. Not bad. You know how it is. I'd rather be home than in hospital. But sure, you can't keep an old dog down.'

A phone rings behind the door but Jackie lets it ring.

'If the money's no right, hen, gie me a phone. Ah suppose ah better git that. No rest fir the wicked in this place. You take care.' She starts retreatin behind the door.

'That's my block over there. See. Ward eighteen.'

'Will we go there, mum?' Mibbe she'd like tae talk tae her pals.

'It's day-shift. Eviryone I know's on nights. Let's have a coffee in the canteen.'

Oan the bus hame, ma mammy opens the envelope.

She goes dead quiet again.

'Whit's in the envelope?'

'My back pay and my P45.'

'Whit's yir P45?'

'Nevir mind, don't you be so nosy.'

'Dae yi think yi'll go back tae work?'

As an answer she looks oot the windae, stares at the fields.

Then she says: 'I'm so thirsty,' reaches intae her bag an takes oot a tangerine an starts tae peel it. Ah know ah shouldnae feel angry but ah dae, an ah tell masel ah'm feelin sorry fir me when it's her his tae take the drugs an the injections, an then eat tangerines oan the bus, naewhere tae put the peel except in her pocket.

Ah use ma mammy's ticket tae git books fae the library, anythin that mentions blood: religious books, medical books, philosophy books. Ah need tae know whit people hiv thought aboot it an git clues aboot the disease:

'the red liquid that circulates in the arteries, which carries food, salts, oxygen, hormones, and cells and molecules of the immune system to tissues.'

An ah learn some facts ah didnae know afore:

'There are three main types of cell in the blood: red cells that carry oxygen, white cells that principally prevent or combat infections, and platelets that help prevent bleeding. There are several types of white cell in the blood. Each cell type is represented in blood in the numbers that meet the functions they serve. One fluid ounce of blood contains about 150 billion red cells, 8 billion platelets, and 20 million white cells. Red cells live months, platelets live for a week or two, and white cells a few days. The marrow must replace over 200 million cells removed from the blood each day.'

Ma da says that her red cells an white cells are aw gone tae fuck. An ah cannae sleep at night cos ah don't know whit he means but blood's got in ma dreams: blood rain an blood snow.

September

Ma mammy said she hates her hair bein so grey an no bein able tae git tae the hairdresser: 'Mind, get me a colour for ma hair. Harmony with 'black' oan the box. And don't get mixed up.'

The next time ah visit she's sittin up in bed, her hair's pure lilac. Wi're baith starin at the box fir the hair dye. Harmony wi 'black' written oan it, that's whit ah bought.

'Look, ah'm a punk rocker.' We laughed. Ma daddy went fir a coffee, shakin his heid. It's funny whit we laugh at noo.

Ma mammy's illness brings neighbours tae the door. Eviryone wants tae dae somethin. Agnes is in an oot the hoose wi pots ae soup, a smell ae hame-made Cock-a-Leekie comin up the path in front ae her. Ma mammy disnae know aboot the soup an there's somethin weird aboot havin the neighbour's pot in the hoose: it's no oor food smells oan it, it's no broon at the bottom an sides fae oor gas cooker. But we learn no tae tell her. Wi learn how tae keep the peace. Anither neighbour gaithers up aw oor washin tae take tae the launderette where she works. When we git the washin back, it's got the smell ae fabric saftener.

'Don't tell yir mother aboot the soup,' Dad says, the way she used tae say, 'don't tell your father about the new dress.' Hide the bag at the back ae the wardrobe. He'll nevir guess. Wi don't mention the soup, say that it's tasty an that Agnes brings lovely hame-baked apple cakes as well. Ma mammy's a great apple cake maker, so no way dae wi mention the cakes. But she can smell the clothes are different. She's no daft. Lyin in bed in the hospital, she thinks too much. As if she thinks people are tryin tae steal her faimily by bakin a cake or makin soup. Wi're no that greedy. But it's no people, it's the illness. Maist times she says: 'We're lucky to have such good folks as neighbours.'

People offer tae take the wee wans fir a night or two makin the hoose so quiet yi can hear noises yi nevir heard afore, like the central heating comin oan an a buzz in the air that the quietness makes if yi really listen hard. And it's scary how people can agree tae take away yir three sisters. Yi might wish they were quieter but yi nevir wish them away. Wish sumbudy wid take me away sometimes but it passes. Bad enough ma mammy bein away maist ae the time. But it's kind ae a relief as well, no tae hiv tae think aboot how they're takin it an how dae we entertain them. There's mair space than we've hud afore an that's weird as well. Yi can walk fae wan room tae anither an there isnae anyone in the hail upstairs. Ah don't evir mind that except when the parish priest came tae bless the hoose when we first moved in an he said wan ae the rooms wis haunted. For ages, wi avoided bein up there oorselves, especially in the dark. Noo, the thought ae a ghost disnae even frighten me as ah wander through the hoose, gittin used tae the new set up.

Ma da makes up fir the wee wans goin. He gies up goin oot tae work, sittin in front ae the fire, yappin like a budgie oan speed cos ae his nerves. Nerves git blamed fir evirythin. Nerves cause people no tae sleep, cause them tae shout. Nerves are a disease. He joins Alcoholics Anonymous like he's been thinkin aboot hittin the drink an this will help him. His pal fae AA comes tae the hoose eviry night, tellin us stories aboot terrible things he did when he wis oan the sauce. He wid go tae funerals ae people he didnae know fir the free bevvy an the steak-pie dinner but maistly fir the drink. He telt us how he'd help people gie the booze up, pourin wan wumman's vodka doon the sink while she cried. He goes tae help at the Mat Talbot Centre in Glasgow. Ma daddy calls it the Nat King Cole Centre. Ah don't know if he's bein funny or if it's him gittin his words mixed up. Ah'll nevir evir take a drink when ah'm aulder if it makes yi spend yir days lecturin people aboot how bad it wis when yi hiv tae gie it up.

Later that night when ma dad comes hame ah make him a cup ae tea. His haun shakes when ah gie him the mug. Then he starts cryin, again. Ah hope wan ae the others disnae see him. When his face his gaithered itsel up tae normal, ah ask: 'Are yi okay? Will ah go an git Paul?'

'Naw, ah'm fine,' he says. 'Ah jist ... it's aw too much seein yir mother like that. Thank God, ye don't break doon like me. Wi'd be in some state then.'

October

'Dad, why's ma mammy in bed aw the time?'

'Why di yi think?'

'Ah don't know, ah'm only askin. Can ah peek ma heid intae the room?'

'Leave her alane. She disnae want anybudy. She needs tae rest.'

It's the school holidays an it's rainin an ah've been tae the windae aw day but evirybudy's inside. We're watchin *Here Come The Double Deckers*. Ah used tae be Billie wi the lang broon hair even though ma hair's git a wee bit ae red in it but Elaine's her noo. Oor Annemarie is Tiger. She even his her ain fur tiger that she carries roond.

Ma daddy is up an doon the stairs. Ma dad is naebudy in a programme. He's hissel.

'Ah'll ask if she wants a cup ae tea.'

'Naw, don't, she needs peace an quiet. That's how tae help. Keep evirybudy away fae her an we'll let her sleep,' ma daddy says.

It feels like we've no seen her fir days. No even comin doon tae the kitchen fir a cup ae tea.

When it gits tae four o'clock, ma daddy says: 'Ah'm phonin the hospital. It's worse than usual. She says hirself she feels bad.'

'Whit's wrang wi her?'

'Ah don't know. It'll be fine when ah speak tae the hospital.'

'How whit'll they dae?'

'Yir mammy thinks she needs different tablets.'

Efter he finishes the phone call, he says: 'They're sendin an ambulance. Ah've tae go wi her tae the hospital.'

'Will ah come wi yi?' ah ask.

'Only wan ae yi can come. Yir mammy wants Paul tae come. Yi'll need tae look efter this lot.' He nods towards aw the bodies lyin aboot the livin room. Deep doon ah'm thankin God it's no me. Ah'm pure sick ae that hospital so oor Paul can go if he likes.

'Jist keep evirybudy inside. It's rainin, anyway. If any strangers come tae the door...'

'Don't answer it.'

'That's right. Ah'll only be a couple ae hoors.'

Ma daddy goes up the stairs tae git ma mammy ready fir the ambulance. When he's comin doon the stairs ah git a fright. He's carryin ma mammy in his airms. The wee wans are pushin tae git tae her an ah hiv tae bar the livin room door wi ma foot.

Ma da says: 'Ah'll phone yi fae the hospital. Yi look efter them, mind?'

Lizzie's pullin ma jumper but the ambulance is waitin at the gate.

Lizzie says: 'Ah want ma mammy. Let me past.'

Ah haud the door so tight, ah hurt ma fingers. Lizzie's usin aw her strength tae pull the door in the ither direction.

Wan final push towards me jist as the ambulance drives away, an ah manage tae wrench the door fae Lizzie an Annemarie's hauns.

The wee wans go tae the windae tae see the ambulance drivin away.

Ah say: 'They'll be back the night.'

'When?' Annemarie asks.

'Ah don't know but when ma mammy gits her new medicine.'

'Will yi wake me up?'

'Aye, ah'll wake yi up.'

'Promise?'

'Aye. Ah promise.'

Then they come an sit oan the carpet watchin *Double Deckers*. Ah wunder why aw the weans oan telly are smilin. Even Doughnut stuffin his face isnae funny.

'One banana, two banana, three banana four. Five banana, six banana, seven banana more.'

Lizzie says in a huffy voice: 'Ah cannae be bothered wi The Banana Splits. Wish the rain wid go aff.'

'We'll watch it, anyway. See whit happens.'

Soon aw four dancin lassies are dancin tae 'Doin the Banana Split' at the end ae the show. It's the usual note fae the Sour Grape Messenger Lassies then a lot ae daft stuff in between. But Annemarie an Lizzie are settled again. That's good.

'We're away tae play fitbaw in the park,' Simit says.

'Ma daddy said yi'd tae stay in.'

'Well, he's no here and the rain's aff.'

'Don't go far then...'

'Or?'

'Jist don't.'

'Is there anything fir the dinner?'

'That's no the point.'

'If there's nuthin tae eat then we're no stayin in. Shout us when ma daddy's back.'

Two hours later they're back.

'Is he in?' Pinkie says, sweat on his foreheid.

'Naw.'

'His he even phoned?'

'He must be busy. Git in. It's dark. Ah'm lockin the door.'

Lizzie and Annemarie both say they're hungry.

'Ma daddy won't be long.'

'Yi said that hauf an hoor ago,' Lizzie says.

'This time it's true.'

Ah'm guardin the front door. Eviry time there's a noise ah'm tryin no tae act scared in case ah frighten the wee wans but ma daddy said we'd no tae open the door tae strangers so that must mean he thinks strangers might come tae the door.

The hoors drag until the door goes. Ah ask fae oor side ae the locked door: 'Who is it?

'Me, hen. Sally's mammy. Yir daddy phoned fae the hospital.'

When ah open the door tae her, it's dark ootside. She his a message bag oan her airm:

'Ah've brought tatties, sausages an two tins ae beans. At least yi don't hiv tae make the dinner, hen.'

When ah let her in, we go tae the kitchen.

She whispers: 'How's evirybudy?'

'Great,' ah say. 'Evirybudy's great.' But ah don't know whit else tae say.

Sally's mum gies me a look as if she's goin tae say somethin different but instead she says: 'Now, where's the grill?'

There're bits ae breadcrumbs oan the grill fae ma mammy's fish last night so ah need tae clean it. Wi her ain time zone she'd been in bed aw evenin, then when we were gittin ready fir bed, there she wis, at the cooker waitin fir a single piece ae fish tae be ready oan wan side. Soft white fish, easy tae digest. Nuthin tae it.

That won't fill her up ah wis thinkin but ah didnae say cos ah wis so glad she wis in the doonstairs pairt ae the hoose.

Efter dinner Sally's mammy starts cleanin the hoose. How come aw the wummen that come here want tae clean oor hoose? It's still oor hoose. It's still ma mammy's hoose.

Away an clean yir ain hoose, ah'd like tae say but ah'm glad there's sumbudy aulder here. Sally's mum's brought air freshener an brillo pads. It's nine o'clock when we put ma brothers an sisters tae bed. Ah'm waitin fir the phone tae ring, tired tryin tae keep busy. The wee wans are properly exhausted. They cheered up aboot four o'clock when ah said:

'Ma mammy'll be back later the night.'

Then when the wee wans an the laddies are in bed, Agnes arrives fae nowhere. She starts cleanin as well. She's puttin Shake an Vac oan the stair carpet.

'Ma mammy disnae use that.'

'Jist a wee bit, hen. Don't yi like the smell? Crocus an blue-bell,' she says, readin the tin.

The smell's too strong so ah go up the stairs tae git away fae it; mibbe noo the two neighbours'll go hame. Ah can hear them talkin but ah don't know whit they say.

'Whit's goin oan? Is there sumbudy visitin?' Anna asks.

'But why dis the phone no ring? Mibbe if Agnes stops hooverin, we could hear it.'

'Mibbe, it did ring.'

She's right. Now ma dad'll think we nevir bothered answerin. He'll think the telly's up full bung. Ah cannae sleep so go back doon tae the livin room again.

'Whit is it, hen?' Agnes is smokin at the door.

'Ah always wait fir ma daddy when he's at the hospital.'

'Ah know. Yi're a good lassie. Don't worry.'

'Ah'm no worryin, ah'm jist gonnae stay up in case he needs a cup ae tea.'

'Okay, hen. If that makes yi feel better.'

'Did he no phone?'

'No, yet, hen. He could be busy. He'll phone when he gits the chance.'

But cos it's so late he might no ring. He might think it's quicker gittin oan the road. Waitin fir us tae answer the phone, an no gittin through cos they've got the hoover oan or somethin an that might go oan aw night. That's probably it.

Ah'm aboot tae go back upstairs when the phone rings jist as ah reach the lobby. Sally's mam's already got it.

'Okay, son. Okay. That's fine. No problem. Look efter yersel.' Then she puts the phone doon.

'Wis that oor dad? Wis it?'

'Aye, hen. That wis him.'

'Whit did he say?'

'He didnae say much.'

'Did he say how ma mammy is?'

'He didnae say. He'll stay anither wee while at the hospital. He jist wanted tae check yi'd aw hud yir tea an he wis happy that the wee wans were in bed. Could yi no sleep?'

'No. Ah'll sleep when ma dad gits back. Ah telt Agnes, ah nevir sleep when ma da's at the hospital.'

Anna's awake, leanin over the banister.

'Whit's up? Did ma da phone?'

'Aye. She disnae know when he'll be back.'

'Whit time is it?'

'Hauf eleven.'

'Will evirybudy stop hooverin an talkin loud? Ah cannae sleep.'

'Shhh … yi'll waken the rest.'

This time when the phone goes ah make sure ah git there first, doon the stairs like a shot. Ah'm feelin quite good that ah'm managin tae answer oor phone when ah remember tae speak.

'Hello, Da?'

'Hello, is Joe there?'

It's some woman.

'Naw, he's no here.'

Ah'm aboot tae put the phone doon oan her in case ma daddy's tryin tae phone. She keeps talkin.

'We phoned the hospital an they telt us the news.'

'Whit news?'

'They telt us. Will yi tell him we're so sorry. Will yi? Will yi tell Joe we phoned. It's her friend fae the hospital here. Ah used tae work night shift wi her.'

Ah put the phone doon, an ah walk towards the door tae go intae the livin room but already there's sumbudy else chappin the front door.

Anna an me spend the next few hoors makin sandwhiches as mair an mair people arrive tae wait for ma daddy an gie their sympathies. In the kitchen we're like a human production line ae pieces an gammon, cups ae tea,

'Shite...'

'Whit is it?'

When ah turn an look at Anna, she's haudin up her haun an blood's pourin oot the side.

'Ah cut masel wi the big knife. Here...git me a towel will yi?'

Ah remember ma mammy always run a cut under the tap tae

clean it first. There's plasters in the drawer so ah help Anna put one oan.

'Mibbe we should git sumbudy an git help.'

'Naw, ah'm fine. The bleedin's stopped. That's the main thing. Yi better go an answer the door.'

the next day

Usually, the coffin's in the hoose at the wake but ma daddy says we've tae mind her as she wis.

He says: 'Yi widnae recognise her anyway.'

Ah cannae sleep fir thinkin aboot whit she looks like. Her face might be purple; purple like the hair dye she put oan her grey hair. So, instead ae the coffin there's a space oan the carpet in the wee room beside the phone. Three nights in a row, the rosary's at oor hoose. There's loads ae people. Mair prayers.

Ah keep thinkin ma mammy'd be mortified at no bein allowed intae the hoose at her ain wake, itchin tae know if we made the tea wi the best cups. Did we put sugar in a bowl like she showed us, an clean the rooms, skirtin boards as well? If she wis here then it wid help me believe this is real but ah don't feel it is. The only thing that's real is the feelin ah'm gonnae be sick.

The St. Vincent De Paul men put Our Lady oan the fridge freezer. Mum said: 'It's always cheaper to bulk buy when you've a crowd.' But when she went intae hospital Simmit ate the last choc ice fir breakfast an noo the freezer's empty. The statue ae Our Lady his creamy coloured feet an the snake's painted gold. Her face is too white like the deid person ah imagin. Ah wunder why are we kneelin in front ae her? Ah should be prayin but aw ah can think is whit good did Our Lady evir dae us? But ah don't know why ah'm angry at a statue when ma mammy's no here. Ah worry durin the rosary – whit if the phone rings? We should hiv taken it aff the hook. Wid ah answer it or should ah jist let it ring?

'*Our father who art in heaven.*
Hallowed be thy name.'

There's people in the livin room, in the lobby, oan the inside stairs an right oot tae the gate but we're in the wee room, Anna, me an Dad. Above the statue are scribbles oan the wawpaper an the paper's ripped so yi can see a layer underneath. Aw the time, ah'm thinkin who'll paper the rooms noo an wunderin if Drew's here. It's wood-chip wi somethin flooery underneath.

At the funeral mass people staun at the back cos the place is fu. They're wearin the darkest clathes in their wardrobes. We're put right at the front ae the chapel where ah can see the priest's black shoes stickin oot under his purple vestments. Purple is fir death. White is fir Easter an risin fae the dead. Red is fir blood. Then it's ma turn tae go oan tae the altar an read. Ah'm used tae readin but this is different. Ah could be a person in a film but ma legs are shakin already an ah've no even started. Ma voice sounds strange like when yi speak intae a tape recorder, play it back an yi sound dead Scottish. The me in ma heid tells the me whose legs are shakin tae be calm. An it's no ma voice but ma mammy's voice an that makes it worse. If it wis a film ah'd burst oot cryin an put oan a right show but ah cannae show anythin since it wid let evirybudy doon, though ah don't even know whit that means.

But the me that his legs disnae hear the pairt aboot bein calm. But aw the thoughts keep crowdin ma heid. Ah try tae focus oan the words at the place where the priest his left a wee ribbon tae mark the readin. We picked the readins an the words were lovely when ah read them last night but noo in front ae the hail wurld ah say the words but they don't mean anythin.

Across the lines tae the end ae the last paragraph an then, at last:

'THIS IS THE WORD OF THE LORD.'
Congregation: THANKS BE TO GOD
Me: All STAND
'Alleluia, Alleluia, Give thanks to the risen Lord
Alleluia, Alleluia, Give thanks to His name.'

They aw walk doon the altar steps, turn at the rails, genuflect; ah walk tae ma seat in the front row wi aw the relatives behind us. The church is packed.

Anna whispers: 'That wis good. Are yi okay?' She smells ae Aunt Geraldine's perfume. We stole some this mornin when oor aunt wis in the toilet: jist a wee skoosh each. Oor Aunt Geraldine wis so mad aboot oor Aunt Mary no comin, she nevir noticed the smell ae perfume oan me an Anna.

Ah nod tae Anna, but ma legs keep shakin right through the offertory procession. Mibbe mum isnae in the box. How dae ah really know? They telt me she wis, but the lid his been closed the hail time.

The mass passes in a blur till it's Communion an when it's ma turn ah feel like ah'm ootside ma body watchin evirythin fae up in the choir.

Oan the altar Simmit swings the casket full ae black powder that oor Paul spooned in; the creak ae the chain is the only sound then ... Anna smells it first. She knows. Ah catch it fae her. Butterflies in ma stomach. We've been at wan ither funeral that wis sumbudy we didnae know an that smell means evirythin is comin tae an end. Frankincense wan ae the wise men brought tae a manger, Myrrh fir the dyin, a daft present fir a newborn wean. Me an Anna looked up the meanin ae the scents.

'*In Egypt, they bathed the dead body in myrrh.*' It wis me got Anna the book oot the library.

When the tomb ae Tutankhamun wis opened, that's whit they smelt. Oan the altar, the laddies walk beside the priest, but their faces are the faces ae statues. Paul looks the worse as if he might vomit aw over the white altar cloth, bits ae his breakfast stainin it. Steps doon the stairs in front ae the coffin, haudin a big, bronze crucifix. Oor uncles an oor dad move tae the front, gittin ready tae lift the coffin; first, they support its weight, puttin an airm roond each ither's shoulder.

The holy water font is dry, wi green stuff at the bottom, ashes at Lent. At the Passover, there's a mark oan eviry door tae save the eldest child but the mark wis the blood ae a lamb, no green dust. Thinkin aboot blood, ah wonder if Anna's okay. We've no said anythin aboot since she cut it wi the big knife.

As we're walkin oot, a haun comes oot fae wan ae the seats. It's Mrs Kelly. She takes ma haun an then she lets it go.

Big, black cars ootside. The kind ae cars that ither folk go intae. Wan ae them opens at the back. People across the road are watchin, an behind us evirybudy comes oot ae chapel. Naebudy moves doon the steps until we dae, nearest relatives at the front, second cousins an faimily friends behind, then neighbours an the people who knew her tae say 'hello' in the Co-op. Across the road, a big crowd. A blur.

Oot ae nowhere oor Paul throws the crucifix oan the grun then takes aff doon the steps, runnin intae people, the big cross clatterin efter him.

'Jesus. Sumbudy go efter him,' ma aunt shouts.

Another wumman whispers near me: 'Poor laddie.'

Paul's hisnae even bothered tae hitch up the white altar gown as he's flown doon the stairs, away up the road, towards hame.

'He'll be fine,' Uncle Tom says tae ma dad.

'Thanks Tom, ah hope yi're right,' ma daddy says but he sounds like he disnae believe it.

the ring

The poster ae The Police looks oot at me an ma Aunt Geraldine who is aged forty three an disnae see Sting wi his leather jaicket over his shoulder, blonde hair stickin up at the back ae his heid like a halo. She sees a room full ae ma mammy's clathes tae be packed away.

'This is yours,' gien me the weddin ring. It feels heavy.

'Eldest lassie.'

Like a coronation wi bin bags scattered aboot the carpet fir an audience.

At first the ring nips ma finger. Ah've fatter fingers than ma mammy hud. New stuff aboot her. Anither useful fact.

'Now, is there anythin in this bag ae clathes that yi'd like tae keep, sweetheart?'

We're nevir allowed in her room, nevir mind the wardrobe, but noo ah can hiv anythin ah want. Keep expectin ma mammy tae come intae the room, hit me over the heid fir nosin aboot her stuff.

'Did she not leave us a letter or somethin?'

When ah try tae take it aff, gits stuck across the knucklebone.

'Shite.'

'A ring's much better.'

The uncles are at the pub but she nevir went, she stayed tae dae this. Tidy up the clathes.

'Ah don't want it. Gie it tae oor Anna.'

'It's a mindin. Wan day yi'll understand. Trust me. Anyway, yi've got yir memories. Remember the nice things, dear, that's whit's important.'

Any minute noo it'll be *God works in mysterious ways.* There is somethin ah want but don't know whit. Ah know ah don't want only the nice things. Nuthin in that bag, cos black bin bags are fir leftover food an ither rubbish fir the bin.

'Yi can keep the clathes.'

Ma mammy wid haunt me if ah wore her stuff.

'Well, I always admired that velvet skirt. Your Aunt Mary would like the fur jacket.'

Aunt Geraldine looks nuthin like ma mammy; she's heavier, in low-heeled shoes an her hair is broon, no jet black. Ma hair's short fae ma mammy always makin me git it cut cos she wis terrified ae us gittin nits, them spreadin like wildfire in her hoose. The first thing ah'm daein is lettin ma hair grow lang.

Ah wish ah could ask Aunt Geraldine tae stay fir a few mair days; the funeral wis yesterday. Her an our three uncles are gittin the boat back tae Ireland first thing the morra mornin; it's in their faces that they're takin their sadness wi them an that their lives are somewhere else where they've fairms tae run, sheep tae shear an coos tae milk. That life ae summer holidays in Ireland feels far away. Who'll take us there noo? It wis ma mammy always wanted tae go hame, as she called it. But it cannae be easy fir them, losin their sister. Bad enough whit's happened wi oor Paul.

We'll be oan oor ain soon efter it bein so busy wi people in the hoose, us makin sandwiches an cups ae tea. The funeral is over an noo we're clearin her things away. Naebudy says it but they expect us tae start gittin back tae normal, whitevir normal is.

'Why did ma Auntie Mary no come tae the funeral?'

'You'll have to ask her, sweetheart. She said she couldn't face it as if anyone could right enough. Still, she's taken your brother for a while. Poor Paul. That'll help your father. If only he'd let us take the small ones with us.'

Oan the flat roof ae Rooney's shop across the road, some starlins hiv a wish in a puddle then shake themselves oot. Reminds me ae oor Paul.

'It's okay to cry. But remember she's always with you.'

'Who?'

'Your mother, of course?'

'What do yi mean?'

'Well, she'll be like your guardian angel.

'Ah don't believe that.'

'Of course, you're upset but one day, you'll see.'

And then Aunt Geraldine his that look when she's desperate fir a fag, turnin quickly away, heid inside the drawers, hauns sortin oot blouses an underwear. She fills hauf a bin bag then moves oan tae the white wardrobe that Dad built up fae flat packs fae MFI: a bit wobbly an caved in at the back.

She clears aw the spaces ae ma mammy's stuff in twenty minutes. Evirythin his tae happen so fast. It's the first time she's been in those drawers yet she acts like they were her drawers. Her stuff. No like me, sittin oan the bed pickin bits ae the bedspread, heid still fuzzy like ah've only wakened up or ma heid's stuffed wi bits ae bedspread: Straw Man oot the Wizard ae Oz. Wool Lassie fae Wishy.

'And Erin ...'

'Whit?'

'Try not to have your head in the clouds. Your father needs you now.'

Stratus, Beaufort, Cumulus, Cirrus, Nimbus. Clouds are whitish parachutes that take me away fae here.

The phone goes later. Aunt Mary.

'I'm sorry I nevir made the funeral, hen. How was it?'

Steak pie, potatoes an vegetables at the British Legion. A picture ae the Queen starin doon at us.

How dis she think it wis?

'Yi'll be glad tae hear that yir brother's fine. Yir dad wis right tae send him back wi yir uncle. Come an see us soon, Oban's no that far.' Only wan hunner an fifteen miles away.

The mornin efter mum died, ah met oor Simmit oan the stairs.

Ah said: 'Dae yi want me tae make yir breakfast?'

'Shut up, you. Yi're no the mammy ae the hoose noo.'

Then ah knew Paul must hiv telt him an Pinkie as well.

Always thought there'd be time enough tae ask Paul properly cos he wis there. Nevir thought oor Paul wid go too.

'You'll be glad of that ring wan day. Take good care of it, will yi?'

'Ah'll guard it wi ma life.'

Later, ah find the black bin bags Aunt Geraldine his tied at the top: wan bag each fir ma mammy's sisters. Drag oot the fake fur coat wi suede patches oan the elbows an put it oan. It's warm inside the coat, an in the mirror ah look like Marc Bolan's wee sister. The coat smells ae ma mammy. Efter a while ae sittin oan the bed, ah go intae oor room an hing it at the very back ae the wardrobe ah share wi ma four sisters: oor Anna, Elaine, Lizzie an Annemarie. Now, the coat can watch over us fae there, look across the wee dresses an lassies' coats. When ah reach inside, there's a hauf a bottle ae Coty L'Aimant tucked away at the back ae the wardrobe. Wunder how that got there?

Ma aunt said that her and the others were thinkin ae takin the wee wans away.

Over my dead body. Mum's voice dead clear in ma heid. Ah'm surprised ma aunt didnae hear her.

PART TWO

six months later

The words ae Wordsworth's poems are dead auld fashioned. Ah'll nevir git whit he's oan aboot.

'The day is come when I again repose
Here, under this dark sycamore...'

Who talks like that?

Mrs Kelly, ma English teacher, says that the natural wurld wis his religion. It's hard tae understaun when yi're brought up a Catholic. She called me ootside the class oan Monday.

'How are things at home, Erin? Are you copin awright?'

She's got broon straight hair an she's expectin a baby. It's no really showin yet but she telt the class she widnae be here efter the summer; goin oan maternity leave, then. Ah hope she disnae go fir good efter the baby is born. Ah focused oan the poster ae Albert Einstein behind her in the corridor, his bushy eyebrows. Thank God Dad disnae hiv dead bushy eyebrows.

'Fine, miss. Ah wisnae close tae ma mammy. Ah'm closer tae ma dad.'

Mrs Kelly gied me a look, as if she wis seein me for the first time. Don't know why ah said it. Weird soundin but still true. Ah can say stuff noo ma mammy isnae here.

'What do yi mean?'

'It's nuthin, it's jist we argued a lot.'

'But that's normal ... teenage lassies an their mums.'

'Honestly, Miss, ah'm okay. Can we change the subject?'

'It's jist yir poem, Erin. It's so ... well ... dark.'

Eviry Tuesday, the last two periods is English. We're studyin people called 'The Romantic Poets.' At first, the laddies went:

'Ah naw, miss. That's lassies' stuff. Fawin in love an aw that.'

They thought it wis aboot romances an folk snoggin, nane ae them wanted tae listen tae that in broad daylight, especially fae Mrs Kelly. That's probably whit people mean when they say that lassies mature earlier than laddies. Last week the class hud tae write a poem aboot nature. Ah wrote aboot a beautiful, golden eagle soarin above the Craig, an right in the middle ae enjoyin bein an eagle it gits shot by sumbudy an dies; in the last verse rats are eatin the carcass. Didnae know whit tae say tae Mrs Kelly sayin the poem wis dark. Ah wis dead chuffed aboot usin 'carcass'.

The last thing ah want tae dae is speak aboot ma mammy dyin in public.

'So you're sure evirythin's okay?'

'Thanks, Miss. But ah'm fine. Evirythin's fine.'

'Well, if you evir need anythin then let me know.'

There were loads ae staples oan the carpet tiles. That'll wreck the hoover, ah thought, an prayed ah widnae git wan ae the voices in ma heid, look like a right eijit. Cos even if ah didnae say anythin, ma eyes wid go funny, the way it dis when yi hear a voice in yir heid. While Mrs Kelly waited fir an answer ah wis wunderin if she'd shown the poem tae ither teachers in the staffroom an wis ah up there wi first year laddies who write in their jotters: 'teachers must die'.

'How are you gittin oan wi pickin a poem fir yir class talk?'

'Fine, miss. Ah'm daein "Tintern Abbey".

'Och, that's far too long to remember. Jist do a verse, okay?'

'Aye, miss.'

'And a one-minute introduction. Most of the class won't have heard of that poem.'

Yi wunder dae teachers read aboot yi in a big red folder in the staffroom, that yir mammy died an it says somethin like: 'Bereavement. Finds it hard tae focus.' The new laddie in oor class is called John, an he gits oot his seat when he's no supposed tae, makin Mrs Kelly go mental cos she's said it 'time an time again', an noo we aw repeat efter her: 'Nevir leave yir seat withoot yir teacher's permission.' She says we've tae write aboot the poem but ah cannae mind anythin aboot it an we only read it ten minutes ago. The windae is open an the breeze feels good, like a way oot ae the stuffy warmth. Ah wish ah could fly away.

Sally puts her haun up an asks whit the date is. The teacher gies her a lang, bewildered look like she's the umpteenth lassie tae ask the question the day. Soon the bell will ring an we'll rush fae oor seats an that means me as well. Ma stomach feels empty an ah'm thinkin aboot ma tea. Whit'll it be? Soup, again.

That night when the rest are in bed, ah'm daein ma hamework in front ae the fire an ma daddy his the telly oan.

'Da?'

'Whit?'

'How did you an ma mammy meet?'

'Whit? Don't ask me daft questions, ah've enough oan ma plate.'

'But ... Da, how come we're no allowed tae talk aboot her?'

'Fir God's sake.'

'It's only a question.'

'Ah'm warnin yi, Erin. Don't start ...'

Always the same. Only yesterday he couldnae find a clean cup fir the tea cos aw the cups were in the sink; iviry cup in the hoose wis in the sink. Can yi believe it? Can yi? People don't. He tells Azir, the Pakistani man in the shop, when he goes fir the paper; he shakes his heid. Dae yi know whit he did last Thursday? Put aw the dishes in the sink. That'll teach us. If we want tae eat then we need tae clean iviry dish in the hoose. That's the only way we'll learn. The hard way. The only way. Right?

'But we nevir asked tae be born,' ah say.

'Ah widnae hit ye but ye deserve a slap fir unadulterated cheek. No respect, that's aw ah ask fir, a wee bit ae respect.'

And cleanliness is next tae godliness so it must be good? But if yi're cleanin aw the time ah wunder how could that be godly? Sometimes, think he hates us, it's scary. He thinks we killed her cos she wis always runnin efter us. If she'd no worked as hard mibbe. Nevir gied her a minute. Widnae let her sleep. No wunder he takes Valium. No wunder the doctor writes oot wan ae they thirteen-week prescriptions. Sign yir name oan the dotted line. Jist need tae phone. The doctor knows the score; even the doctor knows.

Ah stare at the broon carpet, at the patch ae stickiness that wan ae the laddies brought in oan their boots. Cannae git it aff; ah've gien up even tryin.

Dad says that's his life: cups ae tea an Valium. Feels drunk when he's no been drinkin cos yi know he hisnae touched a drop since ma mammy died. No a single drop. Must be the pills, sleepin tablets tae help him sleep, otherwise hell oan earth. He gits drowsy. Tell him he talks dolly dimple. Later, when he's calmed doon, he says ah can stay up an read or watch the telly. Maistly, ah stare intae space, thinkin. Sometimes, he goes oot fir a walk an marches fae oor hoose right up tae Newmains an back.

Walk the open roads, find freedom of mind.

Make sure the wee ones have got clean clothes for school.

Sumthin mad in him makes him walk. Mibbe it's the same madness made Wullie Wordsworth traipse the countryside. At least when yi walk yi're alive. At least when yi paint yi're alive.

'Whit yi readin?'

'Wordsworth. Poetry fir English.'

It's actually a poem aboot tortoises havin sex by D.H. Lawrence; found it at the back ae the book the teacher gied oor class cos we're top section; it wis supposed tae be fir Higher English.

'Yi must git yir brains fae yi're mother cos it's no fae me. Wish ah'd stuck in at school but ah'm thick as shite. Did ah evir tell yi that at ma school the laddies went in the mornin an the lassies went in the efternoon? Whit kind ae a school wis that, hen? Nae wunder ah cannae read an write.'

'How come?'

'Aye, how come? Yi stick in, hen. That's the only way oot.'

He's always goin oan aboot gittin oot like we're in a big dark well an school is a rope that yi grab oan tae, tae haul yersel up an away. But he's lived here aw his life so mibbe it cannae be that bad.

'Dad, ah'm leavin school.' Thought it wid be hard tae say but it isnae.

'Yi're whit?'

'Ah'm leavin this Christmas. Mr McKay said a while ago, ah should. Aboot time.'

'Yir mother wid turn in her grave. Whit dis he know? It's nane ae his business. Naw, we'll muddle through this. Jist as lang as we hiv a system. Systems are evirythin. In the airmy when ah did ma National Service, they hud systems. Yi made yir bed an it got inspected. Polished yir boots or yi'd git court marshalled. If ah can git a few goin here. If yi help me, hen, we'll be fine, don't mention leavin school again.'

Two fire panels glow orange, blue flames at the edges. His feet are oan the fireguard. It's nice tae see him dead relaxed. Upstairs eviryone else is sleepin. When he goes tae bed, ah'll turn the fire up, git the heat fae three panels until ah feel ma face burnin.

'Dad, can we go tae The Faws ae Clyde fir a drive?'

'Where is it, hen?'

'Don't know exactly but Mrs Kelly says Wordsworth went there. Near Lanark ah think.'

'Mair petrol. We'll see.'

'It's fir school, fir the poem ah'm learnin. Remember, ah telt yi.'

'Ah cannae keep evirythin in ma heid. Now, be a good lassie. Ah'm away tae ma bed. Make sure yi put oot the lights. Anybudy comes tae the door, we're no in.'

Up at the mantelpiece, ma daddy lifts wan ae the medals Paul won; efter a while ae lookin, it's as if he cannae work oot how the medal got fae the mantlepiece tae his haun. Then ah realise. He cannae cope bein the man ae the hoose. Aye, ma daddy misses talkin aboot fitbaw, watchin Paul playin fir the school team. Anither man aboot the place.

* * *

When ah see six months' worth ae scribbles an marks oan the wawpaper, it reminds me ae the times me an ma mammy painted the place an it wis lovely an fresh. That's when ah hiv ma idea. Mibbe, if ah paint the place again, it'll cheer evirybudy up.

Plan it for the start ae the week, when ma daddy is goin tae visit oor Paul in Oban. Paul's got his ain doctor noo. Coloured paint is too dear but white emulsion's dead cheap. Still, whit wid be the point ae white wi aw ae us? Like a white suit, askin fir trouble.

Woolies sells tubes wi colour that yi add tae emulsion. That will dae. Once they're aw in bed, ah can start paintin but that is the night it takes ages tae git oor Lizzie tae bed cos ae bad dreams. First, ah squeezed the contents ae the tube intae the big paint tin, stirrin wi an auld wooden spoon. Raspberry jam sauce tae white cream makes raspberry ripple. Mine's a cone, whit's yours? Nougat or an oyster?

Pinkie is up watchin the snooker.

'Yi must be jokin.' His finger wis a pool cue pointin at me when he said 'yi.'

First slap ae paint already oan the waw. Cannae turn back, noo.

'Ma da'll kill yi. Bright pink, Jesus. Yi're nuts.'

Goes tae tae tell Simmit. Two ae them are best pals since oor Paul left.

'Naw. He willnae.'

'Yi're mental.' Simmit, oor clerk ae works, inspects the waws an then he goes back upstairs tae examine his plukes in the bathroom mirror. Later, Pinkie tries tae help wi the paintin an keeps splashin bits ae pink oan the skirtin boards, makin mair work fir me. When the laddies are sleepin ah paint through the night; at first, tryin tae spread the paint in the same direction but efter a while ah don't care as lang as the waws git covered. Jist slapped it oan.

People think it's aw bad stuff when yir mammy dies but there's no many lassies ma age git tae paint their livin room their favourite colour, though the room seemed a lot weeer when ah thought the idea up; takes ages tae paint wan waw. When ah dae wan, ah couldnae stop.

We've hud eviry different type ae wawpaper oan oor waws; washable vinyl, white woodchip. Always hiv fancy wawpaper oan the waw wi the gas fire, cos that's the waw the chairs face. Yi can nevir change where the couch is cos the visitors cannae look at woodchip.

Ah helped ma mammy when she wis paperin an paintin, usually the doors. White gloss paint an the skirtin boards as well, which by the way ah hated. The last time wis a year ago when she first wis in hospital; noo, oor school clathes git shabbier an nae adults notice, or if they dae, don't say.

At hauf past two in the mornin, ah'm dizzy wi fumes. At the end ah put the Sacred Heart picture up again, his plump red heart set in a backgrun ae candy floss. Red an green should nevir be seen but naebudy said anythin aboot red an pink. When ah finish, ah'm nearly sleepin oan ma feet. Wan last look. The place looks that new way again.

Forgot turpentine fir splashes so there's pink oan the white skirtin. Dae that in the mornin. It's a brighter shade oan the waw than it said oan the tube. But ah'm hopin he'll like the clean look ae the place.

Soak the brushes in turps.

Bein a good fairmer, ah take the sheep in ma heid oot the pen, line them aw up, an start tae count till the sheep are pink. Finally, ah sleep great fae paint fumes an tiredness. Me an the pink sheep runnin up an doon the mountains, high as kites.

Next day, up early tae git the turps. The man in the shop gies me a funny look like he thinks ah might drink it. Still sells it tae me but.

* * *

Ma daddy is only in the door.

Simmit shouts: 'Wait till yi see whit she's done, daddy. Wait till yi see.'

'Whit's she done this time? Ah'm hardly away a week. Tell me, whit's she done?'

Nuthin aboot how the smudges below the Sacred Heart an the wans under their weddin photo hud gone. An the scribbles Annemarie did wi coloured pencils away as well. Nuthin aboot any ae that. An no drips oan the skirtin boards, even the wans oor Pinkie made – wiped those clean wi the turps, nearly took ma skin aff.

'Jesus Christ, it's pink. Whit've yi done?'

'Whit's up wi pink?'

Simmit's at his side: 'Da, tell her. It's a lassie's colour.'

'But it wis horrible. Even you said that, Pinkie. An it's no been done fir a year. Surely, yi can see the difference?'

Ma daddy says: 'Aye, ah can see a difference awright. And anyway, where'd yi git the money tae buy paint?'

'Ah saved.'

'How? How did yi save?'

Keep calm, ah tell masel.

'Ah saved fae the messages money.'

His foreheid is aw wrinkled up as if his anger pushed against the surface ae his skin an any minute it'd burst oot intae the room, splattin aw over the pink livin room waws.

Simmit grins. Turncoat.

'Yi spent ma money oan pink paint withoot even askin. Whose hoose is this? Whose? Is it yours or is it mine?'

As he gets louder, a sort ae amnesia comes over me, aboot how words connect, join intae sentences, an even worse how individual letters make words.

'It's oor hoose as well.'

'Yir hoose. Is it? Dae yi pay the bills? Dae yi pay the rent?'

'We don't pay rent. We git housin benefit.'

Simmit laughs.

'Wid yi listen tae her? Wid yi?'

Next door definitely hear. They probably turn doon the telly right in the middle ae Coronation Street. A real row wi people yi know is always better than a made up wan. Simmit's rabbit nose twitch starts scrunchin like mad. Poor Simmit. He disnae like shoutin.

'A pink livin room. We'll be the laughin stock ae the place. Another wan ae yir daft ideas.'

'It's ma favourite colour.'

'Well, that wid explain it. Yir favourite colour. Hiv yi no common sense? Yir mother wis right aboot yi. Heid always in the clouds. Yi'll nevir change.'

There are lots ae good things aboot pink. It's the colour ae sunset over the steelworks when the sun's burnin red an sinkin below the skyline even though the place smells ae rotten eggs like the wurld's jist farted. Sulphur dioxide. The wee hamster we once hud wis pink, especially his stomach. Sticks ae rock are pink, when yi git them fae Blackpool or Ayr when wir pals go oan holiday an when yi lick it fir ages yi git a pink tongue.

'Ah don't suppose there's any money left?'

'No,' ah lie.

'Might've known.'

Then he's straight oot the door again, his bag still lyin in the haw.

Honestly, Erin. You're supposed to help your father.

When ma daddy comes back, he's carryin two tins ae paint and Mr Wiley fae Hazel Drive is wi him. He dis aw the homers: cheap as chips, roon here.

'Here it is, John. Can yi dae anythin wi it?'

Mr Wiley his stooped shoulders that make him look as if he lifted them up wan time tae haud up a ceilin that he wis paintin an his shoulders got stuck.

'Whit dae yi make ae it, John? Eh? Eh?'

Mr Wiley runs a haun across the surface, took a few steps back an looked at the waws fir ages. His face hud white flecks ae paint.

'It's no that bad, Joe. Quite an even spread. Yi'll be comin tae work fir me, hen.' Mr Wiley winks at me.

'Very funny, John. That's hilarious.' Ma dad shakes his heid, lookin roond the room, still tryin tae enlist the support ae eviry-thin that moves, even evirythin that disnae, even the switched aff telly an the couch an the chairs an the cat's basket. At least the Sacred Heart stays shtum. Nae miracles, talkin pictures sayin, *aye right, Joe.*

Hoors later, ah can smell the fresh paint fae upstairs. Ah sneak doon; the paint's no even proper broon. The livin room looks even darker.

'Right, that'll dae us fir a good few years,' Dad says. Much calmer.

'Is that no better?'

Naebudy answers.

'See whit yi caused?' Pinkie says.

But at least ah git the livin room painted even if it is mustard noo. Aye, a horrible shite-like broon. Painin the hoose hisnae worked, ah'll need tae think ae somethin else.

* * *

Ah try ma best tae look the same at school but it's hard. Ma daddy's no sure how tae work the washin machine so ah hiv tae dae it at the weekend but we need clean uniforms durin the week an by Wednesday the shirts need washed, again, an ither things. Ah rinse ma tights every night but they're nevir dry fir school in the mornin, ah wear them anyway an the first two periods are dead uncomfortable but by interval they're fine. Me an Anna clean the hoose at night an at the weekends as well but as soon as it's clean, the place needs done again. Aw the things that used tae happen cos ae ma mammy don't happen now unless we dae them ourselves. An the mair ah think aboot that, the mair tired ah feel.

The ither day Mrs Kelly wis at the door an as our class wis leavin she asked me tae stay behind.

'Wait a minute,' she said, as she closed the door.

'Here, I've something for you. Now, I don't want you to worry.'

Ah started tae get a sore stomach full ae worry even though she said no tae.

She took a package oot her bag an ah could see it wis a new school shirt in oor school's colour. Then ah knew an ma stomach got mair sore an ah could hardly speak.

'Now, I said don't worry. It's only we thought if you had a spare one, it would be easier.'

'Ah'm sorry...'

'Don't be sorry. It's nothing to be sorry about. Here, take this and put in on and here's a tie as well. There's a plastic bag you can put your own one in and now you've a wee change.'

She hands me a fresh tie, again, jist oot the packet.

Ah don't know whit tae say.

'How's your dad doing?'

'He's misses oor mum.'

'Of course, he does.'

Ah cannae wait tae git oot the room an ah think she sees it in ma face cos she says that's okay, ah can go.

The maist important thing in front ma pals at school is tae act as if nuthin is different. That way, ah least ah'll hiv a normal life, there. So, when anybudy asks me how we're daein, ah say fine. Ah thought it wis workin but seems ah wis wrang.

Joe

Joe feels bad aboot Paul. He goes tae Oban fir a few days tae try an git the laddie back hame. He meets the doctor.

'Is it normal fir a laddie tae stop talkin, doctor?'

The wee doctor says: 'It can be a symptom of trauma. He'll be fine. Paul jist needs some space fae the faimily an time.'

Joe nearly replies 'Who disnae?'

There're boats in the harbour. He wunders whit wid happen if he got oan wan ae them an sailed away. Eve's faimily hiv already offered tae take the three youngest back tae Ireland an her auldest brother said the two eldest lassies could stay wi him an his wife. They already hiv four lassies so two mair widnae make much difference. But even wi the car it wid mean a day ae drivin an a two-an-a-hauf-hoor boat journey between them. Joe put his foot doon, knowin Eve wid've hated them aw tae be split up. But he couldnae stop Paul goin. At least Oban is only a three-an-a-hauf-hoor drive away. Anyway, there's nae point sendin Paul tae Ireland when he willnae talk tae anyone. Still, he wishes it wisnae Paul. The ither two laddies are that bit younger an don't appreciate the finer points ae fitbaw, that the team needs sumbudy that can break doon a defence or sumbudy tae dig in. They two stare at him like they hivnae a clue but Paul wid git it.

Paul's a great wee player, an he can talk tae him. Laddies are so much easier than lassies. He stops hissel thinkin he wishes it wis wan ae them.

Mary says the doctor said he'd not tae put pressure oan Paul, that he his some kind ae stress disorder, efter his mammy passin away. Joe isnae so sure. Paul should be at hame but naebudy else seems tae agree, nane ae Eve's brothers an sisters, an he isnae in any fit state tae take them aw oan. Eve wid haunt him if she knew he'd agreed tae let Mary take the laddie but whit else can he dae? Efter that thing at the funeral wi the cross, in front ae eviryone. There are too many ae them, that's the bottom line, an he needs the help.

At first, he's oan top ae things, risin early in the mornin an gittin them oot tae school. The house is so quiet when they leave; he goes fir the shoppin tae git oot fir an hoor, tries tae git away fae the hoose an his thoughts. Eviryone he meets asks:

'How's it goin, Joe? How yi aw daein Joe?' It's exhaustin, answerin the same questions.

He his tae make the money stretch when he goes doon tae hauf pay an then the pay stops an he only gits benefit. There's nae money fir fancy clathes or things fir the hoose but really only Eve bothered aboot that.

It's tirin tryin tae think up different dinners eviry day: mince, stew, soup.

Soup is easier, easy tae make an cheap. Open the tin, heat it up. Open the tin, heat it up. They'll always hiv meat at the weekend but young weans don't need that much. The efternoons are the worst, the hoors afore Annemarie, his five-year-auld, comes hame. Four hoors when the messages are done an the phone disnae ring an the hoose is silent apairt fae when he puts the heatin oan an the system clicks an burrs tae its ain tune. He tries tae keep the place clean, washin the dishes efter breakfast, but it's non-stop, thankless. There're so many ae them, so many dirty plates efter they aw eat an he disnae even go near the bedrooms. As lang as Erin an Anna take care ae the rooms upstairs, he'll manage wi the shoppin an the bits ae cookin an the discipline. That's the system. It works fir a while but only Anna dis any hoosework. Erin his her heid in books upstairs efter school, always studyin fir this exam or that wan. He likes that she reads, likes that she's smart, but there's a limit tae how much readin's good fir a person.

He wunders wis it his fault Eve got sick? Mibbe if she'd no hud so many weans … but she wanted a big faimily. She always said that. An he wid hiv been okay if they'd taken precautions, but no her, evirythin hud tae be always right. Mibbe if he'd stood up tae her mair when she first said she wis goin oot tae work oan the wards two nights a week. Mibbe that's whit killed her or weakened her.

At night Joe goes fir a very lang walk. Some nights as much as three hoors. Fresh air. Nuthin like it. Yi cannae beat a dose ae fresh air.

The weans are awright watchin the telly. He'll git back an they'll aw hiv the tea an biscuits. Erin's upstairs studyin. He'll bring the oil fire doon, later.

God this is good, he thinks. This is the best: fresh air.

Mibbe, he'll sleep the night. He'll gie Mary a ring an see if the laddie is ready tae come hame.

Why did Eve leave him wi aw this? She's okay: well oot ae it. He's the wan wi aw the worry. Goes walks tae take his mind aff things, bills an that. There's that many things tae pay. An how can he keep up wi clathes an food an lights an immersion heaters oan an a tumble drier in the summer? And why did she buy a tumble drier an leave him wi the bills an that big chest freezer as well? Costs a fortune tae fill it. He wis workin when naebudy wis sick. But now Invalidity cannae pay fir aw that. Social security cannae keep up wi it. Mornin, noon an night, lights oan, washin machine goin, that gas fire blazin. They don't realise, think money grows oan trees. That tree oot the back. Think there's money hangin fae the branches an that he goes oot when they're in bed: rakes it aw in. He disnae know how she managed. He's a man, fir God's sake.

Erin: days ae the week

There's a big broon mark oan Wordsworth's foreheid efter Dad throws him oot. Did Wordsworth evir see his life comin doon a stair, the way ah see mine tumblin doon? That his poems should end up in a puddle at the bottom ae oor step, three days efter ah painted the livin room pink? Ma daddy didnae know. He didnae realise it wis Wordsworth in the bag: his lang, black coat, haun oan his foreheid like his thoughts hurt an his eyes lookin doon tae empty space. Bet folk said he hud his heid in the clouds. Photograph oan the front cover wis pure soaked an that wis bad enough, but the English jotter ruined as well, an Mrs Kelly's pencil, that ah wis supposed tae bring back, lost in grass. She writes yir name in a book if yi don't bring yir ain pencil. Three times then yi git a letter hame.

Mibbe Dad's right. *Ah'm a dirty, lazy so an so* an mibbe it is his way or the highway but ah cannae forget the way the bag opened at the top ae the steps an evirythin fell oot, tumblin doon the stairs in slow motion time. Agne swis oot oan her step an spied me oan the grun gaitherin the books up, an a bus passin an people that disembodied way they look when yi can only see their heids an shoulders. But they could see the hail ae me: the rubbishy stuff, bits ae sweeties that got stuck in corners ae the bag fae months ago, an a dirty hankie in the middle ae the grass.

His nerves make it happen. Nerves are a terrible thing. But ah don't really know whit they are.

An aw the time, Agnes sweeps the pavement, the brush scrapin her steps in the backgrund. Ah stay oan the grun till the brush stops. When ah stand up, ah've squashed a worm wi ma knee. Need tae rinse the tights oot fir school.

'Whit's up, hen? Is yir daddy in a bad mood?'

'Naw, he's fine. Whit makes yi think that?'

'Nevir mind. Don't you worry. Cannae help it wi yir brother bein so far away.'

'Whit dae yi mean?'

'Well, yir dad's tryin hard tae keep yi aw thegither. And it must be hard that your Paul isnae here.'

'It is hard.'

'It's a pity, somebudy didnae jist bring him hame but that's pointless ah suppose, if he's sick an that.'

'But who could go?'

'Ah'd go maself if it wid help.'

'Mibbe ah could go.'

She starts tae laugh.

'Whit's so funny?'

'How the hell wid you get aw that distance? Naw, better let things work themselves oot. Time's a great healer.'

Wordsworth went travellin aroond the place, writin poems aboot beggars an farmers. Ah feel the waws are pushin in oan me, an the thoughts are always there how there hud been ten when ma mammy wis alive, an ah could count oor names oan two hauns. An noo, there's only eight wi Paul away as well.

Ah sneak the books upstairs. Doonstairs, he keeps goin oan aboot the mess an books lyin aboot but it wis only school books an books fae the library an it's no as if we've special places fir books in oor hoose, only the drawers fir the clathes an they're full.

Agnes is right.Paul's the ideas man in the faimily. It wis his idea tae gie evirybudy a day fir the telly, the eight ae us no countin ma mammy an dad. The wee ones share Sunday cos naebudy else wanted it. Paul took Saturday cos ae Match ae The Day. Ah wis happy cos ah hud Friday fir *Crackerjack.*

CRACKERJACK!

Agnes said if somebudy could git Paul tae come hame somehow it'll make it up tae evirybudy. But there's naebudy, only me.

It'll soon be the September holidays. Ah'll go then.

Drew walks me tae the bus stop the Thursday afore ah leave. His eyes say ah like yi but he'd nevir say it oot loud. It's great when the sun comes oot efter the bell goes an we're free fir a lang weekend.

'Right, see yi Seturday, at oor Karen's?'

'Cannae.'

'How no?'

'Ma granny in Ireland's sick an we've tae go over an see her.'

'Och, that's rubbish ...'

'Ah know, she is ma gran but. Ah'll be back oan Monday night.' Nevir thought ah could be such a good liar.

'That means ah'll need tae babysit oan ma ain then. Wee Daniel an Scot were lookin forward tae seein yi.'

'Sorry. Tell them ah'll come over soon.'

'How much dae yi like me?' 'As much as Debbie Harry.'

We know that's no possible cos he really fancies Debbie oot ae Blondie so we baith laugh. Afore we get tae ma bus stop, he kisses me an then when the bus comes, ah turn an sing a bit ae 'Super trouper ...' tae annoy him cos he hates Abba. Later, ah mind us laughin an feel bad aboot bein happy an ah don't know why.

I wandered lonely as a cloud

Ah feel sad the mornin ah leave but ah've made ma mind up. Mrs Simpson his a new sign oan her gate: Dangerous Dog – KEEP OOT, an the Polish brothers next door hiv cut their grass, a gairden full ae buttercups an daisies wi heids chopped aff. Bee hedges that run the full length ae oor block trimmed, an though the tops are flattened noo, bees still sing inside, as if the hail street is singin. That makes me sad tae leave. In anither month, there'll be birds nestin in the hedge, a different kind ae song.

Don't look in the direction of windows. Last thing you need is to catch somebody's eye.

Heid doon, only the grey pavement an tarred roads wi white chips tae look at until there's nae danger. At try no tae look for patterns in the clouds this mornin, that the sky is blue wi a grey shaped whale. Three big towers ae the steelworks, behind me: see-nae-hear-nae-speak-nae-but-smell evil. A blackbird faws oot ae the hedge, panics when it sees me, scurries away in front oan the pavement. Cannae find a way back in.

'Ah'll no touch yi,' ah nearly say oot loud; how daft tae speak tae a bird in the street. Finally, the blackbird sees a gap in the bottom ae the hedge an disappears.

Dad will be up first. Then oor Simmit back fae his paper roond at Rooney's shop oan oor Anna's bike. He'll start the toast goin fir him an dad but the smell will waken up oor Annemarie, Lizzie an Elaine an Simmit'll nevir git any toast hissel till he's fed aw three ae them. Pinkie'll be playin oor Paul's Bob Marley records. Oor Pinkie's turn noo fir a Bob Marley phase. Up full bung. 'No woman No Cry' right through the hoose. Anna will be last up; think ah'm already away tae Drew's fir the lang bank holiday. She'll complain that, once again, she's left wi the hoose-work, until she realises she his oor room aw tae hersel. Imagine her stretchin in the bed, the luxury ae space an bed covers wi naebudy pullin them away fae yi so yi end up freezin durin the night, nevir gittin a good sleep. They aw knew ah wis goin tae Drew's but they didnae know it wid be first thing, only Dad knows that. Telt him last night, when the rest were in bed.

'Whit yi goin at the crack ae dawn fir? That fella's mother will be heart sick ae yi. Wait till the efternin an ah'll run yi there in the car.'

'Ah cannae wait. She wants me there early cos Drew's sister is goin tae a weddin an we've tae help wi the weans when they git up. It'll be fine.'

'Hiv yi no enough weans here tae help look efter? Honest tae God, charity begins at hame.'

'It's no charity. We're gittin paid.'

He makes a gruntin sound. Sometimes, he jist gies up. Thank God fir me.

Under the bridge pigeons coo. Ah wish ah hud a hood in case ah git a heid ae bird shite. Their cooin is like a voice tellin me tae stay, that this is hooooome … hoooome. Talkin birds again, bad enough wi human voices in yir heid, withoot the animals gittin involved.

Ah'm past the steelwork's canteen where ma daddy gits a cheapo lunch efter his walk, towards school. That's me officially in Motherwell cos hooses start again. Pass through no man's land between the steelworks endin an Motherwell startin then at the school gates. Oan the ither side ae the road is the bus stop fir goin hame; ah turn away fae the wide road lined wi big trees.

By the time ah git tae Motherwell train station, ma feet are sair, the start ae a blister comin oan the baw ae ma foot.

You should get a plaster.

Tights will soon dry in but the cold ae early mornin makes me shivery.

You'll get a chill from that.

Ah hear the voices mair an mair but sing tae droon them oot. La la la la ...

Got Paul's auld sports bag; he threw it in a cupboard, alang wi the coats, two sweepin brushes an a broken hoover. Travellin light: spare jeans, ma best black jaiket wi the broon sleeves, a jumper an a cagoule fir emergencies. Ah hated leavin behind the curlin tongs Uncle Tom bought me but took oor Anna's eyelash curlers instead: revenge fir her callin me a prostitute. Anna disnae even know whit the word means. She heard it fae lassies at school.

Salmon paste sandwiches an a hauf bottle ae diluted orange in case ah git hungry. Hope the pieces don't go tae mush. Tucked in the pocket ae the bag: peach lip gloss that doubles as blusher; spare knickers an wan pair ae socks; a book aboot Wordsworth's poems. Mrs Kelly gied me it tae help wi the class talk. Mrs Kelly's right, 'Tintern Abbey' is dead lang but the reason ah picked it wis cos ae that: naebudy else'll touch it. They'll aw be gien it 'I wandered lonely as a cloud'... bla bla ... Only trouble is, ah don't really understaun it masel, but mibbe this isnae a test ae understaunin, as lang as ah can learn a bit aff by heart, ah'll git tae go oan the trip tae New Lanark. Still, the book's a luxury. Cannae leave it though. Mrs Kelly'll go mental if ah don't dae the work.

Ah bumped intae her when ah wis comin oot the cleaner's room.

Ma face wis a beamer.

'Ah wis lookin fir the cleaner, Miss. Sumbudy spilled ginger oan the flair.'

'Go an see the janitor then. No wait, ah wis going to give yi this in class.'

She took somethin oot her bag. It wis a book.

'Here,' she says, haunin me it.

'It's a bit stained. I saw it in a second-hand shop at the weekend and thought you'd like it. It might help with your talk tae look at other poems Wordsworth wrote.'

'Thanks, Miss.'

Ah shuved the book in ma blazer pocket an started tae walk away.

'Erin?'

'Miss?'

'The janitor's room's the other way.'

Later, when ah'm in the room up the stairs, ah look at the book. It says: *A Wordsworth Treasury*. There's a faded daffodil oan the cover. Mrs Kelly's right, it's got stains oan the front but ah don't care.

* * *

The man behind the glass partition throws change intae the metal tray. Coins ring oan the surface ae the drop that bevels like the sink in the kitchen. Dishes bein thrown in, plate against metal: clink.

'That'll teach you to wish the dishes when you're telt. If you're hungry, you need plates.'

'Platform One, in ten minutes, hen.'

'Where's Platform One, Mr?'

Face nearly touchin the glass. Hairs in his nose, his right airm points in the direction ae a stairway ah cannae see cos ae a door.

'See they stairs, hen?'

'Aye.'

'Go doon there. That's Platform One. Awright?' He's already, lookin over ma shoulder tae the person behind.

At the top ae the stairs, there's three possible directions, makin a crossroads, but the man said straight aheid. Smell ae wet paint lingers in the tunnel that leads tae the platform. Tunnel's made fae perspex; shadows become passengers when ah pass a real glass windae. Doon the stairs, leadin tae the platform, a smell ae pee like sumbudy's dog's been let loose or a drunk stayed here durin the night. Railin is icy cold, paint chipped an dead rough under ma haun.

Check ma ticket. Money left over fir food an the connection tae Oban. First, git tae Glasgow an then anither train tae Oban. That's the plan. One hunner an fifteen miles; ah asked ma Uncle Jim. At Aunt Mary's there's a river wi some boats, an then a big hill. Ah remember turnin aff tae a street lined wi trees an us walkin tae a gate then a hoose wi a red slate roof, white stanes in the gairden an smoke fae the chimney.

Ah've got oan ma mammy's lilac top under ma jumper an coat. She used tae gie me a loan ae it fir school cos lilac an purple are oor school colours. Ah like wearin things ae ma mammy's that ah used tae steal a loan ae. Mibbe, ah should go in some sort ae disguise but ah don't know whit that wid be.

The track leads intae a tunnel, a black empty eye that stares back gien nuthin away. Oan the platform there's a man in a suit, readin a paper, perfectly polished broon shoes, the way ma daddy likes his shoes tae be: 'Cherry Brown,' written oan the tin, the sweet smell, an the money in yir haun when yi've polished them till they shine. Farther up an auld wumman sits oan a bench, watchin the tunnel like any minute the answer tae the hail ae her life will appear. Fae the platform yi can see intae the tracks where the wind his blown pieces ae rubbish: an empty pot noodle, crisp packets. Yi can smell the pot noodle: a scent ae chicken stock.

The wumman says: 'It's supposed tae be oan time.'

'The man said ten minutes,' ah reply.

'Aye, they tell yi nuthin.'

Try tae read a bit ae 'Tintern Abbey' tae git aheid wi ma school work but the breeze keeps blowin the pages shut. The drop doon intae the track makes me dizzy. Top flair at school, in Geography class when yi can see the hail ae Motherwell an Wishy fae up there, a sprawl ae hooses, skyline broken by the high-rise flats in Muirhoose, the blue coolin towers ae the steelworks, bullyin evirythin in sight. When the teacher leaves the room, Drew hangs oot the windae aimin his spit at the grun or at wan ae his pals. Dead funny, especially when he hits sumbudy.

This waitin slows me doon. Any minute noo, Dad'll appear. Wish the train wid hurry up. While ah'm waitin ah think aboot oor Paul an how weird it must be for a person who disnae evir speak; evirythin must be different; the way every sound seems tae git louder, even the sounds inside yir body, yir aine breathin, yir blood flowin in the veins. Ah wunder does he know whit he must look like tae others, a blank face starin back at us. Adults are always tellin us tae be quiet, teachers at school, ma mammy used tae, an ma daddy especially when he's talkin or watchin the news oan telly. So, mibbe, Paul's only doin whit they wanted him tae do. 'Children should be seen and not heard,' oor granny says. Mibbe, if he wisnae heard, he widnae be seen an then he could disappear too. Cos if mum could disappear then so could he.

Suddenly, a pigeon flies oot the tunnel, landin oan the grun, red eye flickerin in its heid daein hauf circle turns. The place is freezin. Wish ah'd put anither jumper under ma coat an nicked oor Anna's clean tights stead ae these wet ones.

Best to dry them on the washing line.

Ages an ages ae lookin intae the distance until beyond the tunnel, the grey snake ae the train appears at last, twistin an turnin across the lines. Then it disappears inside the tunnel becomin a murmur like a sound inside a belly when its period four an the bell won't go fir anither twenty minutes an yi hiv tae concentrate or yi might faint wi hunger.

You should have had breakfast.

Have one of your pieces soon.

Doors open, suddenly. Beepin sounds; a man leanin oot a windae.

'Haw, hen. Are yi gittin oan?'

Could be goin oan ma holidays tae Ireland except there's naebudy else wi cases an nae weans greetin that they don't want tae go.

There's a big gap between the step an the platform, dark an deep, that yi could step intae as pairt ae a dream, aye, yi could easily miss it an faw ontae the track. Across, oan the opposite platform, people watch oor train pull in. Wan person seems familiar, a wumman in a beige raincoat, her well-cut, short black hair, shoulders held back.

Standing straight gives you good posture.

Don't slouch or you'll have round shoulders for life.

How dae ah walk then?

Stick yir chest oot, see.

Doors close abruptly, engine cranks intae gear. Movin away fae the platform, the stranger turns tae stare back at me. When ah look again tae check, her smile is turned upside doon.

'Hen, yi'll need tae make yir mind up.' *Enough that you are free.*

Watch the step up, it's high.

Wan foot then the ither an ah'm oan.

voices in ma heid

Ah stert tae feel homesick as the train begins tae crawl oot Motherwell station, gradually pickin up speed. Ah take ma mind aff it an look at the scenery an that helps fir a while. Didnae know we lived at the edge ae a forest, big swoopin view ae a river that yi only see fae a train. High up above two arcs ae a bridge, an below, the water: must be the Clyde. Mrs Kelly said Wordsworth visited Scotland oan a walkin tour in 1803.He wis fae anither country an walked aw over ma country an ah've nevir even heard ae hauf the places he went tae. Ah read that he went tae Glasgow an up the mountains ae Glencoe, went alang Loch Lomond tae Inveraraghy in an Irish jauntin cart wi his sister an anither poet. The ither poet didnae make the full trip cos ae the Scottish weather. Must've thought he wis goin tae Tenerife. The train tae Oban goes through some ae the places, so mibbe that'll help me wi ma talk. Mrs Kelly says we've tae introduce oor poem wi a few useful facts. So, ah need tae find some ither useful facts aboot Wordsworth an 'Tintern Abbey'. Ah'm so lucky Wullie Wordsworth gies me somethin tae think aboot. Ah'm actually takin it so well, evirybudy's right aboot that.

Ah wunder whit Drew's up tae? Wish he wis here. It'll be weird at Christmas when he leaves school but evirybudy says he's lucky tae git an apprenticeship in the steelworks. Then it'll be ma turn tae leave at summer. Ah cannae wait noo.

Open ma book at the poem. It says: '*Lines written a few miles above Tintern Abbey, on revisiting the Banks of the Wye during a tour.*'

'*...Once again*
Do I behold these steep and lofty cliffs
That on a wild secluded scene impress
Thoughts of more deep seclusion ...'

Ah love these lines an ah don't know why.

Back tae lookin oot the windae. Branches trail sides ae the train, makin a scrapin noise but no unpleasant like fingers doon a blackboard when the teacher's oot the room. Faster an faster, until the landscape opens intae miles ae waste grun: an auld crane an broken railway lines branchin oot in aw directions but the lines are rusty an the railway trucks hivnae moved fir years.

Check ma ticket, feelin guilty an ah don't know why.

In the windae, a face stares back at me: white faced lassie ah don't recognise, purple bags under her eyes. At least ma hair is gittin lang noo, nearly level wi the bottom ae ma chin, growin in its ain direction, wild an curly. Ah rub some red lip -gloss oan ma cheeks.

A windae flies open an the carriage erupts wi the sounds ae wheels oan the track, screamin in ma ears like a loud passenger, until the auld wumman complains ae a draught. A man looks up fae his newspaper. Goes over an closes the windae.

It's dark suddenly. When we enter a tunnel ah can close ma

eyes an feel the peace ae it but then it's bright wi sunlight again an the red bricked waws skiff past tae the sound ae the wheels oan the line.

'O sylvan Wye!'

O Clyde tell me whit tae dae. No answer, only the sound ae train wheels oan tracks, train wheels oan tracks ...

Trees start tae seem like people wi faces: oor Annemarie's face, ma daddy. Ah fix oan the way sun makes leaves dance wi light patterns an if it wis a tune it wid be Radio One first thing in the mornin, us gittin ready fir school tae 'Going Underground' by The Jam. Simmit an Pinkie poggin right oot the door.

A fox lounges oan a piece ae bare grun, sunbathin. The train disnae scare it. Broon wi patches ae black. Wish ah could tell sumbudy: Look, look. A fox. Ah feel sick, the thought noo ae no bein hame when eviryone else is there. The ither passengers don't seem tae see it, or if they dae, don't think it's that interestin. Oor Annemarie wid love that, a fox right there afore yir very eyes, between Motherwell an Glasgow. The auld wumman yawns; at the same time, the doors open fir a stop as if the train is yawnin tae.

Ah take oot ma salmon paste pieces an start tae eat them an the man looks up fae his paper. The pieces are mushy feelin in ma haun. Ah've this sick feelin in ma stomach aw the time as if ah'm hungry but when ah take a bite the food disnae take the feelin away.

The man says: 'Yi havin a picnic?'

Remember, don't talk to strangers.

Don't know whit tae say anyway, so jist keep eatin.

Afore ah know it, the train is crawlin intae a glass roofed buildin, high beams intersectin, gien the impression we're aw trapped inside a metal cobweb. An where's the big spider waitin tae catch us? Big, beady eyes.

Dead slow fir ages, then a platform at the sides, pigeons flyin through gaps in the ceilin.

Beep. Beep. Beep. Glasgow Central. Glasgow Central.

Ah sit fir a while till evirybudy gits aff the train an when the carriage is empty, ah leave. Where tae go, whit direction? Join the flow ae people, follow the ither passengers towards the turnstile, tae a man in a navy uniform, wearin a blue cap. He takes ma ticket wi a tanned wrinkled haun, disnae look at me until ah ask:

'Can yi tell me how tae git tae Oban, please?'

'Check the board, hen. Ah'm a bit busy here. Tickets at the information desk,' he says, reachin oot his haun tae the auld wumman ah spoke tae at Motherwell. She's still rummagin in her bag fir the ticket.

The station's a gigantic noisy place. Fir a minute ah wunder, should ah turn roond an go back hame like this is kid-oan runnin away? Aw the people aff the train hiv disaappeared oot the exits: aw wi some place tae go.

In the middle ae the station, a big clock hangs doon an folk staun under it. Eviry few minutes wan ae them looks up an smiles, an then they're walkin towards sumbudy walkin towards them. If ah staun fir a bit, mibbe sumbudy will come an meet me an tell me whit tae dae next.

The numbers oan the clock are Roman numerals like in oor Latin book, *Ecce Romani*, wi massive hauns. In the backgrun, a train roars tae a halt. Aw the ither sounds rush in: constant burr that ah don't know whit fae, click click ae a wumman's heels, evirybudy's faces are engrossed in where they put their ticket an will their train be late.

A man's voice announces times over a tannoy an people stare at a big board wi destinations constantly changin. If only yi could pick a new life like that, climb oot yir auld life wi yir rope an then decide whit's next cos yi liked the sound ae the place or yi'd read it in a book.

Pigeons fly low through the station, makin people duck; heidin fir the bits ae sandwiches, tomata sauce oan their claws. Their wee heids bob madly, aw business like wummen oan a shoppin trip, dead gallus, right up near ma feet. If they could ah'm sure they'd hiv their airms faulded, a pinny oan, gien yi a row fir no helpin wi the dishes an they're evirywhere people are, makin an upside doon shower, scatterin fae the feet ae office workers who're heidin fir the way oot.

An auld man an an auld wumman wi a stick hug each ither.
You need to stay strong for the rest of them.
Dae they aw hiv voices in their heids or is it jist me?
Better pull masel thegither.

Sounds here seem tae come no right at yi, but take a detour, towards the glass roof. It's like bein under water at Wishy Baths an people are shoutin tae each ither fae divin boards or the guards are yellin tae folk in the pool. An then ma daddy is in ma heid sittin in the café, wavin doon tae us in the pool.

'Look, look at me oan the top dale,' wan ae us shouts up tae him.

Three in the wee pool, five in the big pool.
Wunder will he git hissel a sausage roll.
He his tae keep movin his chair tae wave tae aw ae us.

An he's smilin even though he looks drooned in his parka wi the big fur hood an he probably cannae hear us cos it's double-glazin in the café. But when ah look again, ah'm no in Wishy Baths but in the station starin up at the clock.

At the information windae, a wumman wi dyed blonde hair that looks like yellae sheep wool wi pee oan it tells me the price ae the fare tae Oban. Didnae think it wid be that dear. If ah buy a ticket ah won't hiv much left.

'C'mon, hen. Whit's it tae be?'

A queue behind me aw waitin fir me tae make up ma mind. Ah cannae think, ah cannae speak. Ah need a minute then ah'll know whit tae dae.

Ah spot a free space oan wan ae the benches in the middle ae the station near the clock that hangs doon. A man wi a skinheid is sittin oan the grun, a black dog tied tae a bike pole wi a tatty lookin rope. He's sleepin an the dog's got its eyes closed tae. How can they sleep in aw this noise? Ah wish ah hud somebudy tae talk tae. Ah don't think ah've ever gone this lang without talkin, there's always a conversation goin on in oor hoose even if it is a fight aboot a school tie. There's a lassie doon a bit fae the man; she's a few years aulder than me. She's sittin oan the grun as well, a black bin bag at her side an whit looks like a tobacco tin fir collectin money. Roond the station, people walk that fast, yir mind disnae git a chance tae fix oan anythin. Take ma book oot ma bag cos ah don't know whit else tae dae. Mibbe, if ah pretend ah'm readin, ah can sit here fir a bit while ah decide whit's next aboot the train an that.

'Hiya, hen,' a voice says. A haun oan the seat between me

an the voice. The man his langish, grey hair, a bald patch, an he smells like his clathes hiv been hangin in a damp wardrobe. He looks aulder than ma daddy.

'Hiya.'

Don't talk to strangers. How many times?

Disnae look straight at me, no at ma eyes or any pairt ae me, then he looks at the words ae a poem oan the page ae ma book.

'Underneath what grove shall I take up my home ...'

'Whit yi daein oan yir ain? Busy place like this?' His eyes wander first tae ma hauns oan the bench, tae ma ankles then rest oan the smudge oan ma ecru tights.

Always wear clean underwear in case you get knocked down by a car.

Don't smile at strangers.

'Ma mammy died when ah wis young,' he says. 'We've got that in common.'

Ah'm scared ae him that he can look right intae ma life an know the story, ah know ah should move away but ah cannae.

'Hey creepy features, that's ma pal. Beat it. Leave her alane, or ah'll set the dug oan yi.'

The lassie is staundin in front ae me, hauns oan hips, talkin right at the man. It's her wi the plastic black bin bag. She's tall an skinny, taller even than Drew.

The man spits oan the grun as if it's he's in the street an no a train station.

'We were jist havin a harmless wee chat,' he says, but he sounds angry.

'Ah'm callin the polis if yi bother me or ma pal again.'

She takes me by the airm, pullin me tae a staunin position as ma book falls tae the grun. Pick it up an shuv it in ma bag.

Erin, what did I say? Don't go with any strangers. Why don't you evir listen?

She's the weirdest dressed lassie ah've evir seen. Black like boot polish hair wi blue streaks through it. Pale skin makin her broon eyes seem even brooner, a tartan mini skirt over ripped, black tights an her jaicket sleeves cut short tae show a tattoo ae stars roond the tops ae baith airms. The hauf jaicket is the exact same blue as her hair wi safety pins pierced over it, the kind yi fasten a baby's nappy wi. If the pin opens, she'll git a sair wan. An there's a smell fae her as well, same foustiness as him: the smell ae wearin clathes yi found in a bin. Ma airm is dead sair. Don't feel like tellin her though, the way she's nippin like it's me got the safety pin burstin open oan ma bare skin.

'Let's git away fae that creep,' she says, noddin in the man's direction. He seems dead wee noo he's sittin doon an we're staunin, especially cos she's so tall. Then, in the same way ah take oor Annemarie's haun, she pulls me away an disnae let go ae ma airm till we're at the ither side ae the station.

'Hate wans like him. Yeuch!'

There's a tiny hole in her nose where a nose ring should be.

'Yi're hurtin ma airm. Let go.'

'No until yi're away fae him, there. C'mon, sit, keep an eye.'

Plonks hersel doon oan the grun, black bag tied at the top. Still manages tae keep the short skirt in a ladylike position even wi her lang gangly legs like she's done this loads ae times afore.

If you sit like that, evirybody will see your knickers. Sit up straight.

A train screeches intae the station.

'Sorry, whit did yi say?'

The lassie looks up at me as if it's ma turn tae talk.

'Hey, the lights are oan but there's naebudy in.'

'Sorry, whit?'

'Hiv yi nevir seen a train afore? Sit doon, c'mon.'

We watch people rushin backwards an forwards. She disnae say anythin fir a bit. Try no tae stare at the wee scar oan the left side ae her face.

A bit of dirt nevir did a child any harm.

Crouch oan ma hunkers, no touchin the grun. Punk lassie grins, satisfied, nae insult taken.

'Whit's yir name?'

'Erin.'

'Yir real name?'

'Ah've only got wan name.'

We watch the man fae the bench who gits up an walk across the main waitin area in the station then disappears doon the exit stairs.

She keeps lookin roond as if checkin who's behind us.

'Are yi s'pectin sumbudy?' ah ask.

Up close the lassie's skin is yellaeish.

'Ma name's Donna,' she says. 'Any fags?'

'Naw, sorry.'

Bites her thumb nail.

'Ah could eat a horse but. Yi hungry?'

'Starvin.'

'C'mon then.'

She stands up an wipes dust aff the bum ae the tartan skirt.

Then she walks towards this wumman, but as she dis, the wumman swerves tae avoid her; punk lassie says somethin, haudin her haun oot at the same time. The wumman pulls her briefcase closer, gien her a dirty look, an marches past. Punk lassie makes a face behind her back an it's really funny, the way she takes the mickey, her nose in the air actin like a right wan. Efter a wee while she goes towards a bin an starts rakin aboot. Yi can catch stuff fae bins. Her haun brings up an empty crisp poke; she squeezes the bottom tae see if there's any crisps left.

The broon eyes remind me ae the dates ma granny likes tae chew.

Donna fiddles wi wan ae her safety pins; tights so ripped, the tears'll meet an divide intae two, leavin her wi black nylon socks roond her ankles. 'Ah'm gaspin fir a juice an a poke ae chips. There's a place ah now across fae here. Jist wait there a minute.'

She goes back over tae the man wi the dog, lifts the tin an takes some money then pats the dog oan the heid.

'That's me got ma share. Well, let's go then.'

Oan the destination board, the train tae Motherwell leaves in ten minutes. If ah got that train, ah could phone fae the station. Be up the road in ten minutes. Nuthin's changed though. We'd be back tae square wan. But it wid be nice tae hiv sumbudy tae talk tae afore ah leave.

'Ah've git time.'

'C'mon, follow me.'

An we turn away an walk in the opposite direction fae the Departure Board.

The owner ae the café recognises Donna when we walk through the door:

'Hiya, pal. Yi lookin efter yersel?' A wee light pat oan her shoulder. Shop's empty. Two lines ae tables attached tae the waws oan either sides. Paintin ae a forest wi sunlight floodin through an a sign that says: **NO TOILET HERE**.

'Ah'm great, Marco. This is ma pal, Erin. She's a tourist fae the countryside, visitin the big city.'

The man grins at me. Nice, white teeth.

'Don't let that wan git yi intae trouble, hen. You listen tae me.'

Donna butts in: 'Aye, very good, Marco.'

'Any chance ae some ginger an a plate ae chips tae share?'

'Any money Donna? Or are yi playin oan ma good nature again.'

'No the day, Marco.' She rattles the coins in her pocket.

'Away an sit doon an ah'll bring them tae yi. No harassin ma customers mind.'

We find a cubicle wi two benches facin each ither. There's dried broon sauce oan the table. Hope Marco wipes it away afore the food comes. Donna puts her feet up oan the free seat beside her. Nice havin some company. Ah thought ah'd be oan ma ain the hail way. Ah wunder whit they're havin fir their dinner at hame. Friday, so it'll be somethin nice. Fish fingers an beans. Don't want tae start missin them too soon or ah'll nevir git away.

Marco brings the chips, hot an steamin, smellin delicious.

Donna wolfs the food, disnae speak. The hole in her nose looks a bit scabby, like it's been infected an no cleaned.

'Yi should put a plaster oan that,' ah say, but she disnae hear me.

'How many sisters an brothers hiv yi got?' ah ask her, tryin no tae stare at her nose.

'Nane. Only little auld me.'

Dip chips in the tomata sauce. Delish ...

'A room tae yersel an nevir havin tae share wi sisters an yir birthday the only wan, apairt fae yir mammy an daddy's an that disnae count. Aw that space. Yi're lucky.'

Donna looks up fae her chips, a trail ae tomata sauce oan her chin.

'Don't think so.'

'Whit dae yi mean?'

'How'd yi like if the pressure wis oan yi aw the time?' Noo she's starin at me, waitin fir an answer. Ah cannae even imagine it.

'Nevir thought ae it like that afore. By the way yi've got sauce oan yir chin.'

Donna wipes the red away wi the back ae her haun then rubs it oan a dirty hankie that she takes fae up her sleeve.

'Load ae crap, aw ae it.'

Ah don't disagree though ah'm no sure whit she's talkin aboot.

'Ah'd hiv liked a sister though. Sumbudy's clathes tae wear an sumbudy tae cover fir yi when yi need it.'

'It's no like that wi me an oor Anna.'

'Who's Anna?'

'Wan ae ma sisters. Next wan in age tae me.'

Nearly show her the eyelash curlers but oan second thought, leave it.

'Next wan? How many've yi got?'

'Eight aw thegither. Four sisters an three brothers.'

'Nae wunder yi're oan the streets.'

'Whit makes yi think ah'm oan the streets?'

She points at ma bag: 'That, an the look oan yir face an the way yi smile at evirybody.'

Eat the chips an don't ask her whit she means by that.

'So, where's your bit?'

'Where dae yi think?'

'Yi said yi didnae hiv brothers an sisters but yi nevir said anythin else.'

She looks ootside.

'Ah jist doss oan ither people's couches.'

Pulls her lang legs towards her, stares straight at me cos noo it's ma turn tae be under the spotlight: 'So, whit really brings yi intae the big bad city, kid?' Evirybudy lookin at yi as the poor McLaughlins who lost their ma mammy. Like we're somehow saft in the heid, that we lost her deliberately; aw went tae the shops an noo we cannae find her cos she's wanderin aroond the frozen food section an cannae mind how tae git back hame.

'Wan ae ma brothers is stayin at ma aunt's in Oban. Ah'm goin tae bring him hame.'

She whistles. An impressive whistle fir a lassie.

'A kidnapper. Git you.'

'Hardly, he's ma brother.'

'How lang's he been away?'

'Aboot six months.'

'Sounds as if he's gone fir good tae me.'

Don't listen to her, Erin.

She scratches the ootside ae her nose.

'Afore yi go, you an me could hang roond today.'

'Ah don't hiv time. Sorry ...'

That's right, Erin. You don't.

Donna takes a lang sip fae her Irn Bru until her top lip his an orange fringe. The broon eyes don't laugh though, staring oot fae under her heavy make-up, weighin evirythin up. No sure if she's weighin up ma situation or her ain.

Fiddlin wi wan ae her safety pins; tights so ripped, the tears'll meet an there'll be strips ae nylon where tights should be.

The street ootside is quieter noo, like the crowds in the station didnae exist. It's sumthin else. There's nae trees in the city centre, nae green. No that we live in the country like ma gran in Ireland wi fields an coos an sheep, but oor five apartment his a big gairden at the side an the streets ae oor scheme are named efter trees an plants: Larch Drive, Birchwood Road, Hawthorne Avenue, Rowan Drive.

'We're aw the same, pal. A story tae tell. Anyway, good chips.' She's grinnin again. Gied me a bit ae a fright there but evirythin seems fine noo.

'They could've done wi bein in the fat five minutes langer.'

'Did yi study chips at university or somethin?'

'Ah've got a certificate in fryin.'

'My God, ecru tights lassie his a sense ae humour.'

Donna leans over her plate, stuffs a corner ae roll full ae chips intae her mooth. Some ae them spill back ontae the plate. Then, she gits red sauce oan her tartan skirt.

'Shite. Hate when that happens.'

Lift ma roll up tae take a bite ae mine. Soft roll an the chips are hot an soggy; smell ae frying fae a little doorway, behind the counter. The man his a radio oan, an auld Frank Sinatra song. Dad loves his music. He sings in the bath: *Gimme the moonlight ... gimme the suuun ...* An he's really good. *That's why the lady is a traaaamp ...* this big generous soundin voice boomin through the hoose. Right noo, ah'm happy like he's happy when he's singin. Soon, ah'll finish eatin then ah'll go tae the bus station, catch the bus. Won't be lang till ah see Paul. It won't be lang till ah start tae git him back fir us. If ah knew the words tae the song ah'd join in. Ah'm goin tae Obaaaaan ...

Donna points her last chip at me, sauce drippin ontae the formica table.

'So whit's yir plan, kid?'

The glory of the open road.

Don't listen to that talk, Erin. Remember, Paul.

'Ah need tae git a bus tae Oban. Dae yi know where ah git the bus fae?'

'Buchanan Street. Aw the lang-haul buses go fae there. We can walk there thegither if yi like.'

'Okay. That's great.'

* * *

'Whit's this?'

Donna grabs ma poetry book that's stickin oot the top ae ma bag.

'Book fir school. Ah'm supposed tae be learnin a William Wordsworth poem fir when ah go back hame.'

She turns over the cover, gies me it back. Shakes her heid in total disgust.

'William who? Hiv yi nae pals an that's the real reason yi're runnin away?'

Ah want tae say somethin tae impress her, though ah don't know why.

'Ah've got a boyfriend. Hiv you?'

Donna shakes her heid in a *yes* way.

'Noo, that's the first interestin thing yi've said. Tell me aw aboot him.'

The conversation aboot boyfriends goes oan fir the hail walk tae the bus station. Donna's got theories.

'Bet laddies go fir lassies like you wi high cheek bones, skinny wi those big eyes, aw that broon, lang hair. Only trouble is they'd be worried they might lose yi doon a crack in the pavement.'

It's nice havin sumbudy tae talk tae, efter the feelin ah wis own ma tod. It's a pity we'll need tae say cheerio but ah better got oan the move.

At the station ah go up tae the wee information windae. There's a German tourist in front tryin tae git information aboot buses tae Inverness. He his so many questions fir the man servin, who his tae ask the German tae step tae the side so he can serve ither customers.

Me next.

'Mister, when's the next bus tae Oban?'

Another man, carryin two mugs, puts wan ae the mugs doon oan the desk beside the wan servin me. The mug says: 'Caffeine Addict.'

Takes a big slurp afore speakin.

'Yi've missed the efternoon bus an there's nane the night. Seturdays, there's an early evenin special, hen. No a Friday. Check the timetable oan that waw. It tells yi there.'

The man points towards a white square attached tae a waw, opposite the kiosk. He his a tired lookin face, his hair the colour ae a dried oot mop. The city makes eviryone look so grey.

'Eh, let me see. Aye, two o'clock. Yi jist missed it.'

Donna's staunin ootside wi the ither folk, aw waitin fir buses, bags at their feet.

'Right, are yi sorted? Is this the big goodbye?'

'Ah've missed the bus. There's nane till the morra mornin.'

'Sorry, pal. Will yi go back tae that mad Wishy place?'

Wi ma tail between ma legs. Ah've failed an ah've only sterted. An ah like bein oan the move.

'It's really important ah get tae Oban.'

She picks chewin gum aff her shoe an then she says: 'Ah can git us some place. Only, if yi dae as ah say. Don't blab aboot yir age fir starters.'

Nevir slept away fae ma ain hoose afore unless at Gran's oan holidays wi the hail faimily or at Drew's sister's hoose.

'It wid only fir the wan night. Ah need tae catch the bus in the mornin.'

'Yi'll catch the damn bus.'

'Okay, then.'

'First, we need tae git yi some make-up. That'll add a few years oan. Yi need somethin tae tie that mad hair back. Once ah'm finished wi yi, yi'll even git intae the dancin withoot ID. Some mascara, foundation an a bit ae lippy. Wait ootside this shop, ah won't be lang ...'

Flexes her fingers.

'Hope ah hivnae lost ma touch. If ah come oot runnin, jist go like the clappers an ah'll meet yi back under the big clock at Central Station.

Okay?'

'Ah'm no shop-liftin if that's whit yi mean.'

'Ah nevir said anything aboot you. Wait here an don't move.'

Ah don't want any trouble but ah cannae think ae anither plan. Ah knew oor Anna's eyelash curler wid come in handy.

* * *

The housin department in the city centre is a big, auld lookin, red buildin; ten minutes' walk away fae the station. There's a plastic sign oan the door that says 'lousing department.' A man wi a moustache is sittin at a desk, newspaper open at the sportin pages. He his a khaki-coloured shirt oan tae make him seem official.

'Can ah help yeez? Looks us up an doon, especially Donna's ripped tights an the safety pins.

'No, you again.'

Donna says back: 'No, *you* again. We've the same right as anybudy tae be here.'

The man stauns up an the chair squeaks across the flair as he pushes it away.

They're eyeball tae eyeball noo an Donna his lifted hersel ontae her toes tae look taller than she usually looks. He's wide, sticks his chest oot as if that'll scare her.

'Yi've no right havin a go. Us only walkin through the door, Mister. We're hameless an this is where hameless people come.'

He shouts, up close there's spit oan his moustache: 'Ah don't want any mair trouble fae yi.'

'We're no lookin fir trouble, only somewhere tae stay. It's you lookin fir trouble. Ah nevir said a word.'

'It's no ma flamin job tae take cheek fae the likes ae you.'

'Its yir job tae gie us a place but.'

'It's their job up they stairs. Any mair trouble, yi're barred.' He sits back doon an turns a page, nearly rippin wan as he dis it. Donna makes a face at the CCTV cos he's looked away. We baith start tae climb a flight ae stairs that lead tae mair stairs, nevirendin flights an corners until we're at the top. Donna opens glass doors. When we walk intae the place there're weans crawlin aboot the flair an the adults look in a daze; it's me his tae grab a wee laddie who's crawlin tae the glass doors that lead tae the stairs. The wean needs its nappy changed.

We go tae a plastic mooth oan the waw an its tongue spits oot a ticket wi a number.

Donna points tae the green panel ae numbers above the main desk: 'That's oor turn.'

There's a row ae three glass cubicles that people go tae when their number comes up. The boxes are soundproofed; try tae read bodies an faces tae pass the time.

Donna hauds the ticket like we're in a raffle fir a new life.

A bald man, his heid covered wi tattoos, storms oot wan ae the boxes.

'Waste ae bloody time, comin here,' he shouts tae aw the people waitin.

The light changes tae oor number. Donna leads the way.

Inside the cubicle is wan red plastic chair oan oor side: Donna sits doon. At the ither side is a wumman wi straight blonde hair an pink varnished nails. She his dark broon foundation oan. She knows Donna; evirbudy seems tae know her.

'Yi chucked oot, again?'

'Fraid so. This is ma wee sister.'

Wi a straight face Donna says oor mammy an daddy are alcoholics an they've been oan a bender night an day fir a week.

'Any ither weans at hame?'

'No, only us. They two can kill each ither, aw we care.'

Can hear him sayin it in ma heid an ah'm scared ah'll blurt it oot. Ma daddy hisnae touched a drop since ma mammy died.

Donna lies aboot oor ages. Keep ma fingers crossed behind ma back.

Aw this fir wan night.

'Yi'll need tae see social work staunby in the mornin. They're busy wi a city-wide crisis jist noo.'

She hauns Donna a page wi writin oan it, a list wi bed an breakfast places an at the bottom ae the page, it says there's some limited campin available at Strathclyde Park but that means bein accepted by anither Authority. That park's only three miles fae ma hoose. Why wid ah go through aw this tae end up in a tent there, a good bed up the road?

Donna says: 'Yi need tae gie us some place the night. It's oor rights. While yi're sortin it aw oot. A proper flat.'

The wumman looks over Donna's shoulder tae the big bald man who's back at the reception desk. Pickin up the phone, she disnae speak tae us while she waits as the phone rings at the ither end. Could be anybudy she's phonin, us sittin here.

She asks doon the phone if there are any spaces fir two female youths.

'Is that aw? Haud oan a minute, ah'll ask.'

Puts her haun over the mooth ae the receiver.

'Aw the places fir younger people are full. There's spaces at wan ae the hostels doon near the station. It's no supervised though the same way an, well, yi'd be in wi aulder people as well.'

'S better than a tent but.'

That's the main applicant decided then.

The wumman says doon the phone: 'They'll be over later.'

She gets up an goes away tae type a letter. Donna says she knows the hostel, she's stayed there afore. It's no too bad. No dodgy or anythin, wan ae the best in the city.

Inside the box, we're trapped like two fish in a fish bowl. Donna dis a thumbs up tae the baldy man an he turns away fae her.

When the wumman comes back, she gies Donna the letter an a compliment slip.

'That's the time ae the appointment wi a social worker the next day. It's late oan in the efternoon.'

Wunder whit story Donna'll tell them aboot her wee sister then? Ah'll be well oan ma way tae Oban by then.

* * *

The entrance tae the hostel is a double doorway wi a buzzer an an intercom. Wan ae the doors is open. Afore yi go through the door there's a smell ae beer an pee. We hud tae go under a railway bridge tae git here, dark like in a room when sumbudy turns the light aff. Some ae the windaes in the buildin next door hiv a single, dirty curtain tied in a big knot. A few ae the windaes are lyin wide open but there's naebudy leanin oot. Donna's takin the lead, remindin me fir the millionth time that ah'm a seventeen-year-auld.

'Ah'll dae aw the talkin, mind,' she says.

Ma eyes feel they'll stick thegither, aw the mascara she's put oan me an the foundation's too dark fir ma skin. Ah look orange, an that's no great if ah'm no supposed tae attract attention. Ma hair's tied so tightly back wi the bauble that ma eyes sting. Still, she's right, it adds at least two years tae me.

Inside the buildin, a wee windae an a sign: **RECEPTION**. A wumman wi short, broon hair sits at a desk. She's wearin a flooery dress. Behind her the waw is covered wi flooery waw-paper so it's hard tae tell where she starts an the wawpaper finishes. She watches a screen wi loads ae squares, only views ae corridors, wan screen wi a big room, rows ae chairs an a snooker table in the middle. Donna goes straight up tae the counter.

'Well, well, Donna. We've no seen yi here fir a while. Thought yi hud a social worker lookin efter yi?'

Ah breathe in an git ready tae push ma chest oot.

Don't walk with round shoulders or they'll stick like that for life.

'Housin Department were choka so they gied us this letter. They're tryin tae git us a flat but it's gonnae take a few days. They phoned.'

Any minute noo. Any minute, an she'll see me. She stares at Donna, looks as if she disnae even hauf believe her story.

'Always passin the buck that housin lot.'

Donna pushes me gently towards the desk as the wumman takes a while tae staun up. Yi hiv tae speak through a grill in the glass an yi're no sure if the words git through.

'Donna asks: 'How are yi anyway?'

'Swollen ankles,' the wumman says, a film ae blonde hair coverin her face.

'This is ma wee sister. We need a place fir the night till oor social work appointment the morra.'

Mrs Flooery Dress gies me a lang, searchin look. That's it, disappearin ink wearin aff.

'Yi look young, hen. We don't like young wans here. There's special places fir wans your age. Naebudy telt me she wis comin.'

'That's typical ae them. The housin should've telt yi.'

'Are yi sure yi didnae see the social worker afore comin here? Yi know it's mixed in here?' She's haudin me right up tae the light ae her gaze noo. There's keys oan a board wi numbers an hooks beside the numbers an aw ah want is tae hiv a key fir masel; tae feel wan in ma haun an tae know ah don't hiv tae go hame cos ah missed the bus. Ah wunder if it's like the hostel Drew telt me aboot an yi hiv tae dae jobs like sweep the kitchen flair in the mornin. Bob a job. Thank God ah don't evir hiv tae go round doors in the street wi Oor Simmit sayin that: Bob a job.

'Listen, son, there's a tin ae beans. Forget aboot the job.'

Anythin tae git rid ae us. Word must hiv got oot aboot the time Mr Reynolds asked us tae cut his grass an Simmit, daft eijit, cut the heids aff the pansies. Orange, red, yellae. We tried tae hide the evidence in a bin but when yi looked at the gairden, the colour hud hauf disappeared. Anyway, it wis a lot quicker gittin stuff efter that. Ah miss Simmit an Pinkie. Hope they don't run away.

'Seventeen, are yi sure? Yi're awfie wee fir yir age.'

'She is, evirybudy says that. Listen, social work staunby telt us tae come here. We could always bed doon near the station or under wan ae the bridges ...'

'No ... no ... it's jist ah need tae make sure yi're gittin the support yi need. We'll need tae git details once ah'm organised wi the rest ae the residents so ah can dae the paperwork. It's aw paperwork these days.'

Next minute, the skinniest wumman ah've evir seen, made skinnier by the tracksuit that disnae fit, walks past an nods at the wumman at the desk. She looks at first like she's smokin the end ae her finger but it's a wee end ae a roll-up. Drew says his mammy says ah'm awfie skinny, jist flesh an bone. Ah don't say she's awfie auld lookin cos yi're no allowed tae speak yir mind when yi're a teenager, even though folk can say yi're wee or skinny or plain or anythin.

Donna gies me a kick an ah kick her back. Hard no tae laugh cos she's makin faces again behind their backs.

'Right, Doris. Yi know the rules.'

The wumman called Doris goes tae the front door, throws the fag end doon an twists it wi her heel. Ah thought only film stars hud names like Doris. Even the way she twists the heel intae the fag, that's straight oot a film. Oor Annemarie thinks Doris Day is a holiday like Christmas Day. She's no seen Calamity Jane. Ah wish ah could tell Donna that but she'd say it wis daft. That's aboot five things ah've no been able tae say.

Doris's face is caved in like the fatty pairt ae her cheeks his been sucked oot. She his tiny feet fir a wumman an her dark hair is straight an her face is pale.

'Junkie,' Donna whispers tae me efter Doris passes us an goes through the door tae a corridor.

Ah look at ma feet.

The wumman wi the pen eyes us, the two ae us; we're no there yet. No there yet. 'And where is it you lassies are fae?'

'Castlemilk. Both ae us. Yi know the hooses that are comin doon?

'Waitin fir a decant.' Ma new voice. Ma new big sister.

Blood is thicker than water.

Wan day won't make a difference. Ah'm still goin tae Oban. She said 'us'. She said 'gittin us a flat'.

'Wan night. But ah'll be checkin wi social work in the mornin. Don't want any hassle. Ah've enough bother, aw they daft men an Doris, last thing ah needs is mair trouble fae social work.'

She writes somethin in a black book while ah'm still tryin tae look taller, staunin oan the baws ae ma feet. Donna draws me a dirty look so ah come back tae earth. Yi cannae keep that up, efteraw.

'Any valuables are yir ain responsibility. We advise yi tae look efter them at aw times. So, where hiv yi been stayin?'

Donna says: 'Ah've been oan a cruise, that's why yi've no seen me. But ah'm back in the country again.'

She's got a big grin oan her face. This isnae the time tae be a right pain in the erse.

'Dae yi want a space or no?' The pen above the book, oor names no written.

'Sorry. Course we dae. Ah've been sleepin oan ma pal's settee an she's ... this is her first night ...'

Jist then a man an wumman come in. Nice distraction fae the pal wi the big mooth.

'You lassies, wait a wee minute. This won't take lang.'

'Shite,' Donna says. 'We were first. Oh naw, no her. Small wurld fir a city.'

The wumman. Her. Shuffles up tae the desk. Flooery Dress looks up.

'Okay, Rosie?' Her voice softens.

'Whit happened tae yir eye, pet?'

The ither wumman lifts a skinny haun tae a purple eye, a look oan her face like she disnae know or his forgotten whit made it like that. Mrs Flooery Dress shakes her heid, starin at the man beside the Rosie wan like he's a piece ae dirt dragged in oan sumbudy's shoes. It's funny, she seemed quite hard, Mrs Flooery Dress, when she wis talkin tae Donna an the ither wumman, Doris, but noo she's dead nice. Mibbe she's no so bad efter aw.

Rosie says: 'Ah walked intae a waw or somethin. Yi know me. Always gittin intae daft scrapes.'

She lifts her haun tae the eye again, pattin it gently. Ah've nevir seen a real black eye afore. The colours are a kinda greeny broon, a pattern like a swirly carpet.

Donna's pointin tae her wrist as if, despite the fact we've no got a watch between us, we've still got a schedule.

'Hiya, Bobby. Yi're awfie quiet. Don't suppose yi know anythin aboot it?' Mrs Flooery Dress waits fir the man tae speak.

'Me? No way. If she says she walked intae a waw then that's whit happened. She's no the full shillin, ma Rosie. Are yi sweetheart?'

'Yi better be lookin efter her, Bobby. Any trouble an yi're oot.'

'Aye, nae bother. We're sorted me an Rosie.' He puts an airm aroond Rosie. She leans intae him, smilin up at him like yi only see in films, like the couple in ma mammy's favourite film, *Love Story*, afore the wumman gets sick. Except fir the black eye, an his yellae teeth. Even ah seem mair worldly wise than she dis.

'We're in love,' Rosie says.

'Pass me the sick bag,' whispers Donna, too loud.

Mrs Flooery Dress throws a key towards us.

'Yi know the rules. The Sally Army café is open in the mornin if yi want somethin tae eat. We'll hiv some soup in the dining room later if yi're hungry. Aye, an Rosie an Bobby are next door. Any nonsense mind let me know. Now whit wis ah sayin ... aye valuables.'

There's nuthin in the bag worth stealin, a few clothes, that's aw. The only thing ah hiv ae any value is ma mammy's weddin ring. Ah nevir take it aff. Don't think anybudy here wid be interested in pinchin ma Wordsworth book. They're welcome tae it. See how they git oan learnin quotes fae 'Tintern Abbey'.

Away fae the desk, Donna pushes open a door marked: FOR

RESIDENTS ONLY. There's a pay phone attached tae the waw.

'Well, come oan. Whit yi waitin fir? Ah'm dyin fir a fag,' she says, when we're oot ae earshot ae Mrs Flooery Dress. Hope Donna's no gonnae try an make me smoke.

We keek intae a room done up like a chapel, an altar an chairs in a row. This place cannae be that bad if they say prayers in it. But the waws are school white, worse even. At least there's paintins oan the waws; could be that shitey broon colour ma daddy's painted the hoose. We turn a corner an there's Jesus oan a cross, suspended in the sky, gazin doon at a group ae fishermen. Sometimes, it's as if Jesus is followin me evirywhere ah go. He's in the livin room above the fire; noo he's here, always keepin an eye oan things.

One door in a corridor ae doors leads tae a room wi four beds. It's like bein oan a campin holiday, wee single beds in the same room.

'Take that wan.' Donna points tae wan near the windae.

There's a lot ae wee paintins oan the waws in the room.

'The dossers art work. Crap, isn't it?'

'Is that supposed tae be apples?'

The fruit in the fruit bowls oan the waw look caved in, apples made ae plastic that hiv been punctured.

'We'll hiv company fir the night. Let's hope they're no nutters.

Nuthin worse than that.'

'Donna?'

'Whit?'

'Whit did Rosie mean, she walked intae a waw?'

'Yi're no serious are yi, country lassie? Bobby beats her up.

That's whit ah wis tryin tae say. Walked intae a waw, ma arse.'

'Why did Rosie say it?'

'It means, mind yir ain business. He's ma man an ah'll say sumthin daft tae protect him.'

It's no as much fun as ah thought it wid be, here, livin in a hostel. Rosie wi the black eye, them next door, her wi that man. Four waws an a door, that's a lot ae bumpin in tae dae. Yi cannae help wunder aboot it. Ah widnae like tae live here aw the time, ah'm glad ah'm no Donna or Rosie. But that makes me think aboot who me is. Donna lifts a paper that sumbudy's left oan the bed an starts readin it so ah take oot the only thing ah hiv tae read: William Wordsworth's *Selected Poems*.

'The sounding cataract
Haunted me like a passion, the tall rock,
The mountain, and the deep and gloomy wood ...'

Makes ma brain sore tryin tae understaun whit he means.

'Cataract' wis whit ma granny in Ireland hud in her eyes, that she hud tae go tae Cork Hospital fir, but oor English teacher telt us it wis also a waterfaw. Haunted by the sound ae a waterfaw. Don't really git it, but feel excited when ah read it.

'Och fir God's sake, who is that guy?' she's pointin at the cover ae ma book.

'It's William Wordsworth. He wrote the poem ah'm learnin fir school. Ah telt yi aboot him.'

'Well, ah cannae look at him. He's dead ugly.'

She leans over, grabs the book an shuvs it in the bin.

'Sorry, pal, ah jist cannae look at him.'

Then she goes back tae readin her paper an ah'm left starin intae space.

Efter a while she says:

'Whit's up?'

It's weird, wan minute she's slaggin evirybudy, includin Wullie Wordsworth who isnae even alive, an then the next minute she's dead nice. It's hard tae figure her oot.

'Nuthin.'

'It's no that bad. Let's go fir a walk. Ah'll show yi the sights. How dis that sound?'

'Great.'

Listen. Evirythin quiet. No movin waws.

When she dozes aff, ah'll git Wordsworth oot the bin.

* * *

'Hiya, Dad, it's me.'

'Hiya hen, ah wis jist puttin the rubbish oot. Ah thought it wis the social. Ah've tae go fir a back-tae-work interview next week.'

'That's good, isn't it? Git yi oot the hoose.'

'Och, ah'll no be goin back. No wi aw you lot tae look efter.'

Ah could tell him aboot ma decision tae leave school next year but ah don't want an argument.

'Ah'm still at Drew's sister's. We're lookin efter his nephews the night.'

'Ah know that. Ah'm no stupid. But yi left awfie early this mornin. There's nae need fir cloak an dagger. No even sayin cheerio.'

Ah better keep this short or he might git suspicious. He might ask tae speak tae Drew aboot somethin fitbaw related.

He says: 'Ah'll need tae go an start gittin the messages in fir the tea the night. Yi're lucky yi're gittin a break. Ah wish ah could git away fir a few days.'

Ah imagin Lizzie an Annemarie's scribbled drawins oan the waw behind him. Ah miss ma daddy's dinners: soup the loup, big plates ae pan bread, Ambrosia Creamed Rice an strawberry jam, mince an beans mixed thegither. Craigneuk chile con carne. Whit's the point dirtyin two pots, he says. It's aw goin the same way. His way or the highway.

'Cheerio, then ah'll see yi when ah'm back.'

'Aye, right, cheerio. Tell Drew's mother tae show yi how tae use an ironin board.'

* * *

Later, Doris fae the front desk comes intae the room carryin a black bin bag.

'Hiya, flatmates. Any smokes?'

Glad there's sumbudy else in the room noo, she can talk tae Donna. Ah git inside the bed, pull the cover over ma heid.

Donna says: 'Here, yi can git a draw ae this wan.'

'Ta, pal. Whit's up wi her? Wis it somethin ah said?'

One ae them pulls the cover aff me.

'She looks aboot ten. Whit's the story wi yi, hen?'

How wid she feel if ah started tellin her whit ah thought aboot her? Och, missus, whit happened tae yi? Did yi smoke the fatty pairt ae yir face away or somethin? Doris leans intae me when she speaks an her breath is heavy wi the smell ae Embassy Regal.

Ah take a deep breath an try tae no make it obvious. Ma mammy used tae smoke the blue packet when she wis short ae money an the red wans when she wis flush. Ma daddy hates the fags cos his dad died ae emphysema but it wis cos he wis a miner that he got lung cancer but ma daddy says why wid yi gie yirsel a disease when ma granda didnae hiv a choice. Doris' hail body seems tae be shrinkin away fae her but she cannae be sick cos she's buzzin roond the room, lookin under the beds an checkin in the drawers ae the three wee cabinets.

Donna says: 'She's ma wee sister, come tae find me.'

'Well, she disnae look like yi.'

'We've different da's. There's a lot ae things yi don't know aboot me. A wumman ae mystery.'

'Aye, right, very funny. Anyway, cannae stop. Places tae go, people tae see.'

Efter she pushes the bin bag under wan ae the three beds, she's aff oot the door.

'Love ya an leave ya.'

When she's away, Donna an me lie back oan oor beds.

'Her breath's horrible, isn't it'? she says.

'Aye, stinkin.'

'Venom Breath, we'll call her.'

'No tae her face.'

'Let's hiv a look at her gear.'

Donna goes under the bed, pulls oot the black bin bag.

'Don't think yi should dae that.'

'Och, don't be such a baby; she'd dae it wi oor stuff.'

She empties the bin bag ontae ma bed but it's only raggy lookin clathes an a few wallets an wumen's purses an some cheap makeup. She hauds up hauf a bottle ae red nail varnish.

'Result.'

Then she goes through eviry wallet an purse but only finds

receipts an wan photo ae a young lassie that she passes tae me. A lassie aboot five in a school uniform: big, cheesy smile an a yellae hairband. When Donna loses interest, ah place the photo inside the wallet again so she can be seen when yi flick it open. Throw aw the clathes an stuff back in the bag an put under the bed. Then we paint each other's nails an efter oor hauns are dry, Donna plaits ma hair but we can hear wans next door hivin an argument an that makes me nervous. It's gittin darker ootside. Wid be great if we were gittin ready fir a night oot wi Drew an ma pals fae school noo. The feel ae new clathes, a wee bit ae rouge an lipstick. Drew wid say he likes ma hair in a plait. Could introduce Donna as ma new pal fae the city. We'd hiv a laugh. Ah'd wear those broon troosers ah bought wi ma chippie money, that's if ma daddy hisnae chucked them oot.

'Dae yi want tae go an git some ae that soup?' ah say.

'Three days auld an diluted. Yi've got tae be jokin mon amigo. No way. Ah've git a better idea.'

We go back intae the city centre an doss aboot shops until the hunger kicks in proper. It's dead nice havin sumbudy else tae talk tae but ah still don't know anythin aboot Donna. Eviry time ah'm aboot tae ask her somethin aboot hersel she seems tae sense a question comin an finds a reason tae change the subject. Is it tae dae wi Liver Spots at the station? Or is it the reason she his nae faimily an nae proper hame? Mibbe she's sensed ah don't want tae talk aboot stuff an we've made a kind ae silent pact withoot havin tae seal the deal in words. At least ah've got somewhere safe tae stay an ah know where ah'm goin in the mornin.

To get Paul.

We're at the swing doors ae a big department store. Inside,

we zigzag through aisles, avoidin shoppers. Donna knows where she's going as per usual. And, well, ah follow her as per usual. She takes me tae the third flair, intae the restaurant area. It's busy. Smells ae cookin food makin ma stomach go ahhhhhhh like oot the Bisto advert when the wumman carries the big roast ae meat past the faimily. Yi can smell it through the telly. Ah find a seat near the entrance while Donna asks fir a menu.

'You lassies eatin?' A tall wumman wi a red apron asks.

'Aye, Missus. A special treat.'

'Okay, hen. Gie me a shout when yi're ready,' as she turns tae the pile ae dirty plates at a nearby table.

'But Donna ...' She puts her haun up tae stop me even startin tae point oot the obvious, that we've nae money. Ah'm too hungry tae argue wi her. We choose two chips an sausage. Chips, again. Oor Annemarie wid love this. And Cokes. There's a young mam wi a baby in a high chair an an aulder wumman at the next table. Keep ma voice doon but the baby is playin up, hittin a spoon oan the tray ae its highchair.

'Are yi sure yi've the money fir this?'

'Patience. Aw will be revealed,' Donna says.

The wumman brings the food an we don't speak while we're eatin. 'Mibbe, when yi git yir flat, ah could come an stay fir a bit. Efter ah git ma brother back, that is.'

'Aye, be great.'

'And ah'd bring Drew. Wid that be okay? Or mibbe wan ae ma wee sisters?'

'Bring the boyfriend. Leave the wee sister. Ah don't want greetin weans. Might cramp ma style.'

The baby at the next table is happily eatin its food noo. We eat oor chips in peace.

'Can ah ask a question? That ring oan yir finger. Whose is it? Yi're a bit young tae be married or are yi hidin somethin?'

Good gold. They didnae skimp. Ah hiv tae think quick.

'Ma granny that lived in Ireland. She died an ah got the ring.'

'Geez it, will yi, tae try oan?'

'Naw, ah'd rather yi didnae.'

'Pardon me fir askin.'

'Look, okay. Ah've been wearin it fir a lang time. It sticks when ah take it aff.'

'Calm doon, jist want tae try it oan. Yi'll hiv it back in a minute.'

Donna cannae even git the ring past the top pairt ae her finger; at least ah managed tae push it doon oan mine. She throws the ring up in the air towards me an the baby reaches oot tae grab it. The two wumman look roond as ah'm closin ma haun over the wee gold circle.

'Yi know if yi're stuck fir money yi could always pawn it.

Yi'd no git a bad wee price.'

'No, yi're okay.'

Slip it ontae ma finger. Fits me noo. Disnae feel as tight as it did afore.

'Please yersel. Ah'm only sayin ... Right, noo when ah say go, you staun up an heid fir the toilet, okay?'

'But ah'm no ready.'

'Jist dae it, doll. Okay?'

Doll's worse than hen. Hello Dolly, well hello Dolly. It's so nice tae hiv yi back where yi belang. Ma daddy loves that film.

'An whit then?'

'Nevir you mind. When yi're finished, walk straight oot. Ah'll still be here but don't look in ma direction. If there's anybudy watchin yi then go right back in. Kid-oan yi've left somethin. If the coast's clear, walk oot, doon the stairs an ah'll meet yi at the big statue we passed earlier. Okay?'

'Donna, is this some kind ae detective movie? Cos yi're talkin kinda funny.'

'Mush. Hurry.'

'Is this the idea yi were talkin aboot?'

'Aye. Yi want tae keep yir money, don't yi?'

She's right. This will cost a few bob an if ah hiv tae pay, well, might leave me short fir the fare tae Oban. So, we've eaten the food an we've nae money tae pay an noo we're leavin. Ah knew that's whit she meant. Ah must hiv done. That's how she got the make-up. That's whit she dis. An no matter how hard ah try tae keep away fae stealin, ah seem tae always end up daein it an this time we really could git caught.

three months afore

'Where did ma mammy go?'

'She went tae heaven in a taxi.'

Annemarie looks at me wi a disgusted expression on her face. Ah really cannae think ae anythin tae say. Ah'm too young tae hiv tae explain aboot death. Ah don't know how tae say she's no comin back.

It'll be better when we buy her a new school shirt. We're baith tired, when we git oan the bus an she his a whitish crust at the corner ae her eyes that we usually wash in the mornin but we didnae hiv time.

We could walk tae the toon but wi Annemarie in tow it wid take aw day, the way she his tae tight-rope walk oan eviry single low waw, pick up leaves an dirty stanes an jump over cracks in the pavement in case the devil gets her. Wan, two three. Big jump. We'll nevir git tae Wishy market, this rate.

'Yi'll git sweeties if yi behave.' Annemarie looks up, gies me wan ae her big grins, the front tooth curled over the bottom tooth. Evirythin aboot her seems tiny: the white teeth, her small haun oan the railin, the way her legs dangle fae the seat. Eviry pairt ae the bus rattles so Annemarie his tae lean forward an haud oan tae the rail. The roof's made ae material that looks like auld stained carpet above oor heids. The strip light is oan full bung even though its mornin, makin ither passengers hiv grey lookin skin: a man wi the start ae a bald patch an dandruff oan his shoulders; a wumman wi black roots growin through dyed blonde. We look oot the dirty windae at anither bus. The passengers are framed by the square ae their bus windaes, same way we must look tae them. Annemarie leans her heid against ma shoulder. Ah feel fir the three-pound notes in ma pocket, pushin them further tae the back. Gie her a shake. She stifles the start ae a cry-baby moan when she sees ma face. We git aff at a stop quite a distance fae the market, at the start ae a hill, leadin into the toon.

'Why dae we hiv tae git aff? It's miles away?'

'Cos we dae. C'mon, yi were daein well.'

She gies me her haun an we dawdle up the hill, stoppin tae look in shop windaes, admirin the mannequins wi ladies' dresses or gigglin at the bare-naked ones. There's a fish an chip shop hauf way up the street. A lassie is inside butterin rolls, same as me when ah hud ma Seturday job. Imagine ah walked in there an she became the me ah used tae be. Whit wid that be like? Science fiction. The smell ae chips sizzles in the fresh broon oil, waftin through an open door. The pavements hiv bits ae chewin gum an stamped oot fags stuck tae them. Yi hiv tae watch yir feet fir dried dog's shite as well. Annemarie's haun pulls away fae me.

'Look, look.'

She's dodgin through people, headin towards the windae ae the fanciest store in the toon. Right enough there's a display ae school uniforms. The small mannequin wears a broon wig an a uniform wi Annemarie's school colours fae ma auld primary, but it's a dummy wi the same daft look oan its face as the lassie oan the test card last thing at night, sittin in front ae a blackboard wi a clown at her side.

'That's where ah got ma ither things.'

'That's right. Ah got ma first uniform there too.'

'Did yi?'

'Aye.'

'Erin?'

'Whit?'

'When's ma mammy comin back?'

Ma mooth must be open like a goldfish but nae words come. Jist an O. Waitin, lookin fir an answer. Lookin through the O windae in Jackanorry. Why can's ah say she died, like that. Ah can't.

'Try no tae think aboot it.'

She kicks the waw an a wumman passin turns an gies us a lang look. Ah'm mortified when Annemarie sits oan the pavement, leanin against the store waw.

When ah asked ma daddy aboot buyin oor Annemarie's uniform, his eyes fill up wi tears an ah look away. God, ah wish he'd pull hissel thegither. Ah know ma mammy's no here but this is daein ma heid in. It's no him that's deid, it's no us. It's exhaustin, havin tae tip toe aroun him. *Get up,* mum wid say. *Get up and do a bit of housework. And you, Erin, go and get your sister a proper shirt for startin school. Jist cos I'm dead, doesn't mean you all need to give me a showin up.*

Later, he says: 'Anyway, can she no wear Lizzie's? Ah've enough oan ma plate.'

He disnae git it. Nevir went shoppin fir oor clathes in his life. Ah don't think he's even went shoppin fir his ain clathes. Shakes his heid. He's got a beard noo, a gristly, red beard. His hair grows wild, aw stickin up an curly; wan day a bird'll make a nest in that heid an fly right oot. He wears the same jumper eviry day; a big, chunky, colourless jumper. An it smells.

'Evirybudy wears a new shirt when they first start school. It won't be dear. Ah'll go sumwhere cheap. Anyway, Lizzie wid need a new wan then.'

'Jesus Christ, will ah evir git any peace?'

But he unlocks the cupboard in the lobby where he keeps the valuables: social security money an chocolate biscuits. Wan day he's gonnae pay a bill wi a Penguin. A rustle ae the packet brings us runnin fae aw corners ae the hoose. He reaches in. There are empty boxes wi auld photographs an important stuff: mass cards an insurances. Its aw mixed thegither in the dark; we're no allowed in.

'Right. Right. But it better dae her aw year, dae ye hear me?'

'Aye, it will.'

'We hiv tae tighten oor belts, Erin. Dae ye know how much we git?

'Ah know. But there's enough fir wan shirt.'

Gies me three pounds.

Ma daddy turns away, towards his room, leavin me tae put the lights oot. Listen fir the rattle ae the Valium tablets bein shaken oot onto his haun an the gulp ae water; the miracle mix that will help him sleep.

Find God in nature and in your own mind.

Well, that's the daftest thing ah evir heard when ah read that's whit they Romantics thought. That God could be in a tree or the sky or a pigeon or me. Ah think Wordsworth wis a sort ae lunatic tae think that but then ither times like when ah sit in the big tree at the side ae the hoose, ah sort ae git it.

The market's doon a muddy lane that leads tae an openin where the stalls start. The first wan is the biggest; aw kinds ae shoes an boots an ladies' bags an school bags as well. The wumman servin wears gloves wi nae fingers. She holds her hauns aroon a white polystyrene cup, steam risin fae the cup warmin her hauns, an when she lifts the cup, warms her face, too. Edges the cup tae the tips ae her fingers.

'Ohhh. That feels good.'

Annemarie starts tae touch the strap ae a school bag.

'C'mere, you two. Leave that....'

Ah take Annemarie's haun.. We walk deeper intae the market, crowds ae people at stalls, carryin us alang as they move fae wan tae anither. Food stalls wi hame bakin an sweeties, jewellery stalls wi cheap watches an bracelets, big metal wristbands in velvet cushioned boxes. There's clathes stalls sellin ladies dresses an tops but we hiv tae walk fir a while afore we find wan sellin wean's things. Right at the back ae the market, when yi're oan the way oot again, Annemarie spots some school blouses hangin oan a rail above a stall. The haunwritten sign says: **£1.99**. Ah reach over an feel the material. Ah can see ma fingers through it. The man is watchin me; he his big lines carved intae his face. Wid the shirt bauble up at the first wash? That's the thing aboot cheap stuff. God, ma mammy wid be proud that ah'm havin aw these domesticated thoughts instead ae bein Heid in the Clouds.

'Whit dae yi think? Dae yi like it?'

'Annemarie disnae like it.' She his a habit ae talkin aboot hersel as if she's an actual ither lassie. Third person, Mrs Kelly calls it. Ah've tae dae a sort ae double take, tae check there's no a wean missin. She gies me a lang look. God. Whit am ah supposed tae dae?

'Whit size yi lookin fir, hen? Is it fir you or the wee lassie?'

He's got a broon faded leather money purse roond his waist an he's got a fistful ae fivers that he's countin oan top ae a pile ae lassie's grey skirts.

'Aged five tae six, mister, please.'

'Right, hen. Colour?'

'Green.'

'We've no green but we've white an grey. Any good?'

The shirt he hauns me is white, in a plastic bag, no folded over cardboard so that when yi open it yi know yi're the first tae haud it an the creases ae the card advertise its newness tae aw yir pals.

Nylon collars fray easily.

Annemarie looks disgusted.

It's lunchtime when we reach the library. Annemarie settles doon in the children's section, near the books wi big writin fir short-sighted people. Git her tae sit oan wan ae the low plastic green chairs. She looks so small in the chair. Mibbe ah shouldnae leave her, but ah cannae dae this wi her in tow. The wumman at the desk is grim an unsmilin, watchin us over the rim ae her hauf-moon specs.

'Here. Read this.'

A book aboot cars.

'But ah cannae read.'

'Then look at the pictures.'

'Ah don't like cars. Ah like dolls.'

Tiny Tears. Her baby. Gie her a drink ae water an she wets hersel. Thank God ah'm a teenager.

Alang the aisles, ah search fir somethin tae amuse her.

Anythin fir a bit ae peace. Find a hardbacked *Beano* an a *Twinkle*. She loves *Twinkle*. Twinkle Twinkle little star. That'll dae nicely.

'Whit's up?'

'Ah wanted *Hansel an Gretel*. Ah tolded yi that.'

Annmarie loves the bit about a hoose made ae gingerbread an the hail wurld turned tae sweeties: toffee birds an liquorice trees. She'd eat the lot.

It takes me ages tae find the fairytale section.

'There now, milady.'

She grins again. Ah love oor Annemarie when she smiles.

'Now mind don't talk tae strangers. If yi talk tae anyone then the bad man might git ye.'

'Erin?'

'Why dae ah hiv tae stay here?'

She's like a book ah'm haunin back. They'll check the stamp an if she's oot ae date ah'll need tae pay a fine.

'Cos yi dae. Yi'll be bored wi me.'

'But Erin?'

'Whit is it noo?'

'Ah'm starvin.'

'Ten minutes. Ah'll git yi somethin. Sumthin really nice. Ah promise.'

'Gingerbread?'

'Wait an see.'

The wumman behind the counter watches me struggle wi the metal bar that acts as a barrier, a smirk oan her face. 'Excuse me; you are not leaving that wee lassie there by herself, are you?'

'Ah've got messages tae git fir ma granny. Only ten minutes.'

'Well, you'd better not be longer than that. This is a library. Not a babysittin service.'

She lifts the specs up as if tae emphasise, then rests them back again oan the edge ae her nose.

Inside the biggest shop in the toon the aisles are piled wi make up, different coloured lipstick, foundation an mascara an new clathes. Wan o'clock. A lot ae the staff will be away oan their lunch. Ideal.

At the school uniform section there's a separate door wi a sign: **PLEASE ENTER**. A lady that used tae talk tae ma mum is hangin a skirt oan a dummy.

Pins in her mooth, the wumman's workin her way aroon the hem, takin up the length. She takes the pins oot her mooth.

'Hiya, hen.'

The wumman his perfect teeth fir sumbudy her age.

'Yi're wan ae the McLaughlins, aren't yi?'

'Aye. Ah'm Erin.'

'That's right, ah remember. How's yir poor daddy? Whit a terrible shock it must've been?'

'He's fine.'

Awkward silence.

'Ah mind yir mammy comin in here eviry year.'

'Dae yi?'

'How can ah help yi, hen?'

'Ah'm lookin fir a shirt fir ma wee sister. She's startin school.'

The phone rings fae the office behind her.

'Och, hen. Ah'm really sorry aboot this. Ah'll need tae go in the back fir a wee minute. You hiv a browse an if yi see anythin take it tae the checkoot in the hall. If yi need any ither sizes, ah'll no be a jiffy.'

Ah still keep an eye oan the door, an start tae rummage amongst a bundle ae shirts until ah git ma hauns oan the best wan.

When ah'm sure the wumman is speakin oan the phone, ah lift the package an drop it intae ma shopper, slide the library book over it. Ah glance up again; a big two-way mirror in the corner catches ma eye. The shape ae the shop assistant turns towards me, her haun still oan the phone. At that moment, the main door opens an a man comes in wi a laddie. Ah reach fir the shirt. No knowin if the wumman is still watchin, no knowin if the game is up.

* * *

Ah hauf wish sumbudy wid put their haun oan ma airm an that person wid see through the eye ae the big mirror, stop me, an that it wid aw be over in wan way. But it disnae happen an ah walk oot exactly as Donna an me agreed. Cos ah'm good at this, good at no gittin caught. Part ae me disnae care if ah git caught cos the worst his already happened.

Cos once a thief, always a thief.

Donna says later it's amazin how quickly ah'm takin tae crime, fir sumbudy that's nevir been in trouble afore. If only she knew.

Thoughts of more deep seclusion; and connect
The landscape with the quiet of the sky...'

Ah pull the T-shirt wi a picture ae a black cat over ma knees, makin two boobs. Ma mammy gied me a dirty look when ah did that. Ah make them booby even mair. Donna sits oan the bed, still in the tartan mini-skirt. She's kicked aff the heavy black docks. The tights are ripped at the toes.

Starts tae pull the nylon back over the open toes.

'Donna, dae yi know where Glasgow Royal Infirmary is?'

Looks up fae puttin the red nail varnish she stole fae the bin bag.

'Whit?'

'Dae yi know where the infirmary is?'

'Yi're no up the spout are yi?'

Ah ignore it.

'Could yi show me the morra?'

'Whit makes yi mention that aw ae a sudden?'

'That's where ma granny wis, ma Scottish wan, when she passed away.'

'Well, she's no there noo, pal.'

Mibbe there'd be a nurse or a doctor that looked efter mum. They might talk aboot whit happened. Remember her as the wumman wi aw the weans.

'Yi think they'll mind yir gran in a big hospital? Honest tae God.'

'They might.'

'Anyway, they don't jist let people, especially young lassies, who, by the way, hiv absconded fae hame, walk intae hospitals wi nae appointment.'

'Ah could talk tae a nurse. They might remember.'

'An start talkin tae nurses aboot their gran an gittin meetins wi doctors ...'

Ah'm beginin tae think auld lechy features at the station couldnae hiv been much worse than this.

'Ah want tae go.'

'Why? It's a big, depressin, auld buildin.'

'Want tae see the place, that's aw.'

Donna goes back tae her nails an that seems tae be the end ae the conversation.

'Donna, will yi?'

'An whit aboot yir bus?'

'That's in the efternoon. Ah could go first thing in the mornin.'

'Ah'm no jokin, yi cannae turn up at these places withoot an appointment. They'll throw yi right back oot. An they might phone social work or the polis.'

'Ah don't want anythin, only tae see the place. Mibbe it's no there; mibbe, they've knocked it doon.'

'Knocked doon Glasgow Royal? Yi're aff yir heid. It's there.'

'Please...'

She thinks a minute.

'Okay, but only if yi promise we go tae ma auld street efter. Ah'd like tae see if any ae ma pals are there. Be time if we leave early enough, show yi ma hoose.'

Mibbe, ah'll git tae meet her mammy efter aw. Ah'll say anythin noo.

'Brilliant.'

Lyin in bed in the hostel, the bed cover feels itchy. In the mornin ah'll check fir red bumps oan ma skin. When ah look ah think ah see a line ae black spots movin. Later, Donna thinks ah'm mad when ah run the hail way back fae the bathroom, full ae imaginary cockroaches, aw scurryin intae cracks in the tiles. Next time ah go in there ah'm takin ma shoes aff so ah can wallop them wi ma heels.

Under the covers, ah try tae memorise the pairt ae a poem:

'*Oh! Yet a little while*
May I behold in thee what I was once
My dear, dear Sister! And this prayer I make ...'

When the poet is talkin tae his sister, it makes me think ae oor Annemarie, Lizzie, Elaine an Anna. Wunder whit they're aw daein. An the laddies as well. Wunder if they've even noticed ah'm no there.

'Whit yi up tae? Donna shouts.

'Learnin ma poem.'

'Weirdo.'

But readin takes ma mind aff the noises, doors slammin, folk shoutin, the way it takes away the boredom ae bein stuck in the hoose when it's rainin ootside, or nane ae ma pals are aroond. The book says Wordsworth tried tae write aboot ordinary people, like a lassie he met when he wis in Scotland: *The Solitary Reaper*. It disnae sound like a big deal but the book says it wis a big deal then, when he wis alive. Ah might make that ma interestin fact tae tell ma class when this is aw over, when ah go hame an dae ma talk.

Oan oor walk tae the hospital, the sky is blue wi white school holiday clouds. Even fae here the sandstane looks black wi traffic fumes. Donna disnae notice, moanin aboot the walk up the hill, but her lang legs should take two steps fir eviry wan ae mine. That rackin cough; the fags hiv got tae her. She stops twice tae pick up doubts, examines them tae see if there's any smokin left. Ah switch aff; learned switchin aff when ma mammy wis sick cos people are always talkin at yi aboot how sorry they are an yi hiv tae look as if yi're listenin, noddin yir heid, makin wee noises eviry noo an then, while aw the time, no really takin the words right in, fir their meanin. That way it disnae affect yi as much. It's like ma brain's made ae water an ither people's talk is a stane skiffin the surface.

Alang the way tae hospital, we pass a pub that his a sign above the door that says: **Established in 1515. An old staging post.**

Mibbe Wordsworth came here when he wis in Glasgow. The front door is locked but a side door opens tae an alley.

'Wait a minute, Donna.' 'Where yi aff tae?

Chews a nail, spits it oot.

'Remember that book ah telt yi aboot?'

'No again.'

'Well, ah think the poet guy might hiv been here.'

'Bit ae an alkie, then?'

Ah leave her while ah go doon the alley, through the open door. Inside, it's dark. A wumman wi curly hair an big earrings is behind the bar at the far end ae the room; there are two people sittin oan stools at the bar. They aw look at me, don't speak. Ah might git wan ae ma useful facts fir ma introduction. Fae the doorway, ah shout across tae the bar:

'Hiv yi evir heard ae William Wordsworth?'

'Sorry, hen, he disnae drink here,' the curly heided wumman shouts back.

Ah think ah can imagin him wi his sister, Dorothy, sittin at wan ae the wooden tables.

'William Wordsworth, the poet. Cos this is the auldest pub in Glasgow, ah thought he might hiv been here. Ah read it in a book.'

'Sorry, cannae help yi. Yi should try the Sarry Heid.'

'Are yi sure?'

'It's the auldest hotel in Glasgow. Listen, hen, we're actually no open.' Ah hiv a quick look roon the waw tae check there's no a plaque cos she might no even know aboot it even if there wis wan; she might be sumbudy that disnae think it's that important that a famous poet wis here. But she's right, there's nuthin.

'Where is the Sarry Heid?'

'Near The Barras.'

When ah look, Donna's disappeared. At least ah don't hiv tae put up wi her moanin. Noo ah'm away fae hame, mibbe ah'll write a poem when ah'm aulder but instead ae 'Tintern Abbey' or that, it'll be the Craig ah'll be comin back tae. It'll be the aulder me, thinkin aboot the younger me an how evirythin his changed, how ah loved the way the sky wis pink at night but no the stink when the steelworks farted.

Farther up the road, there's lots ae shops that hiv closed doon. Fumes fae traffic. That's whit ah mind, no bein able tae breathe.

Ah don't like no tellin the truth, comin right oot wi it. Ah will tell Donna when the time's right. But if ah don't dae this noo ah might nevir dae it. And even if they don't let me past the front desk, at least ah've got tae try. Mum wis a nurse an they always look efter their ain don't they? That's whit Dad telt us, anyway.

Anna: eye-lash curlers an the Holy Faimily

The mornin Erin takes Paul's bag oot the wardrobe, Anna's been awake fir ages. At first she disnae think it's strange till Erin starts stuffin the bag wi clathes; she closes the wardrobe door gently instead ae slammin it the way she normally does. Anna peeks oot when Erin's back's turned. She's wearin her black jiaket wi the broon sleeves. Must be cos she's gonnae stay at Drew's hoose. Anna turns over, acts as if she's still sleepin. Later in the mornin when she gits up, she notices that her eyelash curlers are missin then she checks the wardrobe fir the bottle ae perfume. Still there. At least Erin hisnae taken that as well. She'll phone her tae tell her tae make sure an no lose the curlers but Anna disnae hiv Drew's number; she remembers the area where he lives an decides tae look his number up in the phone book. But it can wait. She stretches oot in the bed. It's great havin space fir once.

'C'mon lassies, rise an shine.'

Her da's voice. She pulls the covers over her heid.

'Erin's away,' she shouts back.

There's a pause.

'That's right, so she is. Well. You git up, Anna. Let's git the show oan the road.'

It's good when Erin goes away. Anna gits tae be the eldest, his second in command. She jumps oot ae bed. Above, a poster ae The Police. They look so good, especially Sting.

Her an their da go in the car tae git the shoppin fir the week. He lets her put in aw the foods she likes: baked beans an fish fingers, square sliced sausages an tins ae creamed rice. Efter goin the messages, Anna walks aboot the streets aw efternoon an then goes tae her pal's hoose fir tea. That night they hiv their weekly treat ae sweets fae the shop, although there's no enough money fir a comic each noo. Still, the telly's good the night an the hoose is warm wi aw ae them in the livin room. Anna forgets aw aboot phonin Erin, an the eyelash curlers.

It's the start ae the followin efternoon when she finally sits doon wi the phone book an looks up Drew's second name. Cos she knows the area he lives, it's easy enough tae narrow it doon tae a wee number ae possibilities. She cannae phone when her dad's in cos he'll say it's a waste ae money so she waits till he goes oot fir his walk, tae help his nerves. He's put a lock oan the phone, mainly cos Erin an Drew are always oan it an their daddy says it's costin a bomb. Anna's pal at school showed her how tae tap oot the numbers so yi can still git through even wi the lock oan. She gits Drew oan tryin the third number. But when she hears his voice, she feels a bit daft.

'Is oor Erin there?'

She'll quickly tell her she knows she his the eyelash curlers an that she needs them an tae make sure she brings them back. End ae … Erin'll need tae be nice oan the phone cos the phone's probably sittin oan a wee table in Drew's mammy's hoose, his mammy in a chair beside it.

'Who's this?'

'Anna, Erin's sister.'

They've only evir spoken like this when he phones their hoose an she answers.

'Ah thought ah recognised the voice. But whit yi talkin aboot?

She's away at yir gran's in Ireland.'

Anna strains tae hear giggles in the backgrun, waits fir Drew tae crack.

'Look, ah need tae speak tae her. Ah can hear her.'

'No yi cannae. Ah'm tellin yi, she's no here. Is this some kind ae joke? Your Erin phoned me fae the train station yesterday, oan the way tae the boat. She said yi were goin as well. Look, ah don't hiv time fir daft wee lassies.'

Anna thinks fir a minute. If Erin isnae wi Drew then where is she? He sounds seriously pissed aff wi her.

'Anna. Yi still there?'

'Aye, ah'm here.'

'So, whit's this aboot? Is she at yir gran's? Whit yi oan aboot?'

'APRIL FOOL,' she shouts an then she puts the phone doon jist as her da walks up the stairs tae the front door. Act stupid, that's the best policy, but noo Drew must think she's a daft wee lassie pullin an April Fool at the end ae September.

Anna starts tae clean the hoose. She begins wi the bedrooms, strips aw the sheets, throws them intae the washin machine, ready fir the big wash. She sweeps the kitchen an bathroom flairs then mops them wi disinfectant.

Anna's nearly finished wipin doon the stair banister when Elaine bursts in.

'Yi'll nevir guess, whit we saw?'

'Where's oor Annemarie an Lizzie?'

The three ae them were supposed tae be playin thegither.

Elaine's shoulder-length wavy hair is tied back in a blue, silky ribbon.

'Pull up yir tights, fir God sake.'

'There's bodies.'

'Where are the ither two? Yi were supposed tae be watchin them.'

'They're comin, look.'

Sure enough, fae the windae, she can see her five-year-auld an six-year-auld sisters runnin alang the path towards their hoose. They've got pieces ae somethin in their hauns.

'What dae ye mean bodies? Stop wi yir stories. Yi're worse than oor Erin, you.'

Elaine takes a deep breath.

'The Holy Faimily oot the chapel are in a man's garage doon the road.'

'Whit aboot The Holy Faimily?'

'He left his garage door open, an we saw them.'

Anna thinks she must mean like Bernadette seein Our Lady.

Elaine keeps goin: 'He disnae even hiv a car.'

'You mean statues, no bodies?' Anna replies while Elaine comes up fir anither gulp ae air.

'There's Jesus, Mary an Joseph stuck in beside his lawn-mower an scabby tools.'

She hauds oot a chunk ae pale blue painted chalk. Right away Anna recognises it as a bit ae a fold ae Our Lady's pale blue robe.

There wis a break-in last year. A big scandal aboot it, vandals nickin statues oot the chapel.

'It must've been him. We're takin it aw back.'

'What dae yi mean?'

'The statues, the broke bits.'

She can see Lizzie's curls an Annemarie's bowl cut hair. At first, it's no clear whit they're doin, but then she sees the white writin appearin. They can hardly write their names but they know aw the numbers fir peevir. Bit by bit, fae the neighbour's deadly store ae bodies: pieces ae Jesus, the colour ae blood robes, an Joseph, the carpenter, dressed in broon; chalkin aw the pavements fir peevir. Elaine says they've done the hail ae their street an the next wan too. Soon the hail place will be covered in numbers. And eviry time that man sees those figures chalked oan the grun, he'll wunder, whit's this an this an this an then he'll run intae his shed an Jesus' stomach will be missin, an Mary's heid an Joseph's hauns an then he'll know. He'll know they know. An in his dreams those numbers in the street will become holy numbers, hauntin him, gittin bigger until they multiply an they're evirywhere. And it will be the worse curse evir; he'll be haunted by God an peevir fir the rest ae his life.

Elaine says: 'Where's oor Erin?'

'Yi know where she is. At Drew's hoose. Yi better clean that chalk aff yer hauns or ma da'll kill you.' No need settin her aff.

'Is she *away* away?'

Her pink dress his white streaks ae chalk dust.

'Of course she isnae.'

Typical Erin. As if things werenae bad enough, noo she's done a runner. That's the kind ae selfish thing yi'd expect fae her; only, Anna wishes she didnae hiv tae tell her dad cos he'll go mental wi worry. And she hates tae admit it but she is worried too, aboot where Erin his got tae an why an is she evir comin back?

'Yi'll no tell ma daddy, will yi?' Elaine pleads, forgittin aboot Erin.

'Of course, ah won't.'

He'd go mad an they'd aw be tae blame.

'An no Erin, either. Cos she'll be mad ah took the ither two.'

'But why're yi stealin oot a garage? Ye might git caught?'

Elaine gies Anna a look as if it's so obvious.

'Cos, it's oor duty,' she says.

'What dae yi mean, Elaine.'

'It's oor duty tae free the Holy Faimily. Now we know.'

'Well, that man'll kill yi if he catches yi. Yi better be careful.'

'Don't worry. We've got God oan oor side.'

Erin

Therefore, let the moon shine
on thee in thy solitary walk

At the top ae High Street, Donna glares in ma direction. 'Look, yi don't need tae come any further. Ah can dae this masel. Tell me where yir street is an ah'll meet yi there.' The broon eyes flash back at me an ah expect her tae turn an walk doon the hill. Hauf hopin she will instead ae gien me aw the hassle.

'Ah've nevir known a lassie that close tae her gran, she's checkin oot the hospitals. Better places than here ah could show yi.'

'Ah hiv a plan,' ah'd like tae say, but ah don't. An who asked her anyway?

Funny, how the nearer we git tae the hospital, the mair ah see it aw fae the back seat ae ma daddy's blue Cortina. His car turns fae the busy road, towards the car park. Whit will we say? How will we look? How can ah play a game ae bein happy, an oot loud, ma dad wunderin if he'll git a bloody parkin place this time. The hospital is bigger than the ither buildins. Butterflies in ma stomach like when yi go over a bump in the road.

Up close, yi hiv tae lean back tae see the top flairs. Windaes become smaller the higher up yi go. An the ootline ae a statue, David Livingstone.

Ma daddy asks, testin oor general knowledge: 'Whit did Baxter say?'

We answer: 'Doctor Livingstone, I presume.'

The gloom makes the sky seem grey like the blue is disappearin; mair clouds but ah'm no sure if they're in ma heid. At the hospital there's hunners ae wee windaes, lookin doon intae the street below. That wis always the last thought, that she'd be there, at wan ae those windaes, watchin us walk tae the car when visitin wis over. She could see us revirsin oot the space but we couldnae see her.

'I'll watch you from the windae. Mind and wave.'

Rapunzel in the fairytale though her hair wis short an grey efter the chemo an we couldnae make a ladder fae pigtails tae help her escape. If only it wis that easy. An we couldnae wave cos we couldnae see her.

'Ah'm knackered,' Donna says.

'See that wee waw, ah'll hiv a seat an ah'll git yi in that big mad church place when yi're done.'

'Good, ah'd rather dae this masel.'

The brick waw looks ontae the road. At the ither side, there's a tree wi white flooers, the brightest wee tree ah've evir seen. If it wis me ah'd face the tree but Donna turns the ither way, lookin ontae the traffic. She dangles her lang legs, smokin her fag doon tae the broon bit.

She points in the direction ae anither building, aulder an grander lookin, set oan oot oan its ain. When ah look back, she's stretchin like a lazy cat efter its efternoon nap. Settles doon tae a smoke an a sunbathe. She'll nevir hiv high blood pressure will Donna, the way she takes her time, the way she savours evirythin, even waitin in a busy city road. But ah don't clap her. She'd scratch yi in a minute, claws fae naewhere. Ah'm learnin that.

Straighten yir shoulders, Erin. Don't slouch.

Ah didnae know ah wis.

On the road ootside the hospital, there's heavy traffic bedlam fae slip roads coming aff an goin towards the M8. Three wummen wearin scruffy dressin gowns over their nightclathes sit oan a low, mossy waw, smokin an drinkin tea oot ae paper cups. It's a relief tae git inside.

At the reception desk a wumman works in front ae a computer. She looks up fae the keyboard tae a man who is leanin over the desk, an the way she looks tae me then tae him an him tae me an him tae her an baith back tae me, it's like aw the looks are connected an wan could nevir happen withoot the ither. He's got the uniform ae a security guard; ah don't mind him fae when we visited afore. There's a new plaque at the door but it could hiv been there. Ah wunder whit else did ah score oot.

When ah come through the revolvin door, the man starts walkin towards me then the door spits me oot in the lobby so ah've nae choice, even if ah want tae, tae keep goin roond an roond.

A folded-up wheelchair leans against a waw, near a lift. Signs tell yi the direction ae wards. 'Isolation Unit.'

'Excuse me, hen. Can ah help yi?'

Ah hiv nae thoughts, nae smart answers, nae plan. Donna wis right. Whit wis ah thinking? Ah know ah need tae git tae the third flair. Take the lift. Inside, a wee glass screen an above it anither sign: **In case of emergencies**. Behind is a phone, an a voice like Sean Connery will say: 'Third flair. Doors openin.'

The laddies tried tae imitate the voice. As ah leave the lift, ah look behind fir the rest ae ma faimily. It aw happens afore ah can stop masel.

'Ah said: Can ah help yi, hen?' A stray teenager, hair a mess, the sandals ripped an mucky like litter blown in fae the road.

'Who are yi lookin fir?'

He keeps gawkin at me, sort ae rearrangin his cap like he means business. The wumman stops typin.

An it wis gonnae be so easy. Ah wid tell some person, this man, why ah wis here, an he wid take me tae sumbudy who could help, a doctor, wan ae the nurses. Ah wid explain whit it wis ah wis lookin fir an then evirythin wid be clear. But nevir expected this – that ah widnae be able tae speak. That's oor Paul's disease.

So ah turn, withoot sayin a word, no answerin the man's simple question. Walk through the revolvin door, oot again. Sit oan the waw, open ma bag an take oot Wordsworth's poems. Ah scan the pages an try tae find somethin that'll help make me feel better cos sometimes the sound ae the words when ah say them in ma heid start tae sound like anither voice an it helps. It's maistly aboot nature, as usual, nuthin aboot sumbudy's mammy dyin, that ah can find.

Therefore, let the moon shine on thee in thy solitary walk.

Ah don't git it. If the moon shines or not, it disnae bring ma mammy back.

Donna said tae git her in the cathedral next tae the hospital where the stane is black like the hail buildin's been covered in coal dust. The door is heavy bronze wi carvin aw over it so ah hiv tae lean ma hail weight tae open it. Inside, stained glass windaes gie the place a darker feel, cuttin doon oan the sunlight fae ootside, although towards the back, there're three windaes wi the palest blue colour ae glass ah've evir seen, apairt fae the actual sky when there're nae clouds. A few tourists, cameras slung across them, wander aimlessly. They've got that look ae no belangin here, same as me. It's their voices ah'm aware ae, Spanish an German accents an an English wumman comparin the stane here tae Canterbury Cathedral. Ah go doon a dark staircase where there're doors tae wee chapels oan the flair below.

Ah sit oan a bench fir a minute tae rest ma feet. Ah'm sweatin fae aw the walkin. Efter a silent prayir that ah'll be able tae git oor Paul hame, ah git up an go towards a wee altar wi a lectern then ah open the book an start tae read.

Fae behind me, a voice says: 'Whit yi daein, ya daft bitch?'

Donna's gien me a real, 'yi're aff yi're heid' look. Used tae that fae her noo.

'Ah'm ... Nuthin ... Ah couldnae find yi.'

Prayin tae God that yi'll gie me some peace, Donna. Jist git aff ma back fir five minutes. Any chance?

'Cos ah wis gittin fags at the wee shop doon the road. Let's git oot ae this dump. It's freezin.'

She starts tae scrape the surface ae a wooden pew behind her wi her wan nail that she hisnae bitten aff.

'Yi shouldnae dae that. The guy at the door'll be over.'

'So whit? Let him come. Ah'm an atheist anyway.'

Ah'm no in the mood fir a religious debate.

'Yi don't believe this shite, dae yi?' She won't gie up.

Mair like ah've fallen oot wi God. Don't like her callin it 'shite' though, especially no oot loud here.

'Shhh. Yi'll git us intae trouble.'

'God's sake, lighten up, Erin.'

We peer over the open book, a gold-coloured marker markin the pages. Ma legs don't shake this time behind the lectern.

It's a psalm. The paragraphs are a verse an a chorus. 'The Song of Solomon'. There's an auld cloth marker at the page that says:

'I am the rose of Sharon and the lily of the valleys. As the lily among thorns, so is my love among the daughters ...'

The words are strange, but ah like them. The last time ah read fae a pulpit it wis at the funeral an ma legs were shakin an ah thought the sound ae ma knees wid be picked up by the mic an that's whit the people at the funeral wid hear.

'Until the day break, and the shadows flee away, turn, my beloved, and be thou like a roe or a young hart upon the mountains of Bether.'

Wunder whit a roe is an if it's a kind ae deer. Might ask oor Paul when ah see him cos that's the kind ae thing he wid know.

Donna's up at ma shoulder: 'Where's Bether?'

'Dunno.'

'No near Castlemilk anyway. Worse than that Wordsworth shite.'

At least she remembered the poet's name. We slam the door behind us, walkin oot intae the sunlit street.

Donna's pals

The double decker takes ages, windin through grey streets, stoppin at bus stops fir dribs an drabs ae people tae git oan an aff. It climbs a dead steep brae tae a housin scheme that looks over fields an his a view ae hills in the distance. Efter a while we're in a street wi derelict lookin buildins.

'Right, this is us,' Donna jumps up, runs doon the stairs, takin two steps at a time.

The driver turns tae asks. 'Are yi sure this is yir stop? There's nuthin here, hen. Next stop's the shoppin centre, yi'd be better aff there.'

Donna flicks her hair wi her finger as an answer, takes me by the elbow aff the bus. The driver starts tae reverse the bus backwards ontae the main road fae where we've come fae. We watch him wi his heid stuck oot the windae like this is a drivin test fir bus drivers.

The street is no like ours where eviry hoose his its ain gate wi a back an front door. It's aw flats here, wi a bit ae gairden at the front an washin lines at the back. Windaes are shuttered wi metal an the mooths ae closes are sealed wi security doors.

'This is dead spooky.'

'WHIT YI WHISPERIN FOR?' Donna screams, birlin oan wan foot. Punk dis pirouette.

'We're no in the pineapple noo.'

'Where's aw the folk, Donna?'

'Somewhere better than this dump. Follow me.'

She leads me tae wan ae the close entrances wi its security door hangin aff.

'This is where ma auld hoose wis. Now, 'scuse the mess. If ah'd known yi were comin ...' But afore we can turn intae the buildin, there's movement at the ither end ae the street where the hooses stop. Two figures, a tall wiry lookin laddie wi broon hair an anither laddie that even fae here walks wi a swagger that takes up the hail pavement. They come towards us hauns in their pockets like they're cowboys in a Western. The lanky laddie's body is hunched the same way as oor Paul's. Are aw teenage laddies nevir comfortable wi their growin bodies?

Donna says: 'My God. It's Tojo an Skelf. Ah've no seen them fir ages.'

She starts wavin at the laddies. Ah feel shyness come ower me an stert lookin fir some place tae hide.

Laggin behind is a third laddie; he's wearin burgundy Doc Martins.

'Shite, that's aw ah need.' Donna looks tae either side ae us then doon the street.

'Listen. You wait here. Ah'll try an git rid ae them.'

Donna's haun is oan ma airm, shuvin me backwards. Ah nearly trip over the ledge ae the security door. The laddies look like trouble. If ah git a chance ah might dae a runner.

Ah'd like tae take ma book oot an check the lines ae the poem but if ah did that they aw might see me. Then ah could say the words inside masel an that wid keep ma mind occupied.

Ah'm in a dwam fir don't know how lang an when ah next look up aw four ae them are starin at me like ah'm the subject ae conversation.

'Waken up. Ah've brought the talent over tae meet yi. This is Tojo an this is Skelf. Tweedle Dee an Tweedle Dum.' The laddies gawk at me then look away.

'An whit aboot me? Dae ah no git a mention tight-drawers?'

Hiv tae search fir the biggest laddie's face under the hood pulled over his big heid, tassels tied under the roll ae fat under his chin.

'Oh aye, an that's Eijit Features.'

'Bitch,' he says. 'Don't listen tae her. Call me Big Gavin.'

It's Tojo is the good lookin wan, the wan wi the biggest swagger. His eyes are light broon, the same broon as the kitchen units in oor hoose, but there's somethin weird aboot how he looks at me as if he can see right through me tae the ither side ae me. Ah feel the red risin fae the tips ae ma toes, right up through ma body tae ma face, an no matter how ah try ah cannae stop it. The ither guys jist stare but Donna grins. The laddie bends doon an picks somethin fae the grun, a big stane. Next minute, the sound ae crashin glass as the windae breaks. The rest ae them clap like a bunch ae daft seals at the Christmas circus ma Da's work paid fir when he wis workin. Naebudy stirs fae any ae the buildins. Did he dae that fir ma benefit?

'So, how's it goin, Skelf?' Donna digs her fist intae the lanky laddie's shoulder.

'Him an me were in the same children's hame when ah wis wee. How yi daen ma man?'

'Aw aw rrrr ... right.'

The lisp is dead noticeable.

'Yi didnae he ... ar? Aboot the slashin?'

'Shite, no, big man. Did yi ... did yi git slashed? God ah can see it noo. Ah didnae notice.'

He turns the side ae his face towards us; there's a raw, crooked line engraved in his skin. The line dips tae a curve where the knife slipped.

Ah've screwed ma face up afore ah can stop it. Noo the scar's aw ah can see. It's no the same but ah think aboot Anna cutttin herself the night ma mammy died an ah wunder if she's got a scar. She nevir said.

The slowly telt story is that two guys came intae a chip shop an slashed him. No reason. Jist that he wisnae fae that area. Luckily, the gang he hangs aboot wi found the wans that did it an gied them the same. He tells us this like it happens aw the time. Ah cannae imagine Drew wi a scar. He can be stupid when he's hud a few cans, acts tough an stuff, but it's aw talk wi him. A big guy wid blow him away, he's that skinny. Hope he's okay. Hope he nevir meets these three in a chip-shop even though they're bein nice enough tae me. An ah stert tae worry aboot Simit an Pinkie, as well. Whit if somethin bad happens tae them when ah'm away, ah'm supposed tae be helpin ma daddy. A feelin ae panic comes in tae ma body but ah'm good at hidin how ah feel.

'Dae yi wan ... wan ... ttt a bottle ae cider? Ah've got wan spare.'

'Aye, we'll take it aff yir hauns.' Donna grabs the bottle.

'So, this is yir new pal? Whit dae yi go by?' At the same time, he puts his airm over Donna's shoulder.

'It's Erin, Tojo. Ah already telt yi.'

Donna looks right intae his eyes an she blushes. First sign ae weakness ah've evir seen fae her an ah wunder if he knows. His top his three buttons open an there are blonde hairs crawlin up tae the V where the buttons stert. But there's a brotherly way tae how he puts his haun oan her shoulder like she's wan ae the faimily back fir a visit.

'Is that yir real name or are yi oan the run? Don't look at me like that, Donna. It happens.'

The way his eyes scrutinise me when he speaks an the takin the piss tone in his voice. Ah can feel masel bein twisted roond his finger. Donna grabs his airm. He pushes her away wi hardly any force. Beams the big smile.

'Git aff. Ah know ah'm irresistible. Yi cannae keep yir hauns aff me.'

'Piss aff, Tojo,' Donna says.

'Dae yi know how tae smile?' Gavin says tae me.

'Ignore him,' Tojo says. 'Yi don't need tae smile if yi don't want tae.'

People are always tellin me tae smile but ah don't feel like it, an ah feel bad aboot bein happy so whit's the point. Still, ah wish ah could be like Donna, or Sally an jist be a normal person ma age, whitever that means.

'Where yi fae?'

'Wishy. Ah've git three brothers...'

'She done a runner but she's no tellin anybody...'

'No, ah...'

'You two lassies are welcome tae come an stay wi us at oor pad. That's if yi're lookin fir five-star accommodation.'

'Jeez Oh, Tojo. Yi're g g g reat wi the big words.' Poor Skelf.

'Are yi stayin in wan ae these?' Tojo asks.

Donna looks scathinly at the empty flats.

'Naw, we're doon the road in the Gorbals. Fancy place. Nae sleepin under cardboard fir us. They days are over.'

'An are yi still in foster care?' Skelf says.

'Naw, ah gied them ma notice. Know whit a mean? They were always oan ma case. Caught me drinkin wan night an chucked me oot the hoose.'

'Whit aboot social work?'

'Aye, they got me a place in a hostel an we're goin tae see them the morra. Whit aboot you ma man?'

'Ah'm in a new unit. They hud tae shut the other wan doon cos ae the dirty bastards who were...you know...'

There's a silence that lasts a lang time.

'They nevir touched me except tae batter the livin shite oot me. But the place ah'm in is better. Ah'm even doin good at the school.'

'Don't go that far, Skelf.' It's Tojo who speaks.

'Take the address, in case yi need it, Donna.'

'Hiv yeez a pen?'

Ah gie Tojo a pen fae the bottom ae ma bag. He takes a bookie line oot his pocket an writes oan the back ae it, hauns the piece ae paper tae me. Put it in ma bag, in the zipped pocket.

'That's a runaway's bag. Where is it yir aff tae?'

Ah wish they'd aw stop lookin at me. Ah can feel ma face goin red, again.

'Ah'm goin tae Oban tae bring ma brother hame.'

Donna says: 'No this again.'

'Ma daddy used tae take me fishin there,' Tojo says.

'Really?'

'Aye, we'd go campin; there's a wee river his the best fish. Ma maw cooked the fish ower a fire an they let me hiv a lager an they'd git mad oan the drink.'

Ah feel jealous when ah think ae him an his daddy an his mammy sittin roond a fire eatin that fish but he disnae need tae say whit happened efter the drink cos everybudy's the same. Ah'm nevir drinkin when ah'm aulder.

Tojo says: 'Did yir brother scarper as well as you?'

Ah go tae say ah didnae scarper but then ah think mibee ah did. But why shouldn't ah run away when aw ah git is hassle fae ma daddy aboot the hoose bein clean an tidy. An fir the first time in a lang time, ah actually feel good aboot maself; naebudy's lookin at me as if ah'm fae another planet, an ah don't feel ashamed that ah don't hiv a mum.

'It's a lang story.'

'Oh God. Don't git her started.' Donna's gettin oan ma nerves noo.

'Well, it wid be nice tae staun here gabbin tae you lassies but we've places tae go, people tae see. Mind, don't let her lead yi astray. An yi've got oor address.'

'An don't hang aboot here, too lang. Yi nevir know whit characters yi might meet.'

'Characccccctttters ... Och, stop, man. Yi're ki ... ki ... llin me.' Skelf's away, again. Disnae take much.

They aw stert walkin away fae me, Donna as well. An ah'm glad cos ah'm tired talkin. Ah'd like tae go back tae the hostel and pull the covers ower ma heid, the way ah dae at hame and ah lie in the dark till the pain in ma stomach goes away.

'A minute ...' Donna says. They act like they're a faimily the way they aw walk away thegither an ah wish ah wis wan ae them but ah'n no. They know everythin aboot each other an really none ae them know anythin aboot me.

Ah walk doon the path tae the back ae the flats; oot the back ae this wan is a giant tree, a tree that's walked aw the way fae the real countryside, right intae a back green in Castlemilk. The wind is up noo so when ah close ma eyes, it sounds like the sea when we're oan oor holidays tae Ireland oan the boat. Ah want the sea wind tae sweep over me, take away ma worries, take away ma thoughts. Open ma eyes tae only the back greens wi nuthin but high grass, an oan the pavement, a yellae plastic cricket bat. The sun comes oot suddenly an the leaves make a pattern like water shimmerin oan the grass then the sun goes away so it's only tree an grass, again. An nane ae it makes me feel any better.

In the street, the ithers are finishin their talk. Ah've got the plastic bat in ma haun an Tojo throws a kid-oan baw that ah kid-oan hit. We aw look intae the air as if there's really a baw. Donna turns away fae them, walks back tae ma side ae the street. Tojo an Skelf are linkin airms, daein the Aff Tae See The Wizard walk. The big wan walks behind them, shakin his bum until he lets oot a big roar.

* * *

When the laddies go, Donna an me move back towards the close entrance, this time easin oor way through a gap in the door. It's dark inside an a horrible smell comes fae the bottom ae the step leadin doon tae the back door.

She says: 'Dog shite, maist likely.'

Follow her up the first flight ae stairs.

'Here, sit doon oan the step. It's clean.'

But it's no. The buildin is fawin apairt an the place stinks. Noo the bottle ae cider is oan the step between us. Ah'm kind ae scared ae drink but Donna pets the bottle as if it's her baby. Ahhhhhh.

Drink can take a haud ae yi, ma daddy always says that.

As she screws aff the lid, the top ae it makes a whoosh sound. *Shoooosh.*

'Want some?'

Ah take the bottle but don't drink.

'Yi really are a novice. Here, gies it back, this stuff is wasted oan yi.'

She hauds back her heid an her Adam's apple goes gulp. When she's finished her eyes look brighter an her mooth is red fae pressin oan the rim ae the bottle. The next time she offers, ah take the bottle. Whit's the point when we're aw goin tae die an naebudy cares aboot me an if ah get drunk cos if they did ah widnae be here.

When ah drink, ah tip ma heid back too far an it ends up shootin oot ma nostrils, lukewarm, gassy cider.

'Yi're hilarious,' Donna says.

A sort ae warm feelin spreads fae ma chest ootwards tae ma hail body, takin away the sore bum feelin ah hud when ah first sat doon oan the step. Efter a while ae passin the bottle between us, Donna's voice seems tae come fae farther away an her face goes in an oot ae focus like when ah got a Polaroid camera fir Christmas an ah wis learnin how tae work it. Ah cannae find how tae turn the thing in ma heid that helps me see straight, makes evirythin settle, no fuzzy cos things hiv lost their real shapes: the banister, the stairs, even Donna.

Gas fae the cider makes me burp dead loud.

'Whit will yi dae if yir brother tells yi tae git stuffed?'

She's right, ah hiv thought aboot it. Oor Paul's no goin tae suddenly change his mind an it's unlikely ah can force him back hame.

'It'll come tae me when ah see him.'

'How dae yi know but?'

Ah try tae think ae somethin, a wee detail aboot Paul but ah cannae. Apart fae that he likes ornithology and fitbaw. In a big faimily maist ae the time yi're pairt ae this crowd in the hoose, or wherever yi go, an that's whit ah remember; wi anybudy missin it's like bein in a real life photo wi sumbudy's face cut oot so nuthin feels right.

'Ah don't. Aw ah know is that ah need tae try.'

When we've sat a few mair minutes Donna says: 'We better move if yi're goin tae catch that bus.'

Wan winter, a man chapped our door askin fir food. It wis three weeks efter Christmas. We'd watched him fae the windae go tae aw the doors in the street an naebudy answered. When he came tae us mum said: 'Tell him tae come in.' He hud a ripped coat an a hungry look an she took him in an gied him his dinner. While the man wis there, the postman came up the path wi his arms outstretched, haudin away a parcel. The parcel had loads ae stamps oan it but we knew right away it wis the missin turkey; ma granny in Ireland sent wan fir Christmas dinner every year. It had nevir been late afore. That year, wi got shop bought frozen turkey an ah could taste the months it'd been in a freezer. Ah felt quite sad tae see the parcel go straight in the bin oot the back, but ma mammy an the auld man laughed till tears came doon their faces. Later, she telt me tae always remember there but for the grace of God. Ah think helpin sumbudy like Donna must be whit she meant. But it's no only that. Ah've been feelin there's somethin weird aboot me cos ma mam died but here ah don't feel like that. At hame it feels like everybody else his a perfect faimily an we don't but here it disnae matter, an naebudy looks at yi as if they know there's somethin missin.

Mibee that's why ah say: 'Ah want tae put somethin tae yi.'

'This sounds serious.'

'Ah've decided ah'm no goin tae Oban. No unless yi say yi're comin as well.'

She stares straight aheid, acts as if ah've no spoken.

'Did yi hear me?'

'The forty-nine takes yi right tae the bus station.'

'Seriously, ah'm no goin unless yi say yi're comin wi me.' That's the solution an the cider's helped me work it oot.

'Ah already explained. Aunties, Oban an that. No ma scene.'

She hauds the bottle ae cider upside doon, a few dregs come oot, make a puddle oan the step.

'Well, as ah say, ah'm no goin either.'

'Yir mad.'

Donna looks at me, hauf-drunk: 'Whit dae yi mean? Yi'd gie up Oban?'

'Yi're right, oor Paul disnae want tae come hame. And ah'm jist gittin oan ma mammy an daddy's nerves hauf the time. It might be better fir them if ah stay away.'

'Yi mean yi'll git a flat wi me? An whit aboot the boyfriend?'

A wee lie is aw it'll take.

'We're no dead serious or anythin.'

'Yi'll dae it then?'

'Aye, ah'll git a flat wi yi. Anythin fir a bit ae peace.'

'Really? Yi won't bother wastin time lookin fir yer brother?'

There's a difference between a wee lie an a big lie an oan the chart ae lies, ah'll git less bad points fir this wan.

'Ah said aye.'

'That's fantastic, pal. Ah'm made up.'

Donna's pupils are larger cos ae the cider; she goes tae hug me but it's mair like a heidbutt. When ah staun up, the grun goes tae the left an ma body tae the right.

'Can ma wee sisters come an stay wi us when wi've got a place?'

'Aye, mibbe. We'll see.'

'Naw they'd need tae be able to come.'

'Now, yi've run away proper, they won't care, efter a while.'

'Whit dae yi mean?'

'Well, dae yi think they'd be allowed tae come?'

'Ah don't know. Ah cannae jist leave them but.'

'Look, pal, we'll work somethin oot. Wan step at a time. Awright?'

'Awright.'

She's wrang aboot naebudy carin aboot me. Even though we argue an fight, Dad an me, ah cannae imagine him no lookin fir me, no even callin the polis. Really, she must mean aboot hersel, she must mean that. An that's the real reason tae stick wi the lie fir noo. Naebudy should be left oan their ain like Donna, even though she is dead cheeky an wid be a terrible teenager fir anybudy tae hiv.

'C'mon let's git goin. We've missed the appointment wi the staun-by social worker but we can make a new wan. We'll hiv points cos we're hameless thegither.'

Is that whit Dad means when he says drink makes people daft, makes them think impossible stuff can happen, like him winnin a fortune at the horses an Donna an me startin some kind ae new life? Somehow, even though ah've only hud a few swigs ae cider, ma mooth cannae connect wi ma brain, an even if ah wanted tae take back the lie aboot the flat the right words widnae come oot.

'Will yi dae me wan last favour?'

'Whit?'

May as well, noo ah'm here.

'Will yi take me tae The Gallowgate? There's a place ah need tae see.'

'Is this still tae dae wi that mad eijit poet guy?'

'Sort ae.'

'Okay, okay. Anythin fir some peace an quiet. Now, dae yi want tae hear ma plan or no?'

'Come oan then, tell me.'

Time and tide waits for no man.

Ah know. Ma da'll be expectin me back fae Drew's.

You'll have lost the chance to get Paul back for good.

Cannae jist abandon her, please.

Charity begins at home, Erin.

It'll be fine cos ah'll still git Paul. Ah'll ring Dad the morra, say ah'm goin straight tae school fae Drew's hoose. That gies me anither night an day an ah promise ah'll still git Paul but it gies me time tae talk Donna roond tae comin wi me. If she comes tae ma aunt's place, we can figure oot how tae git ma daddy tae agree tae let her stay wi us. Ah mean, they're always sayin wan less disnae make a difference so mibbe wan mair won't make a difference either. Ma daddy's always sayin there's so many ae us, he cannae mind oor names an he calls us aw Mary; well, Donna could be Mary Six. Obviously, ah'm Mary One.

makin plans

Cider makes me want tae sleep but makes Donna mair talkative. She says Mrs Flooery Dress'll let us stay at the hostel anither night an there's always Tojo's place in the Gorbals. Says it might be better tae git a private let instead ae a council flat. We're gonnae look in shop windaes an the papers at adverts fir somethin wee. It's great seein Donna so happy. She believes we really could dae it, the start ae new lives fir us baith. We could git jobs in wan ae the big stores, a fashion place wi big discounts fir staff an enough money fir rent an a good night oot at the weekend.

'Five years have past; five summers, with the length of five long winters...'

The words ae the poem come tae me dead easy noo. That wid make me twenty. Ah'd love tae be five years aulder. Wordsworth wis a right moany git sometimes in 'Tintern Abbey', but ah kind ae understaun whit he means; ah don't know how ah'll git through five years nevir mind a hale life withoot ma mum.

Ah cannae help feelin that Donna's talkin aboot anither lassie, no me. And she still disnae understaun how important gittin Paul back is. She says yi've got tae cut aff aw ties if yi want tae be free.

Blood's thicker than water.

Ah don't know whit that means ah say back tae the voice in ma heid, but it disnae reply.

Time is an adventure an we've got nuthin but time. Donna lifts tins fae shelves in shops, turns them in her hauns as if we've money tae spend: Beans means Heinz ... a lot ae chocolate oan yir Club. P ... p ... pick up a Penguin. A finger ae fudge is jist enough tae gie the weans a treat. Enough! Enough!

Ither customers gie us funny looks. Goin alang The Gallowgate, oan the way oot ae the third shop, we stop at a rail wi a special offer oan big bars ae chocolate. Next tae it in the canned vegetable section are tins ae sweetcorn. Donna lifts a bar ae chocolate. She's starin at the wrapper, a big crease ae anxiety oan her foreheid.

'Month oot ae date.'

The man behind the counter his a beady eye oan us.

'It disnae matter. We're no buyin anythin. Let's go, c'mon.'

Instead, Donna eyebaws the person at the till then goes marchin up tae the counter. The man blanks her while he rearranges packets ae fags oan his display. 'Excuse me, mister,' Donna's right up in his face, almost oan tiptoes, her lang, gangly legs. 'See this chocolate?'

'Whit aboot it?' His finger are chubby. Fingers that wid squeeze intae the holes ae the telephone an dial 999. Ah'm sendin Donna vibes tae shut up an let's git oot ae here but she's immune tae vibes.

'It's oot ae date. That could poison sumbudy.'

He bends over the counter, takes a big breath, suckin in air, makin this dead heavy sound an fir a minute it looks like he might reach over an punch her.

'Beat it you, ya wee shite.'

Donna walks away in her ain time. When she's at the door, she looks over her shoulder wi a dead serious look oan her face: 'We could sue ye, Mister.'

'Go aheid, see if ah care.'

While they're baith engrossed in their heid tae heid, ah'm at the back aisle. That's when ah lift the tin an put it under ma top. Auld habits die hard.

'Toerag,' the man says, rearrangin his papers. He'll be glad naebudy saw it, a young lassie takin the mickey an him lettin her away wi it.

Ootside, Donna leans against a Rupert Bear collection box wi a slot fir the money at the top ae the yellae bear's heid an a sign roond his neck: **I NEED YOU**. Alang the black base the words: **PLEASE HELP THE BLIND**. Rupert's eyes are stuck in an expression ae cheery surprise.

Donna turns towards the shop door. 'Shite,' then she breaks intae a run even afore ah see the man who's come oot fae behind his counter an is staunin in front ae us.

'You, two, wait. Phone the polis, sumbudy, quick. Wan ae them stole a tin fae ma shoap.' He' shoutin tae people passin but lucky fir us naebudy's listenin.

Try tae keep sight ae Donna's blue–black hair. The man is oot the door turnin tae a lady in a raincoat an then the raincoat's runnin. Click ae heels. Click ... click.

Ribbons ae ma sandals are startin tae loosen an they might fly aff any minute an ah'll be wan-shoed or worse, shoeless, but

Donna grabs me by the haun an pulls me alang wi her.

Raincoat wumman is slowin doon.

'She's no efter us, Donna. Let me go.'

'Shut up, Erin. Keep runnin fir anither bit. C'mon, yi don't want tae end up in the jail, dae yi?'

The tin ae sweetcorn is in ma haun; any minute the top might open leavin a trail ae sweetcorn leadin the polis right tae us: wee gold nuggits ae evidence. This is great noo, bein away fae hame, daein mad stuff like this. Luckily, Donna knows the alleys between the four storey red sand-staned buildin; flying aheid, knockin a bin lid that clatters oan the grun. Donna's got her airms oan her legs, leanin over, deep breathin, nearly chokin. Alley is full ae empty lager cans, smells ae dog dirt an the straps ae ma sandals are completely loosened, flappin aboot ma ankles, trailin in the dirt.

'God, that wis close,' she says, still catchin her breath.

'Look at they clouds. It's gonnae pour.'

She's right, yi can feel the rain afore it starts. An we're no dressed fir heavy rain, in oor light summer clathes, nae jaickets.

'Shit. Ma hair'll be a mess efter this,' Donna screams; finds a newspaper oan the grun, double page that covers oor heids. Oor wet tights start tae stick tae oor legs, Donna's lang-sleeved black jumper is soakin but she keeps it oan. Eventually, we stop inside a shop door-way; ah take aff ma lilac jumper. At least ma blouse is dry.

Don't wear wet clothes or you'll get your death of cold.

Don't touch a light switch with wet hands or you'll get electrocuted or *don't walk on the kitchen floor in your bare feet.*

Don't drink out a chipped cup.

How come ah remember aw things no tae dae?

Donna's new smile wid thaw a frost in winter when the windae ledges in oor hoose are iced shut then the sun comes an makes water lie in puddles.

'In here, quick,' she says.

The shop doorway is empty, takin us oot the way ae the rain. Donna's shiverin, her hail body shakin. Nevir noticed how really skinny she is. Nuthin tae her.

'Here, take this.'

Gie her the jumper an she disnae argue fir a change. Ah've still got ma coat an it's warm enough wi the lilac top underneath. Wait an watch the street, a few people run past, rain bouncin aff the grun. Women find umbrellas at the bottom ae their bags, hoods go up, eviryone like us dashin fir cover fae the doonpour.

'Let's hiv some then,' she says, grabbin the tin ae sweetcorn aff me.

Read the side ae the tin when Donna hauds it up tae open it: 'France's favourite vegetable.'

'Whit yi daein, Erin?'

'Nuthin.'

No tellin Donna ah've nevir hud sweetcorn afore in case she his an then she sumhow thinks she's better than me. Inside the tin, hunners ae yellae eyebaws packed tight thegither, aw lookin oot at yi. Breathe in the smell: sickly sweet.

Donna uses fingers tae scoop oot some then gies it tae me.

Take wan eyebaw oot then close ma eyes an swallow.

'That's wasted oan yi. Gies it back.' She grabs the tin again an wolfs doon some mair. Guess that means she likes sweetcorn then. When we've finished eatin, sit on the grun. Efter the excitement ah'm tired but Donna looks hyper.

'Don't shoot me doon but ah've an idea,' she says.
'No another wan. Ah cannae keep up wi yi.'
But ah feel ma face smilin an ah don't feel guilty.

the night afore the funeral

'Elaine can go tae The Docherty's,' sumbudy said.

Elaine's pal, Denise Docherty, is an only child an at wan time or anither we aw wanted tae be her. She gits evirythin: new Raleigh bike, space hopper, an even though she is a lot younger than me, ah'm pig-sick wi jealousy. Adults say it like it's dead sad: 'Aye, there's only her. Shame. They couldnae hiv any mair.' But when yi've seven brothers an sisters an yi've nevir hud a bed tae yersel, bein an only wan sounds like heaven oan earth.

The night ma mammy's body got taken tae the church, Mrs Docherty phoned us tae say Elaine hud run away.

Mrs Docherty said: 'Ah wis checkin cos she'd been oan aboot wantin tae go hame.'

Ma daddy said: 'Jesus, that's aw we need.' He wis up tae high do anyway but Mrs Docherty telt him no tae worry, that they'd find Elaine. Loads ae people came tae the hoose that night tae offer mair condolences. The hearse wis in the street, at oor gate, wi the coffin inside. Fir the walk tae the church, ah wis at the front, behind ma daddy. Aw the time ah wis tryin dead hard tae act the way mammy wid want me tae act. Don't make a show ae us, be dignified. Ah felt ah wis in a film, no really me. Ah looked up, an as we turned oot ae oor road, there wis a figure staunin over at the shop, separated by the grass aisle that the laddies play fitbaw oan. It wis oor Elaine. Ah nearly nevir recognised her cos she wis wearin a blue top ah'd nevir seen. Ah wundered whit she wis daein, jist staunin there, watchin, an where did she git the blue top fae? She wis too wee fir a funeral evirybudy thought, bein eight-year-auld. Well, oor Elaine made it anyway.

Ah wished she could hiv come in the hoose. She'd been sent away an then she'd run away fae the Docherty's so ah didnae really know whit tae dae aboot oor Elaine.

When it started tae rain, she didnae move, kept oan watchin us. Think she knew ah'd seen her but ah couldnae go tae her tae tell her she'd catch a cold withoot a coat oan, cos ah wis at the front ae the procession, but ah heard the voice sayin that in ma heid:

Elaine'll catch a cold.

Ah hoped she heard it too.

The followin weekend, Elaine came back fae the Docherty's when aw the Irish wans hud gone back hame.

Ah asked her: 'Wis that you staunin ootside the shop the ither night?'

'Aye, ah ran away. How come we nevir got tae go?'

'Cos yi're too young. Yi shouldnae hiv run away. Mrs Docherty phoned ma da. Evirybudy wis worried. Did yi no like it there?'

'Who were aw those people goin intae oor hoose?'

Thought aboot sayin how lovely it must be at The Docherty's hoose. Wan time ah visited them wi ma mammy. In their bathroom, the toilet seat hud a wee cover oan it; at first ah couldnae find the toilet roll but then ah noticed it under a doll wi a pink woollen skirt. Evirythin wis matchin pink; even the toilet brush wis in a pink container.

Elaine telt us how they hud their dinner sittin at a table in the kitchen an we aw tried tae imagine a table big enough fir us. Ah don't know whit the rest ae them thought but naebudy said anythin, only a pause when each imagined the table. Ah don't know whit size ae faimily wis roond any ae their tables cos naebudy said a number oot loud. Ma number wis still ten. Eviry night, she got tae play Kerplunk, which she thought wis great cos she's only eight. In oor hoose we git stuff fir Christmas but we've usually lost a lot ae the important pieces like the dice, fir example, by New Year's Day.

Ah heard her tellin Elaine an Annemarie aboot sweetcorn. Ma mammy nevir gied us things oot tins except peas an beans an aw the ither veg wis in the mince an stew: carrots, onions an turnip. That's why Dad puts beans in the mince noo cos he thinks it's a vegetable an disnae see the point in havin two pots tae clean. Noo, instead ae broon, we hiv orange mince that tastes ae tomata sauce an it's runny as soup.

'Is sweetcorn a puddin?' Annemarie asked.

'Naw, don't be daft.' Elaine is an expert oan exotic foods since she came back fae the Dochertys but ah'm curious as well cos ah've nevir hud sweetcorn though ah'm no gonnae admit it tae them. There are ither things she got at the Docherty's: macaroni cheese, Angel Delight, tuna an pineapple chunks. Eviry time there's an advert oan the telly noo aboot some food we don't git, oor Elaine says:

'We got that at the Docherty's hoose.' Evirybudy's flippin sick ae hearin it.

Fidelity

'This is it. The place ah wis lookin fir.'

Donna's taken us tae ootside a shop wi three big, brass baws hangin above the doorway. The sign says: **Easy cash here. Instant, easy cash. Wages advance. Low deposits.** Loads ae jewellery in the windae: diamond rings, bracelets, watches wi 'a non-redeemed pledge,' written underneath maist ae them, whitevir that means, an ARBUCKLE and SWAN PAWNBRO-KERS Ltd written above the door.

Donna says: 'Don't go mental when ah say this.'

'Whit?'

'Dae yi promise tae listen?'

'Yi're scarin me.'

'Look, this place could be the answer tae aw oor problems.'

'Whit dae yi mean?'

'See that ring yi've got, we could pawn it. If we go fir a private let then we'll need a deposit fir a flat.'

'Whit dae yi mean pawn it?'

'It wid really set us up. Once we're workin or gittin brew money, we could git yer ring back.'

Donna's already got her haun oan the door, pushin it open. Inside, the wumman appears fae the back ae the shop.

'Whit you two efter?'

The wumman's lookin right at us over the top ae a glass counter.

'Missus, how much wid yi gie ma pal fir this ring? Pure gold.' Donna's grabbed ma haun an she's pullin me over the counter.

'Didnae steal it? Did she?'

'Naw, she didnae steal it. Sort ae inherited it.'

'Let's hiv a look then.' The wumman takes ma haun. First she turns it palm upwards as if she's gonnae tell ma fortune, then turns the haun the ither way inspectin tae see if the nails are clean.

'Yi'll need tae take it aff, hen.'

As usual, it takes a while tae git the ring aff ma finger. As ah struggle wi it, the two ae them watch me an they don't say a word. Finally, the gold band rattles ontae the glass counter. The wumman's nails are dirty an uneven an her teeth are too big fir her mooth, pushin her lips up intae a permanent smile. She puts the ring under a magnifyin glass but when she turns it oan wan ae her hauns, ah hiv tae stop masel fae grabbin it back.

FIDELITY an their stamped initials inside the circle ae gold.

'Ah'll gie yi twenty pounds. Yi can redeem it fir thirty,' the wumman hauds her smile fir a lang time.

'Whit dis redeem mean?'

'It means yi can buy it back fir thirty pounds. Yi'll no git a better price anywhere else in the city.' Sounds too good tae be true.

Donna nudges me wi an elbow in the side.

'C'mon oan, Erin. We can always come back fir it.'

'Ah'm no sure ... where'll ah git thirty pounds?'

'Yi've got ages tae come back an git it. A full two weeks, we'll be oan oor feet. Ah'll help yi git it back. Ah promise.'

The wumman is already gien me a slip ae paper: wan gold band weddin ring an a date two weeks fae noo.

Non-redeemable pledge.

Consumer Credit Agreement at the top of the page.

She disnae seem tae care aboot ma age even though it says oan the form ah should be at least eighteen. And it's weird cos ma haun feels bare withoot the ring, a sort ae itchy feelin oan ma finger an ma finger shiny where the ring his been.

'Whit dae ah dae wi this?' ah ask Donna.

'Yi need tae sign that. That's yir proof that the ring's yours.'

'Is the shiny finger no enough proof?'

'Very funny. Yi're a comedian, right enough.'

'Ah cannae. Ah cannae dae it.'

'Aye, yi can. Don't think aboot it.'

Ah'm thinkin ah wish ah could've asked ma mammy aboot when she got engaged an went wi ma daddy tae buy their rings an why did they pick FIDELTY as their word.

'Ah don't want tae.'

'Whit dae yi mean?'

'Nuthin. Listen, there must be some other way.'

Donna's reaction is tae kick the side ae the counter then storm oot ae the shop, leavin me.

The wumman shouts efter us: 'Wee shites. Yi're baith barred fae here, fir wastin ma time.' But Donna's well away. Ah don't care. It disnae feel right, the ring's no really mine tae gie away, it's Anna's an Elaine's an Annemarie's as well. Ah wonder if ma dad's weddin ring says fidelity, or if he's got a different word.

the Barras

Ootside the shop, ah run tae catch up wi Donna. At first, she disnae look at me. Ah jist wait. Then she says: 'Don't know whit we'll dae noo.'

'Ah feel bad aboot it as well.'

We keep walkin fir a bit an Donna stays dead quiet. Ah can almost hear her brain workin on a new plan. Ah don't hiv any suggestions except we heid fir Oban an ah don't think noo is the right time tae mention it.

'Right, it'll need tae be our Maureen.'

'Who's she?'

'Ma aunt. She might gie us some money.'

'Ah thought yi said yi didnae hiv any faimily.'

'She's ma mam's sister. It's no a big deal.'

'Ah don't know why yi didnae say, that's aw.'

'Don't you go blabbin when yi meet her. Cos she'll be fishin fir information. Don't mention hostels or you runnin away.'

'Okay. Ah won't.'

'Ah'm warnin yi.'

Donna seems tae be bossy aw the time noo an she treats me like ah'm stupid but mibbe she'll be better when she sees her aunt.

'Ah hear yi.'

She disnae speak again fir the hail walk there. Ah'm glad. It wis horrible the way she acted in the pawn shop. Ah try no tae make it obvious when ah'm puttin the ring back oan ma haun. It gits stuck oan the knuckle-bone at the middle ae ma finger. Don't want tae make a big deal aboot it so ah slip the ring intae ma pocket. Ah'll put it oan later. There's a bar ae soap in the room oan the sink. Ah've done that afore when it's too tight.

Donna still disnae speak so ah decide tae let her stew in it fir a while. Keep checkin the ring's in ma zipped pocket. Ah don't want tae lose it efter aw that. When ah git hame ah'm gien it tae oor Anna. Ah've had enough ae it.

You should be on your way today

The voice gits louder in ma heid. Sometimes, ah hiv full blown conversations. Maistly arguments.

Ah will go. Nuthin's changed. But ah need tae dae this ma way.

Time an tide, Erin. Remember.

The longer Paul's away, the harder it'll be to get him back.

Ah know. Ah know ah hiv tae go.

Ah'm so mixed up. Don't know whit tae dae.

We're back towards the direction ae the hostel, goin past the shops at Trongate. A sign oan the road advertises fish an fresh meat. Up the alley, a hail deer is oan the top ae a coal bunker. The exact wound in its side where sumbudy shot it; blood dried oan the sticky hair, large broon eyes that saw trees an fields an mibbe imagined itsel safe, noo closed tight. At the doorway a man in a white apron covered in blood sharpens two enormous knives. Ah've seen pictures ae deer in magazines or oan waws but this wan looks so big an real. Ah touch its skin, cannae help masel.

Even though it's deid, yi can imagine how alive it wis, runnin aboot the hills.

'Beat it you two,' the man shouts but we're already turnin away.

The Saracen Head is a pub right across fae a big archway wi the words: *The Barras,* above it – the pub's a tiny doorway, wan shop length. Shutters are doon.

'Satisfied?' is aw Donna says. At least, she remembered.

'Ah'll go back when it opens.'

'Ah won't be goin wi yi,' then she walks away as if tae prove her point.

Ah follow her under the archway alang a road, past loads ae wee shop fronts.

This middle-aged wumman pushes an auld man in a wheelchair; the man his only wan leg an it's dead hard no tae look at the place where a leg should be. Some wummen are drinkin tea an eatin sandwiches oan a bench oan the paved pairt ae the road. It's different here fae further alang the city centre like the way people look as if they're always oan the verge ae talkin; it's mair like bein at hame.

A young guy walks past us carryin a scuffed-lookin, white surfboard.

'Yi can git anythin here,' Donna says.

She's talkin, again. It's a stert.

In the Barras, People are sellin evirythin yi can think ae: cookin pots, knives an forks, even dishes an cups. It's really a big jumble sale but no fir charity. Cannae imagine Wordsworth lookin fir bargains here.

As we drift through the market, Donna talks tae a few ae the stallholders. Some ae them hiv the gloves wi fingers cut oot even though it's warm; aroond their waists are worn-lookin money bags that rattle wi change when they walk.

'Is that you, Donna, hen?' A wumman shields her eyes fae the glare wi her haun, tae git a better look at us.

'Hiya, Auntie Maureen. How's it goin?'

Her Aunt Maureen's tall, stands oot amongst the ither wummen, but his the same broon eyes as Donna.

'Where hiv yi been, hen? Ah thought yi'd disappeared.'

'Ah'm fine. Ah've got ma pal. We're lookin efter each other.'

Donna's aunt gies me another lang look.

'Ah don't think ah've met her afore?'

'Naw, she moved away but she's back again.'

'Imagine that. Well, it's nice tae meet yi.'

Maureen reaches intae her pouch an gies Donna some coins.

'Ah'm that thirsty an ah nevir git a break fae the stall. Go an git me a coffee, Donna. Ah'll hiv a wee blether wi yir pal.'

'But why? Erin can come wi me.'

'Ah might need tae go tae the lavvy an she can watch the stall fir a wee bit, if that's okay wi yi, hen?'

It seems ignorant no tae let the wumman go tae the toilet, aw fir the sake ae a few minutes.

'You go, Donna. Ah'll be fine.'

Donna disnae move.

'So, whit's the big secret?'

'Ah jist want that coffee, hen.'

'Ah suppose ...'

'Awright but don't talk aboot anythin important till ah'm back.'

As soon as Donna is oot the way, her aunt says: 'Sit doon, hen.' She points tae a beer bottle crate turned upside doon. Disnae seem tae be desperate fir the toilet, efteraw.

'Ah jist wanted tae ask since yir her pal. How is she? How's she been, oor Donna? She'll no talk tae me.'

'She's fine, ah think.'

'An is she aff the stuff? Is she clean?'

'Whit stuff?'

She looks at me like ah'm havin a laugh.

'Whacky backy, whitevir it gits called these days.'

'She disnae take that stuff. Yi've made a mistake.'

'Are yi sure? But that's great.'

The look oan her face says she disnae believe it. Ah wunder should ah say anythin aboot cider. Donna wid kill me.

'So, is she stayin wi yi, hen? Where is it she lives? The Social Work were oantae me. Askin aboot her. But she'd nevir speak tae me if ah spoke tae them. Always gien me the run aroond when ah try tae ask her. His she seen her mammy, dae yi know? Ah'm sorry tae ask, hen, behind her back, but it's the only way ah git tae know she's awright.'

It takes me by surprise aw the questions. Ah feel pressure tae answer right an wish ah could slow everythin doon so ma mind can catch up. Ah'm beginnin tae wish ah'd gone wi Donna rather than go through the third degree wi her aunt.

'She's stayin at ma hoose until she gits a flat. She seems fine.'

'Well, if she evir goes aff the rails again, could yi let me know? Yi see her an ma sister don't git oan efter whit happened, but ah'd like tae be there if she needed any help.'

'Aye, ah will. Ah'll let yi know.'

'Thanks, hen. Ah'd appreciate that.'

There's a silence then she says: 'An whit aboot you, hen? Where dae you come fae?'

Oot ae aw the questions this is the hardest cos if ah say the wrang thing, she'll guess. She might. Ah don't know whit she might dae then. Ah'm hopin it's really Donna she's interested in.

'Ah wis at the same school as Donna.'

'Yi seem younger than she is.'

'She wis the year above me.'

'An where dae yi live, noo? Yi said Donna lives wi yi. Is it in the toon?'

'Aye, wi ma faimily an me.'

'That's nice. Ah'll git the address afore yi go.'

Ah act as if that'll happen.

'Whit is the story wi Donna an her mum? She nevir said.' Ah know it's sneaky but ah telt Donna stuff aboot me.

'Well, oor Sandra, that's ma sister, she's no hud an easy life.'

'Whit dae yi mean?'

'Sandra met Donna's da when she wis only seventeen an he wis a lot aulder. He wis an addict, in tae aw sorts an ma sister, well she git hooked tae. But when Donna wis born she got clean. It took a while but she managed it.'

'That's good but Donna said she wis in a children's hame.'

'Aye, that's true. Ma sister hud a relapse when the wean wis aboot...let me think...jist afore she sterted the school. An the social workers took the wean aff her an that's how she ended up in that place. Ah wis lookin efter oor ma and ah hud ma aine weans an ah jist didnae hiv the room but tae this day, ah regret ah didnae take her so she didnae need tae go there.'

'She said she wis in foster care.'

'Yi're askin a lot ae questions fir a lassie.'

'Ah'm only askin cos she's ma pal.'

'Well, wis only fir a couple ae months. Donna's ma went tae rehab an did the time as they say. She got clean an she's no touched anythin since.'

'How come her an Donna don't live thegither?'

'Well, they did. Till Donna did a runner.'

'But why?'

'Ma sister met her man, a couple ae years ago. Ah think they worked thegither. He's a lovely man. A bit particular ... aboot stuff. Anyway, Donna's dad's been aff the scene since she wis a baby. Fir years it wis jist her her mammy. Donna nevir accepted it. Caused ructions in the hoose. Drinkin, aw sorts. Made oor Sandra's life a misery. An then when the new baby came, well that wis it. Donna did a runner. They brought her back a few times, but the last time they jist gied up. She wis stealin fae them, an they were worried aboot the baby. Donna comes tae mine eviry few weeks an ah keep in touch wi Sandra. Donna's no interested in goin hame.'

Donna's git a family an she nevir let oan. She telt me she wis oan her aine.

'Ah don't blame ma sister, it's no easy wi a new wean.'

An it's even harder wi eight. When she wis sick ma mammy telt me aboot how eviryone at the maternity joked how she wis an auld haun, that it must be second nature tae her noo. But each time wis different. The first time wi me she said she wis terrified. Wi Anna it wis easier knowin whit tae expect. The cord got tangled roond Paul's throat. He nearly died. Pinkie, the size ae a pinky. Simmit, the first baby born in the district. Elaine wi a hole in her heart. Lizzie wis the biggest, too late fir an epidural, an then oor Annemarie.

Jist then Donna appears back, she's carryin a white poly-styrene cup an two cans ae coke. Her an me share the crate, drink the coke, then there's an awkward silence. Ah wunder if Donna's mammy looks like her.

'Wid yi like tae come tae ma hoose fir yir teas? It widnae be any bother.'

'No thanks, Maureen, we've got plans,' Donna says. Ah've nevir heard a lassie ma age or nearly ma age call an adult by their first name. Ma daddy wid go mental if ah called any ae ma aunts by their first names.

'Ah'll Maureen yi. Cheeky article,' but she's laughin when she says it.

Donna says: 'Can yi loan me some money? Ah'll pay yi back, promise.'

Her aunt shakes her heid: 'Like the last time, Donna? Ah'm still waitin.'

'Please, ah promise ah'll pay yi back this time.'

She gies her aunt a lang look like margarine widnae melt.

'Ah've no got much spare but take this an promise me yi won't dae anythin daft.'

Maureen hesitates, restin her haun inside the wallet, ah feel bad aboot aw the lies Donna an me are tellin her.

'Ah promise. It's fir food an stuff till ah git ma first wage. Ah've got a job servin in a cafe. Yi know Marco's place?'

Maureen takes oot a couple ae pound notes fae her money bag.

'That's great, hen. It really is.'

Her voice sounds as if she'd love tae believe it. Donna puts the money in her pocket withoot lookin at me. Near us there's a wumman who looks dead serious aboot wan ae the dresses hangin up comes tae the stall; it's a bright red sleeveless dress wi a black checked pattern, ah wis thinkin the wee dress behind it wid be lovely oan oor Annemarie. Maureen gits distracted an we take the chance tae slip away. When ah look back, she looks at me as if she's gonnae shout whit aboot the address but then we baith look away.

Anna

When Anna sniffs the perfume, it smells ae talc. It says oan the bottle: 'The romantic scent of rose, orchid and golden jasmine, sweetly embraced by sandalwood and vanilla.' She sprays the air in front ae her then walks through the mist. Oan school days when she's got a pain in the heid listenin tae lessons, she likes tae come hame an spray her perfume oan her wrists an it always takes the sore heid away, there won't be much left if she keeps doin that, but it's irresistible an the room feel exotic efter an her skin smells as if she's hud a lovely bath.

'Whit yi doin, up they stairs?' Their dad leans over the banister. He's unpacked the food, put evirythin away an noo they'll need tae make the dinner. Her heid is sore wi him goin oan aboot whit tae cook for the tea aw the way hame in the car that's aw he talked aboot. He makes such a big deal ae evirythin an tryin tae think ae different things tae cook is makin his nerves worse; half the time he decides on soup; she disnae know whit aw the fuss is for, but he's gittin good wi the mash, loads ae margarine an milk, makin it creamy.

She knows she'll hiv tae tell him aboot Erin soon, no yet, he's in a great mood an she disnae want tae spoil it.

He shouts up the stairs: 'We'll try this mince, then ...'

He said earlier he wants tae watch fitbaw oan the telly efter dinner, so he's in a hurry tae git the show oan the road. They only hiv their dinner in the efternin oan a Sunday. It's always a lang night efter that.

'Aye ... be doon in a minute.'

She sprays two quick dashes oan her wrists an rubs them vigorously afore bringin them tae jist below her nostrils. Then she's ready tae go doonstairs.

In the kitchen Anna looks in the pot. 'Dad, where's the mince?'

He opens the wee door ae the grill proudly.

'Here. Where else wid it be?'

'Look, see. There.'

He's laid it oot nice an flat oan the bakin tray across tin foil in the grill pairt ae the oven.

'How? Whit's up?'

The mince is reddish an raw lookin, an startin tae burn at the top. Nae gravy, nae vegetables.

'Eh, yir auld da is gittin the hang ae this.' She disnae hiv the heart tae tell him.

Simmit an Pinkie arrive. Evirybody's starvin. They staun in a semicircle, starin at the mince.

'What's that doin in there?' Pinkie asks. Even Pinkie knows.

Only thing is, she cannae mind exactly how yi're supposed tae cook it.

'Ah wis sure yi grill it,' their dad says.

Evirybody glares at him.

'That's toast yi're thinkin ae, Dad,' Pinkie says.

Anna wid nevir git away wi that.

'Worse than when he put Flash in the washin machine an

the clathes were aw gritty,' Simmit whispers. The two laddies start laughin.

'Right, wan ae yous go an ask Agnes fir God's sake, otherwise we'll be here aw day waitin fir it tae go broon.'

Anna gits the job. It's humiliatin, aw the McKays laughin when Anna asks fir the recipe fir mince.

She comes hame an tells her dad: 'We need tae put it in a pot ae water an bring it tae the boil. Ah think Agnes said add Bisto tae cold water then add it tae the mince.'

By noo some ae the mince is black like sheep shite oan their uncle's farm in Ireland.

'When the Bisto is in, yi'll no notice that,' their dad says.

He opens a tin ae beans an puts that in wi the mixture at the end.

'Nae use wastin pots.'

An though the mince is crunchier than usual, the tomata taste ae the beans gies it a new flavour. They aw eat it anyway.

When they're clearin the plates away, their daddy sniffs the air. 'Whit's that smell?'

'Whit smell?'

'That perfumy smell.'

He disnae say that wis yer mammy's scent.

Efter the trauma ae the mince saga, Anna decides it's better tae let him watch the fitbaw. Erin might still appear. She'll tell him aboot Drew's phone call when the game's finished. Tae take her mind aff it, she goes tae their room an finds the bottle ae rose petal perfume she's been brewin since the summer afore their mammy died; inside an auld medicine bottle are wee bits ae flooers floatin in water; their mammy put aspirin in the bottle fir emergencies. When she sniffs the mixture, the whiff ae medicine isnae there.

Erin

'Ah want tae check if the Sarry Heid's open.'

Ah need tae show people that jist cos ma mammy died, ah
can still be as good as they are. An if ah'm staunin in front ae the
class, ah'll hiv tae be really good.

'Well, if yi're goin in that dump, ah'm away in here.' Donna
points tae a shop that his weddin dresses in the windae.

'Whit yi goin in there fir?'

'See if ah can nick a tiara.'

Ah don't know whether tae believe her or no. Aw she's done
is go oan aboot money an a deposit fir a flat. Ah need tae git away
fae her for a bit.

The shutters are aff the front ae the pub windae but it's hard
tae tell if it's opened or closed, ah push open the door an walk
in, two auld daytime drinkers look at me fae their yellae lookin
beer then back tae the bar. Wan ae them his dyed black hair an
a sheriff's badge oan his jaicket. As ah go towards the bar, ah'm
aw the time scannin fir some poetry memorabilia oan the waws.
Don't see an iota. Anither man wi slicked doon hair cleans tum-
blers; above his heid, there's Buckfast in the gantry an a selection
ae ither tonic wines. It minds me ae when ah used tae go tae the
pub an tell ma daddy that ma mammy said he'd tae come hame

cos the dinner wis ready. The same stale beer smell in the air that'll cling tae ma clathes.

'We don't serve diluted orange in here, hen. Beat it afore the polis see yi.'

Behind the bar, right in the middle above the till, is a glass cabinet wi a page ae haunwritten words. It disnae belong here wi the Buckfast an these characters but there it is. The letters are aw joined up, the way Mrs Kelly likes an it looks like Latin fae here.

Up closer ah read the words: *We dipped our glass cups in a huge punch bowl.*

'Hiv yi heard ae William Wordsworth?'

'Wullie who?'

'The poet, William Wordsworth, might hiv been here. Ah'm daein a project at school, ah want tae check fir ma research.'

The two drinkers hiv stopped talkin an are aw ears fir me.

'Naw, hen. Can yi not dae Rabbie Burns? See that writin up there? That's an actual poem by him.'

Right then a door opens oan the flair behind the bar an an aulder man climbs oot ae the hole. There are steps doon tae a basement an a bad stink ae beer wafts up. He humphs up a barrel that the ither man helps him then he sits oan a stool catchin his breath.

'Who's the girlfriend?'

They baith grin, ah take a beamer.

'Seriously, don't serve her. Oor licence, God's sake.'

Ah go back tae readin whit's oan the waw.

A tree with a blue bird and a bell like a fruit on the branch and a blue fish in the last of the punch, where the bowl had been cracked in a fight.

Paul would like the bit aboot a blue bird. An Simit an

Pinkie wid ask aboot the fight that caused the bowl tae break. The men watch me an don't speak; they sip fae their drinks. Wan burps an disnae say 'scuse me. The wan wi the sheriff's badge says: 'Naw, Ray. It's no drink she's efter, it's some poet. Whit's his name, again, hen? Ray might know he's been here the last hunner years.'

Ah nearly say did yi git that badge in a lucky bag? But this isnae Wishy. Ah'm no sure if they can take a joke when the joke's oan them.

'Very funny. Who yi efter, hen?'

He adjists his roond specs like he means business.

'William Wordsworth.'

Ah sound like ah might be full ae maself and ah feel a bit stupid fir askin.

'Aye, that fella wis here, ah wandered lonely as a daffodil ...'

That's the kinda thing ma daddy wid say. Git the thing mixed up an hauf the time yi're no sure if he dis it oan purpose.

'Cloud ...'

'Aye, of course, ah'm stupid. Ah wandered lonely as a cloud.' At last. This must be how Mrs Kelly feels try tae teach oor class.

'Actually here?'

'Well, in the auld place across the road where this pub used tae be. The owners knocked it doon years ago an rebuilt here. Wis fawin apairt.'

He points tae the wee windae tae show the direction but aw ah see is sky. The sky in Scotland is usually cloudy so a cloud widnae be lonely, really; it wid be the wee blue pairt that yi can hardly see. But that's no the line in the poem, so there's nae point wonderin. Unless he meant lonely in a crowd; that makes sense. Ah wish ah could say that out loud but they'd think ah wis daft.

Typical, ah find Wullie an then ah go an lose him, again. Ah'm rubbish at this – lookin fir people.

'Yi should come back when the manager's in, she knows mair than me.'

'Okay, ta.'

The man wi the sheriff's badge winks as ah pass, lifts his glass in a *cheers*. The ither wan sniggers. Then it occurs tae me that ah'm lookin fir a dead person ah nevir even knew an that ah must be weird, it's okay lookin fir a brother but.

Ootside, Donna is at the end ae the road, she sees me an starts stormin away fae the pub towards the direction ae the hostel an disnae even wait, ah can tell by the way she walks that there's a fight commin.

When ah catch up oan Donna, her back is straighter and her shoulders are pulled back, makin her seem taller. It makes me feel nervous as if somethin is comin; ah'd rather let her mood pass but she swings roond.

'That ring.' The way she says 'that,' like the ring is a personality an clearly wan she disnae hiv any time fir.

'Whit aboot it?'

'It's no yir gran's ring, is it?'

When she says 'gran,' ah feel guilty that ah put ma gran in a lie; she walks aboot the hoose in Ireland wi a bag full ae novenas, prayin fir everybody.

Mibbe if ah dae tell Donna the truth we can start again, she'll talk stuff aboot hersel an her mammy an whit really happened, whit Maureen said aboot smokin stuff.

'Ah promise ah'll tell yi later.'

'So, did yir maw cop it or somethin?'

'Ah jist said ah'll explain, later. Look, we better hurry. The hostel might shut.'

Donna starts marchin away in the direction ae the hostel. Disnae even look back. Strides the hail distance in the biggest huff evir until we're right ootside.

When we reach the front door, Donna turns an shouts: 'Yi're gonnae pull oot ae the plan, aren't yi?'

Deep breath.

'Ma aunt is really nice, she'd help us baith git started. She'd put you up too.'

Then she starts shoutin: 'Ah knew yi didnae hiv the guts tae git a flat. Yi know yir aunt'll put yi oan the first bus hame, don't yi? And yir brother ... Be surprised if he even speaks tae yi. Yi cannae keep buggin him. Yi should leave him alane. Don't yi git it, Erin? Naebudy cares. Naebudy's lookin fir yi, are they?'

'Ah need tae go back. Ma daddy needs me.'

'So, where is he then? Where's the big search pairty?'

'Jist cos yi ruined yir ain faimily, ah don't want tae end up like you.'

'Whit dae yi mean by that?'

As soon as it's oot, ah cannae take it back.

'Yir aunt telt me aboot you an yir mum. Yi're spoilt Donna. Jealous ae a wee baby.'

Right up at ma face, close ma eyes fir the punch but it disnae come.

She keeps goin: 'You can talk. A pack ae shite aboot yir granny. Whit kind ae lassie says that? Miss High an Mighty criticisin evirybudy. Mrs Bloody Perfect. Not.'

'We've got enough money tae pay baith oor fares if we put ma money wi the money yir aunt gied yi an there's a bus leaves fae

Buchanan Street eviry day. Ah'm goin the morra at three o'clock, why don't yi come, there's nuthin fir yi here.'

Ah git ready tae say that, in time, ah'll git a flat, tae keep the peace but it's a lie, ah don't know whit'll happen, so ah don't. Anyway, whit good wid a flat be tae me? Ah'd worry aboot the wee wans an ma dad, ah'd always be want tae know how they were. So, we leave it at that. Donna sulkin, walkin away aheid. Me, followin, ma heid spinnin wi whit she's jist said.

Tomorrow is another day.

That's right. Too much his happened fir wan day. Ah need tae git a good night's sleep an then start again in the mornin an fir the first time ah'm glad ae ma mammy's voice in ma heid.

That night is the first night that me an Donna go tae sleep withoot talkin. Efter a while ah go over an poke her in the ribs but she jist sighs an turns ontae her ither side. She's no ma sister efter aw cos if she wis then she'd want tae go wi me an bring oor brother back. An she's lucky cos wan day in the future, she might git tae call her mammy by her first name.

That night ah dream we lose each ither amongst the stalls at Paddy's Market. There's loads ae people wi nae fingers in their gloves. When ah ask a man if he's seen Donna, he turns intae ma dad an ah end up runnin away fae him. The rest ae the dream ah'm searchin fir a lanky haired lassie wi ripped tights an a bad taste in clathes.

Erin

The winds that will be howling at all hours
And are up-gathered now like sleeping flowers;
'Composed during a storm' – William Wordsworth

When ah wake up the first thing ah feel is how cold it is, that frosty feelin in the air when winter is only a few weeks away, an yi're shiverin fir the first time in months. At hame ah'd be lookin forward tae dark nights an then Christmas. It's lovely when ma mammy takes oot the bag wi aw the decorations an the Christmas tree. She decorates a paint tin wi Christmas wrappin paper an we help her make paper chains fae coloured paper, that we hang fae every space. Then ah remember. When ah tried tae decorate the Dulux tin ma arms felt so heavy an ah couldnae git the tree tae stand straight. Rememberin things makes me tired.

Ah say Donna's name but nae answer comes an nae sounds come fae the toilet bein flushed or the tap runnin in the bathroom. She must hiv gone aff in a huff, she'll soon be back, tail between her legs. Ah stay oan the bed fir an hour waitin but Donna disnae appear an instead Doris comes through the door.

'Hiya, hen. Aw oan yir ain?'

Doris carries the black bin bag she seems tae take evirywhere wi her. Ah imagine her walkin through the streets, heids turnin fir aw the wrang reasons, but Doris disnae care whit ither people think.

'Hiv yi seen Donna? Ah didnae hear her git up. She's mibbe gone fir a walk.'

Doris gies me a lang lang look: 'A walk? Ah'd check yir pockets, hen.'

When ah look inside ma zipped pocket, ma money an the ring arenae there; instead, only the folded pink bookie line wi Tojo's address. Ah crawl under the bed fir the sixth time even though ah know it's jist oose an hair grips. Where did ah put it? Did ah take it oot ma pocket afore goin tae bed? Aw ah remember is leavin the ring in ma pocket yesterday. Donna's no like that. Surely? No efter she knows whit it means tae me. But ah didnae tell her aboot ma mammy till she forced it oot me, then ah nevir got the chance. Ah mind whit Donna's aunt said aboot Donna takin stuff an how it hud stopped an the way the aunt said it like it wid be a miracle if it stayed that way.

'When it comes doon tae it, hen, she's a thievin wee toerag. Well known fir it. Ah should've warned yi. Nice lassie like you. Ah don't know why yi hiv anythin tae dae wi scum like her.'

Suddenly, it hits me. Ah've nae money, nae pal an nae plan.

'Yi're a runaway, aren't yi? Ah can tell a mile. Too young tae be oan yer ain. Why don't yi let the social work look efter yi? They're no that bad. They'll gie yi a proper hame. No like here. Yi cannae live like this withoot Donna. Yi're too … too … innocent.'

'Ah don't want social workers. Promise yi won't say anythin.'

'Calm doon, hen. Ah understaun, believe you me, if yi're runnin away fae somethin or sumbudy. But yi need tae tell me the full story so that ah can help yi. Yi can trust me. Ah wis in the same boat at wan time.'

Ah pour oot evirythin tae Doris, how ah'm tryin tae git tae

Oban tae ma aunt's hoose an aboot oor Paul bein sick. While ah'm talkin she sips fae a hauf bottle she takes oot the bin bag. When ah finish speakin ah wunder is she's been listenin cos her eyes are red an dead shiny fae the drink already. She offers me some oot the bottle:

'No, ta.'

Efter the cider, ah'm stayin away fae drink.

'But whit if this brother ae yours disnae want tae come back? Hiv yi thought aboot that?'

'He will, if ah can speak tae him face tae face.'

Ah'm exhausted tryin tae git people tae understaun. Wish ah could pray tae a saint the way ma mammy did, some picture ae a bearded man dressed like a monk or a lady wi blue rays comin oot her palms.

Doris is quiet fir a few minutes, looks oot the windae. She says, turnin back tae face me, 'Ah might know sumbudy, a guy who goes up North near that Oban place where yir brother is. He goes a lot ... got business there. Ah can ask him if he'd drive yi, if yi like?' Doris sits oan the bed, starts tae pick at the covers when she speaks. Donna didnae like her but she seems okay tae me.

Whit are ma options? Ah could always go back hame. But then ah remember how ah felt that night when ah decided ah wis leavin. Nuthin his changed an ah don't hiv the ring. Mibbe evirbudy wid be better aff if ah jist disappeared.

'Here,' she reaches intae her jaicket pocket an takes oot two pound notes.

'That should keep yi goin the day fir food, ah mean. That'll mean yi won't be tempted tae dae anythin daft, git in trouble. Ah'll meet yi back here the morra aboot five. Ah'm spendin the night away fae this place so yi won't see me. But you make sure yi git booked in here, again. Don't be wanderin the streets yirsel. Promise?

Ah take the money, glad tae hiv it.

'When ah'm away ah'll speak tae that friend ae mine. We'll git yi oan the road tae yir aunt wan way or anither.'

'Thanks.'

'Whit fir?'

'Helpin me.'

Then she places a skinny haun oan ma airm an it's dead hard no tae flinch.

'Ah'm here for yi, hen. Don't worry. Leave it tae me.'

Erin

'The still sad music of... humanity'

Fae the hostel ah walk across the last ae the big metal bridges ah saw fae the train. There's frost oan the grun, an the water looks still an icy. Behind a rock, a big heron sticks its neck oot. Oor Paul telt me aw aboot birds' names: heron an hawks, finches an sparrows, he knows them aff by heart. Mibbe, that's why he loves Oban cos ae the swans at the sea waw, always scroungin fir food fae the tourists.

Fir maist ae the day ah wander through shops, feelin like a piece ae blown-in rubbish: empty packet ae crisps, a sweetie wrapper. Fraser's perfume flair is a different wurld fae the greyness ae the streets: high open spaces an bright aisles wi white light shinin doon fae chandeliers; fat an thin shaped bottles, glass glintin in the light, aw shades ae amber, clear an rose pink. Guerlain, Clinique, Chanel. Wummen behind the counters hiv skin painted oan perfectly; airmed wi white strips ae lightly sprayed scents, ready tae thrust under the nose ae any person who stops, catches their eye. They glance in the direction ae the slightest movement like the heron focused oan the river, ready tae jab a fish stirrin the surface, no me wi nae money an fousty smellin clathes. Anna wants tae work in a place like this. Ah'm sorry noo ah called her scent pee water. There's a line ae wee testers. Ah reach oot quickly, grab two fir her then shuv them in ma pocket. The only way tae git a proper seat is tae take a pair ae jeans intae wan ae the changin rooms. Hardly room tae park yir bum but manage it. Smile at masel in the mirror. When ah try the jeans on, they're really nice. But ah could nevir afford tae pay for them. Masel smiles back.

A lassie's voice comes fae the next cubicle: 'It's too big.' So close ah hiv tae check that it wisnae me that said it.

A second voice: 'Will ah git a smaller size?'

'Aye, mammy. Yi should see the colour. It's really nice.'

That used tae me an ma mum. Except she'd always hiv a favourite dress an ah'd end up gittin it tae please her. An ah used tae think wan day ah'll git tae pick ma ain clathes. Wan day. Ah use tae wish fir that, ah'n noo ah've got it. So, ah'm lucky really.

'Ah'll git yi ootside.'

The young voice in the next cubicle replies 'Okay.'

Stay sittin oan the bench, still wearin the new jeans. Why did they hiv tae walk intae this shop? Swish ae a curtain bein pulled back an the sound ae feet an voices somewhere then silence. Ah try tae read some ae Wordsworth but ah'm no in the mood fir daffodils; the words swim in front ae me an it's like ah've forgotten how tae read or there's somethin wrang wi ma eyes.

Ah think aboot leavin the book fir sumbudy else cos the sick feelin in me disnae go away. Sit fir anither while, until through the space between the hem an the flair there are feet waitin tae git in. Instead, ah put the jeans back and pick a dead cheap top that ah know ma mammy wid hate an pay for it wi the money Doris gied me, keep enough left for a packet ae crisps. Ah leave the lilac wan back in the changin room, now ah'm dressed like maself and it's a good feelin.

It's a relief when ah find the public gallery. There's loads ae folk walkin in an oot so ah follow them. Benches against waws, in front ae paintins an sculptures, people sittin doon jist starin at them. Naebudy tries tae move me oan, no yet. Must think ah'm appreciatin the art. A couple ae times ah notice a lassie that looks like Donna but close up it isnae her. Don't know if ah want tae find her or if ah'm better aff oan ma ain. Still cannae believe she stole ma mammy's ring. Wunder whit business Doris's pal his in Oban. Doris nevir said.

There's a timer inside ma heid noo, goin aff like an alarm clock that rings oot: *Move move move*. Cos yi can only be in a place wi lots ae people fir a certain amount ae time. Sumbody always starts noticin yi, walks towards yi, or worse, towards the security guard an then they baith look at yi. Sometimes, yi only hiv tae be young tae seem suspicious tae some folk. Ah wunder if ah'll become like that man in oor street who always wipes the waw oan the main road wi the sleeve ae his jaicket like he his tae keep it clean, or will ah start shoutin swear words at total strangers? Ah could go back tae the hostel place, try tae git in there anither night, but somehow it feels lonely tae think ae stayin in wan ae those rooms masel or wi strangers. Ah mind the address in ma pocket. Even though ah don't know that laddie Tojo an his pals that well, at least ah've met them afore an Tojo seems as if he could staun up tae Big Gavin fir me, if ah needed him. Skelf is a big eijit, he'd be okay as well. Ah don't even need tae stay the full night. Ah wunder if people look at me an know ma mammy's died. But how could they? Ah'll ask sumbudy fir directions tae the Gorbals fae here. It didnae sound too far. An ah don't think ah'll evir see Donna again. Ah know it wis stupid spendin the money on a top, but ah don't care. Ah wait for a voice tae gie an opinion but nane speaks.

* * *

The door ae the pawnshop goes 'ping' when ah walk in. The wumman behind the counter looks over the shoulder ae the man she's servin, lang enough tae notice me then look away. A different wumman this time fae the last time, she's younger, wi wan side ae her blonde hair shaved intae the wood ae her heid.

Amongst the chunky gold bracelets wi charms ae wee animals an star signs, an loads ae gold an silver watches, ah look in the windae but the ring's still no there. It could be they've no put a price oan it yet.

Ah scan the top ae the counter but there's nae sign. There's always a place in the back. It's a big responsibility takin care ae a ring for life, ah wish they'd gied it tae Anna an gied me a jaiket or sumethin. Ah feel ma ain age withoot the daft ring but ah better git it back and then ah'll gie it tae Anna maself. Or, mibee Joanie.

'Whit yi efter, hen?' she says tae me as the man leaves wi a new watch oan his wrist, checkin the time aboot six times afore he finally closes the door.

'Ah wunder hiv yi got a weddin ring ae mine? Ah think ma pal might hiv brought it in.'

She laughs: 'Yi're a bit young fir a weddin ring.'

'Ah'm lookin efter it fir sumbudy.'

She fusses aboot wipin the counter wi a cloth yi usually wipe windaes wi.

'Anyway, we don't take knock aff here. This is a respectable place.'

'Could yi jist check in the back. Please. It his FIDELTY written inside.'

She sighs as if there's a lang queue ae difficult customers an ah'm the first in line.

'Wait there. An don't touch anythin.'

Two minutes later, she comes back. 'Nope. Nuthin new since yesterday. Aw the rings are in the windae. If it's no there then ah don't hiv it. There's tons ae ither places. Why don't yi try wan ae them?'

The way she says it there's nae point arguin, explainin that it wis her shop we were in afore. An if Donna did pawn it, ah don't hiv the receipt so they'd mibee no gie me the ring back without gittin ma dad involved. He'd be able to identify FIDELTY written inside and his ain name and ma mammy's name.

When ah go ootside, ah look in the windae, again, in case ah did miss it but it's no there. Ah spend the hail efternin goin in an oot ae pawnshops. The wan thing ma mammy left us an ah've gone an lost it; naebudy his seen it an ah'm sick ae people lookin at me suspiciously like ah'm in their shop tae steal somethin; but it's the same everywhere, the ring's disappeared, jist like mum.

Paul and the heron

It's quiet livin wi his Aunt Mary an Uncle Jim. Oban is so different fae their home, wi a shore where people constantly walk backwards an forwards, feedin big, noisy swans, a place tourists come tae git away fae their own homes then staun an look at views an take smiley photos ae each other. He likes it here cos no one is in his face aw the time askin him how he is or why he isnae talkin or why he's stopped playin fitbaw for the school team and when will he be goin back home.

At the stert, when he wisnae speakin, he could see they were worried aboot him but he knew he wis okay cos he still hud a voice in his head, that must've been his thoughts. Bein around his mum's sister helped him, made him feel close tae his mum. At the time, he'd panicked when the funeral came an he realised aw the faimily were goin back tae Ireland; he couldnae stop himself throwin the big metal cross doon, runnin away. Sumbudy suggested he could stay there. He wid go anywhere. He didnae care. He wis the laddie who chucked Jesus doon the stairs so there wis nae hope for him.

That wis six months ago. Now, he's sterted a new school, made pals wi a couple ae boys in the same street; they don't care he nevir speaks as lang as he kicks a baw aboot wi them in the park. They don't play fitbaw in the street up here the way they dae at home wi everyone's jumpers for the goalposts an havin tae lift the baw every time a bus comes; they don't need tae. They play in big, open spaces, big as fields.

At first, Paul likes tae be oan his own mair, tae sit in the room he his tae hissel for the first time ever. He enjoys hivin every day ae the week tae hissel. He's Monday right through tae Sunday, if he likes, not only Seturday. But lately, he's wondered aboot Pinkie an Simmit's scribblin the fitbaw scores oan their bedroom waw, if they still keep the league up tae date or if their dad hud put a stop tae it. An if his posters of favourite players were still up or if the other two hud different ones now; an he missed the noise ae aw of the faimily watchin the telly at night, the place lik a cup ae tea filled tae the brim. And he missed their dad takin him to the games at the weekend, when Paul would be playin an he wid be on the touch-line wi the other dads. 'Ye played great, son,' he'd say, dead proud. Then they'd go home in the cold, knowin the house would be warm an the dinner cookin.

Mary and Jim said in whispers that he wis depressed but whoever heard of a depressed twelve year old laddie? He jist couldnae face goin back tae the hoose, no yet. Only six months ago, so that wasn't a lot of time.

Paul notices his Uncle Jim's binoculars efter his first month ae not talkin. Jim must've clocked it: 'Take them oot ae the case, son. Hiv a look oot.'

'Och, Jim. Leave Paul alone. He's not interested in daft spy glasses,' Mary says. She's busy gittin their dinner ready for Sunday efternoon, settin the table wi three places. They always sit at the table. It made it awkward at first when he wisnae talkin but they keep the telly oan an let his chair face it when the fitbaw is oan.

He lifts the binoculars fae the windae sill. They're heavier than his wans, in a broon satchel. Jim's smilin at him, noddin his head. Paul takes them oot tae the front ae the hoose. When he looks through the glasses, the scene is murky, like the time he tried his dad's readin glasses oan an couldnae see a thing. He works oot how tae adjist the lens by turnin the front circle tae clear the lens. It works. He can see the shore an hills in the distance, an up close, the heids ae Jim's flowers are gigantic. He focuses in oan a bee. Bzzzzzzzzzzzzzzzz. If Erin wis here, or Anna, they'd jumpin aboot frightened they'd git stung. That makes him laugh, the thought ae the bee an their dance ae fear. The tree at the side ae the hoose is full ae leaves an cream cloured flowers like Dogs' Porridge; wid be a great spot for birds when the weather is good. 'Paul, dinner's ready,' Mary's voice comes fae the direction ae the kitchen. As he goes intae the house, the smell ae roast beef almost makes him burst intae a song. He disnae though, it isnae that easy.

Uncle Jim lets him take the binoculars every day. It becomes his routine. Paul lifts them oot fae the case, goes an stauns at the bay window at the front ae the hoose. Sometimes, birds don't stop lang enough for him tae look at them an are only shadows across the trees. Other times, when wan takes a rest, he can focus in oan it, the body becomes bigger an clearer, like the big crow carryin a clump ae grass across the gairden. There are certain times ae the day, better than ithers; first thing in the mornin when Jim and Mary are still sleepin; he can open the back door, sit oan their wooden bench an listen tae the birds chattin away until he goes back inside tae open the cupboards in the kitchen tae a choice ae cereal. Early evenins are good too, the blackbirds goin crazy, singin at the tops ae their voices. When a bird senses him, it almost always flies aff, so he tries tae be dead still, even although he is behind a windae. Could be anythin bein watched feels not right. At least, here, he disnae feel everyone is always lookin at him, aw the neighbours an teachers, even his own pals. The gairdens are mair spaced oot here, wi hedges that hide the next door neighbours; at hame, the houses are aw crowded thegither: naewhere tae hide.

This mornin, Uncle Jim finds him watchin a magpie in the bare tree oot the front. The movement ae his uncle makes the bird fly away, right past the windae. A racket of marracha marracha. 'It's a beauty, that one,' Uncle his Jim says. He's a few years younger than their dad; mibbe no havin weans makes people look younger, Paul thinks; though Jim has hardly any hair, unlike their daddy. He's never heard Jim shoutin, ever. He wonders if he gits mad about anythin, cannae imagine it. Him an Mary talk quietly, their lives are so quiet compared tae their lives at home: telly on in the background an aw the voices talkin over each other, their da, the loudest voice ae them aw.

'My favourites are the robins in winter. They're so cheeky, the way they come right up to ye. Hiv ye ever seen that, Paul?' Paul smiles. He his. Nods his heid.

'Wid yi like tae come a walk wi me later an ah'll show a heron doon by the shore?' Paul isnnae sure if Jim is havin him oan that he likes tae watch birds. Never heard him say it when he was at their hoose but right enough aw his dad and Jim ever talked about was fitbaw when they were thegither.

Later, when they finish havin breakfast they go doon the front. Aw kinds ae seabirds are already their havin their aine bird breakfasts ae bread that people hiv thrown doon over the grey waw, ignoring the sign don't feed the seagulls. Sometimes, he sees tourists snappin photographs wi dead big cameras but the place is deserted this time ae the mornin. A few small boats bob up an doon on the water, tied to buoys wi frayed lookin rope. Two oystercatchers are screechin at the tops ae their voices, their orange beaks pointin towards the seaweed coverin the ground.

When Paul and Jim start tae walk away, the mayhem dies doon. 'Probably nestin,' Jim whispers as if the birds can hear. There's a big round buildin oan a hill above the town. Must be great views fae up there. He'd like tae go up one day. 'That's McCaig's Folly. C'mon. We'll need tae walk oot the road a bit tae see ma pal,' Jim is smilin.

The road his pavement until the edge ae the toon and then they hiv tae walk at the side ae the road for a while. Efter that, there's a field leading down tae the water's edge. They walk in single file, one in front ae the other, oan the grass. When they git tae a bend in the road, traffic in baith directions becomes lighter. Paul can see the heron ahead, even without lookin through the binoculars. Near a big boulder, not movin. Paul lifts the glasses tae his eyes. He his never seen a livin thing be so still. Tae be able tae not move for so long, that wid be somethin. Its body is hunched up an ye've no idea really whit its wings wid look like spread oot.

'What do ye think then?' Jim says in a low voice.

Paul nods his heid. He wants tae say amazin but he jist cannae.

Efter a while ae lookin, Jim says that they should walk back. It wid be easy tae disturb the bird's concentration. But they don't. It can fly in its aine time.

Trigger

It takes aboot twenty minutes till ah'm standin oan some wastegrun lookin up at a row ae tenements that seem like they're aboot tae faw doon wi either nae curtains oan windaes or a sheet instead curtains an the entry system disnae work. As well as that sumbudy's peed against the side ae the main door an there are names in white, scrawled across the waw above. Ah'm seein loads ae places in the city that ma mammy nevir saw, an that makes me feel quite good. As lang as ah keep ma spirits up an don't think aboot stuff too much, ah should be okay, cos evirybudy's always sayin ah think too much.

The address oan the bit ae paper says a number then: 'G/ Left.' Nae bell, only a name written oan the waw tae the side ae the door, the same white paint, wearin away. Music fae inside. Ah knock oan the door an there's nae answer. Mibee they'll hiv seen Donna an she'll hiv telt them whit she did wi the ring. Ah know there's sumbudy there, ah hear the music an ah can sense them there, whoever it is. Mibee it's Donna. Ah cannae think aboot that. Knock again. The music gits turned doon an a voice behind the door goes:

'Who is it?'

No sure if it's Tojo's voice or Big Gavin.

'Erin, Donna's pal.'

When the door opens, it's Gavin an it's dead weird cos he looks like he's been expectin me. As soon as ah see him ah know this is a bad idea. Ah cannae turn back noo. Ah'll make somethin up then do a B wan. Anyway, there's nuthin ah cannae haunle. There's nuthin tae lose.

'Hey, it's the wee lassie fae the country. C'mon in, hen.' Ah'm aboot tae turn away but he takes ma airm an brings me inside, ah don't like that he touches me but ah follow him.

'Want a slug?' He offers me the can ae lager he's haudin.

'Okay, ta.'

Pupils ae his eyes too big, stinks ae beer.

Wan drink tae please him; the lager burns the back ae ma throat. Ah nearly choke again.

'The mair yi drink the easier it gits,' he says.

Ah gie him the can back, wipe ma mooth wi ma sleeve.

'Hiv yi seen Donna?'

'Take it easy, hen. This is nice. Me an you.'

'Where's Tojo?'

'Wait an we'll see if yir big pal is in. Tojo. Are yi in?' His voice booms through the flat. There's a pause an we baith listen but ah already know there willnae be an answer. Ah wish again ah'd made an excuse at the door.

'No in, it seems. Ah've got yi aw tae masel. But he wis supposed tae be here ages ago wi mair beer an him an me are goin oot, later. Yi can wait if yi like.'

Ah don't feel ah've got any choice cos ah've naewhere else tae go ither than keep walkin the streets. Whit wid ma mum hiv said aboot this predicament, ah wunder. She's no use tae me bein dead no bein able tae gie me advice in the future aboot whit tae avoid. So, ah'll need tae make ma ain mind up.

'Okay, ta. Ah'll wait then.'

'Yi're a right laugh, the way yi talk an that.'

'How dae ah talk?'

'Yi keep thankin me an ah've no done anythin.'

'There's nuthin wrang wi bein polite.'

'Nevir said there wis. C'mon in the livin room fir a seat an git a heat. Freezin, eh?'

'Aye, it's baltic.'

Wi wan swoop ae the airm, he clears an armchair ae dirty clathes. The pile lies in a heap oan the flair.

The room his nae carpet; the only furniture is a couch, chair, a waste paper bin an the biggest telly ah've evir seen.

'Hoose-proud chaps, eh?'

That's when ah notice the fish tank in the corner ae the room. A big light like a sunbed lamp switched oan. Ah go a bit closer. There are clumps ae bark inside the tank but nae sign ae any fish.

'Where is that wee...'

The laddie bends doon intae a bag oan the flair. He comes up haudin a dead moose by the tail, swingin it intae the tank. The moose's wee eyes catch mine as it flies through the air.

'That's fir Trigger.'

'Whit kind ae fish eats mice?'

'Yi mean snake. Don't worry. Naptime. But ah'm jist sayin, nice tae be nice. Widnae like Trigger tae git oot an git lost in this place an mibbe end up ...'

He hauds his belly, pushin it up an doon. *Ha ha ha.* The sight ae the flesh ae his belly oan top ae the thought ae the snake in the corner an the moose lyin lifeless as a stane. That's when the close door slams shut.

'That'll be Romeo, at last. But dae yi no think ah'm nicer lookin than him, eh? Whit's he got that ah don't?' He's leerin at me in a way that makes me thank God Tojo's appeared carryin two plastic bags, wan rattlin wi cans.

Big Gavin is over at the bags an starts tae rake inside them.

'Are yi always thirsty? Hiya, Erin. Nice tae see yi, pal. Hope this big eijit hisnae been botherin yi?' He remembered ma name.

'Ah decided ah'd take yi up, oan yir offer. If it's still, okay?'

'Of course. His he even offered yi a drink?'

'Hiv yi any tea?'

'Tea?'

'Ah'm sure there must be some. Sit doon, an ah'll make yi a cup. Ah'll take him wi me so that he's no in yir face.' Him an Gavin baith go intae the kitchen. Wan ae them closes the door behind them. Ah'm glad tae git a few minutes withoot them baith glarin at each ither an ah'm lookin forward tae a heat fae the tea.

Durin the time mum wis sick, ma dad an me were drinkin tea aw the time. When ah think aboot ma dad an me drinkin tea an talkin aboot whether there's a God or no, a wee bubble ae sadness rises up inside but ah manage tae silence it afore Tojo puts the mug doon oan the flair at the side ae ma chair.

'Ta, that's great.' The tea looks weak like Simmit makes it but hot. No milk.

'Is there really a snake in that tank?'

'Aye. Ah've kept snakes fir years. It's no dangerous. Anyway, it's dead nice tae see yi.'

Big Gavin's staundin at the door, neither inside the room or ootside. Any good humour in his face isnae there noo. The atmosphere between them is mair tense. Fae the door he shouts: 'Nevir mind that. When are we goin?'

But ah don't know how can they say nevir mind a snake. Ah cannae take ma eyes aff the tank.

'Yi gonnae shut it? Evirythin's fixed. Ah'm talkin tae Erin, noo.'

Fae the kitchen, there's sounds ae bottles an cans being banged roond then in comes Big Gavin again. He watches me an Tojo, his belly hangin over the top ae his troosers. When he drains the last fae his lager can, he chucks the can towards a wee plastic bin oan the flair, missin it by ages, lager spillin oot, sprayin bits ae wawpaper above the fireplace.

Tojo is oan his feet: 'Sit oan yir fat arse. Yi're gien me the creeps.' Tojo's fingers are right up at Gavin's face. His voice changes, mair coaxin than aggressive.

'Take it easy, will yi.'

'But honestly, Tojo, how lang is this gonnae take? We've stuff tae organise.'

'God, wid yi hiv some patience? We'll git there. Why don't yi go oan aheid an ah'll meet yi at the usual place. Hauf an hour.'

'Aw aye, that's how it is? Ah'll leave yi wi yir girlfriend. Yi better no be lang.'

When The Fat Boy leaves Tojo seems tae relax. 'Are yi okay? Sorry aboot him.'

'Ah'm fine. Tired. Ah've been oan the go aw day. Don't suppose yi've seen Donna?'

'Naw, ah've no seen her since the time we met youse.'

'We sort ae fell oot.'

'Sorry tae hear that. Ah'll keep a look oot fir her an let yi know. She's disappeared afore. Ah widnae worry. Nice top, by the way.'

Ah feel chuffed that he notices.

'Did nane ae yi hear anythin fae her aboot a ring?'

'Ah widnae put it past Gavin no tae tell me but he hisnae said anythin. How come?'

'Nuthin. Ah jist wondered.'

'Ah don't think she'd steal fae yi, if that's whit yi mean.'

'Well, she did.'

'Don't worry, ah'll catch up wi her an we'll find oot whit's goin oan.'

'Ah jist need it back. It disnae belang tae me, no really.'

'Ah hear yi. Well, drink up.'

Wan moothful; there's a boozy taste fae an ah'm tempted again tae down the hail lot.

'It tastes ae whiskey.'

'Och, yi're oantae me. Ah jist put a wee toady in tae help yi relax. It'll gie yi a wee buzz an then yi'll feel better.'

'Ah don't know.'

'Go oan. Hiv anither wee drink.'

Wan side ae the mug his a dirty mark. Mum wid say always act dafter than yi are. But she's no here so ah can dae whit ah like; ah hiv anither slug ae the drink. It stings ma insides.

'That's good, knock it back.'

'Ah'll drink the rest when yi're away.'

'It'll make yi feel better. Yi'll hiv the place tae yersel. Ah'll bring some grub. A take-away fae Marco's. How dis that sound?' He seems so kind when he says it, his voice safter than Gavin's.'

'Ta, ah'm hungry; it wid be nice tae eat.'

'Yi'll be safe, here.'

Tiredness can dae funny things, make yi think evirybudy is a threat but dad says nevir trust strangers. Donna said it as well. 'Don't trust anyone.' She could talk. Ah can trust who ah like.

'Hiv a good lang sleep an then ah'll be back.' He's usin that voice he used wi Big Gavin, like he's hushin me tae sleep, sly as an auld snake. Hissssssssss.

'Ah dae feel funny like ah could faw asleep right noo.'

'That's good. Here, go in there an lie doon.' He opens anither door. Nae carpet. There's a single bed. Ah can taste ma ain anxiety. Then it comes intae ma heid whit ma mammy wid say. She'd say yi make yir bed an yi lie in it. That wis her way ae tellin yi that yi hiv tae make the right decision cos if yi make a bad wan yir stuck wi it. At least ah think that's whit she meant. Ah wish ah could defy her but ah know she wis probably right. Next thing Tojo's closin over the door an it's jist me an the snake.

Erin

When the ootside door closes, there's nae sound fae the rest ae the flat; the tank is lit up. While ah peer in, the snake stays hidden an the moose is naewhere tae be seen. Whit if the snake's no in the tank an they've let it oot tae scare me? Big Gavin threatened it. Ah widnae put it past him. Ah need tae git oot ae here an git back oan the road. Tojo might be okay but Gavin's a big pain an ah don't want tae spend any mair time in his company. Turn the haunle in the flat door. Nuthin happens. Ah look aboot fir a key. They must've taken it wi them. In the livin room, light shines through the bottom ae uneven curtains that hang baggy oan the windae. Across the road, maist ither flats are boarded up. Ah wis in that much ae a hurry tae git here, ah nevir noticed that either.

At first the windae won't budge. Push really hard till it gies way a wee bit. The final time ah put aw ma strength intae it as the frame judders an slides upwards then ah smell clean air, feel coolness oan ma face. Climb ontae the sill, levirin masel through the gap but ma stomach gits stuck in the middle. If ah wis the snake ah'd be able tae slide through the gap, nae trouble. Ah don't know why ah hiv tae think aboot that noo. The thought ae slithery features in the corner gies me strength fae naewhere. Ah push hard again, an the windae moves only slightly but enough fir me tae slide through intae a messy gairden wi empty beer cans an broken glass at ma feet. Ah need tae git as far away as ah can. Ah start tae run, no lookin back at the big snake eyes that ah imagin gittin bigger behind the pile ae bark, invisible red tongue still rememberin the taste ae the moose, lickin its lips; the snake is eyein up the open windae. Freedom fir the snake. Freedom fir me.

Keep runnin until ah cannae run any mair. High flats peer doon at me, no offerin any help. Aw the time, ah'm lookin oot fir Tojo an Big Gavin in case they're comin in ma direction. Ah feel stupid that ah went tae them fir help.

Streetlights are oan by the time ah cross the nearest ae the city bridges, movin further away fae flats an hooses, towards the ootskirts ae the buildins in the city. At the end ae the bridge, in front ae me, a man is eatin chips. The smell wafts past until ah'm nearly drunk wi it. Ah wunder if he can see the hunger oan ma face an that thought makes me feel ashamed an ah try tae act casual. He scrunches up the poke, throwin it intae a bin oan a lamppost, the smell lingerin above the bin makes ma stomach go tight wi hunger. Ah could find a polystyrene cup, kneel in the street, bow ma heid, the way the man ootside the café wis daein. Ah'd git lifted wi the polis or mibbe end up like Donna hangin aboot the station. If ah can haud oan till mornin, ah'll go back tae the Sally Army place fir breakfast. Ah might be okay. Ah might git through this. Ah will be okay. Central Station is only a five-minute walk away. Don't care if anybudy sees me as ah reach intae the bin fir the broon bag; it's still soggy wi chip grease. Right in the corner, enough chips squashed up fir a feed. Don't look at whit else is there. Shuv them intae ma mooth, still warm. As ah'm aboot tae throw the poke away ah git that feelin in ma stomach when yi're in a car an yi go over a bump too fast but it passes quickly. Wunder how Tojo's snake's gittin oan. If it's windin its way alang the pavements, lookin fir a jungle.

Ma da's always sayin that the important thing in life is tae hiv a purpose so mine is kid-oan lookin fir shops. But it's pure depressin how slow time goes when yi've naewhere tae go an it feels a bit daft tae be lookin in the same windae fir the third time. Clock above a shoe shop near the station says it's only been an hour. There are less an less people oan the streets ae the city centre an lights inside buildins go aff wi the last person lockin up, turnin tae check the door an that the alarm's been set. Ah'm too scared tae stop an sit doon in case sumbudy talks tae me. Cannae dae this aw night, need tae find a place tae sleep.

* * *

Later, there are footsteps: wans in front are awright but wans behind are different. Ah decide tae stop an an read some ae the poems under a streetlight. Two lassies pass, wan is dressed in only a bikini an fur boots, the ither in shorts an wellingtons. Wan ae them says: 'Hiya, hen, say a prayir fir me,' an smiles wi amazinly white teeth fir this pairt ae Scotland. Oot the telly teeth. They're baith no much aulder than Donna. Hen. Cheek. If ah git called 'hen' again, ah'm gonnae start cluckin.

Ah recognise the big dome ae Central station in the distance an if ah'm right, ah'm quite near Marco's café. That gits me thinkin that he could hiv seen Donna. Even if he hisnae, he might let me sit inside his café fir a bit. A game ae rememberin details ae buildins afore ah see them next time roond, a tenement wi the crack oan the side waw, a lane wi an auld pram. Ah even mind types ae curtains oan windaes: tie-backs, drop doon blinds, venetian.

* * *

Marco looks up fae the counter when he sees me. Behind him are jars full ae sweeties: soor plumes, strawberry sherbets an flyin saucers. Once a month oan a Saturday ma mammy an daddy git a bottle ae Bertola Cream sherry fae the shoap an we git a quarter ae sweeties each; it's the best time ae the week, efter oor baths, eatin sweeties, watchin The Generation Game.

'Hiya, hen.'

Marco disnae mean it in a bad way. Anyway, it's nice wi the Italian accent.

'Whit yi daein oot this time yersel?'

'Hiya, Marco. Hiv yi seen Donna?'

'No, since the ither day when she wis in here wi you. In trouble again is she? See that lassie. But yi shouldnae be walkin aboot oan yir ain, hen. Bloody freezin. Nearly eleven o'clock. Is there anybudy yi want me tae phone, come pick yi up?'

'Ma dad's collectin me fae the station. Ah wanted tae say cheerio tae Donna afore ah went back hame.'

'Ah'm glad yi're goin hame. Donna's a nice kid but yi'll git in bother hangin aboot wi her an those laddies.'

'Tojo?'

'Aye, they're bad news. Always polis in here askin fir them.'

'Ah don't know them. They're Donna's pals.'

'Ah'm aboot tae cash up but ah'll make yi some tea tae take away if yi like. Keep yi warm oan the way tae meet yir dad. Ma wife's been oan the phone. Says ah've tae hurry up, cannae wait tae git ma money.' Marco goes intae the back shop tae make the tea. When he comes back, he's carryin a scarf.'

'Here, this is ma wife's. She'll no mind. It'll git cold oot there.'

Ah take the scarf an say thanks. The tea is hot an delicious. It works. Tea always works fir calmin things doon.

'Marco, how far is Oban fae here?' He looks up fae the till.

'Aboot two an a hauf hours ah'd say, if yi know the road. Why dae yi ask that, hen?'

Eviryone ah've telt so far aboot ma plan ends up tellin me how daft it is.

'We might be goin there oor holidays, that's aw. Ma mammy's sister lives there.'

And your brother.

'It's a nice place by aw accounts. Ah'm a city man masel. Are yi sure yi're okay, hen? Yi look terrible.'

He takes the empty tea cup, puts it oan the counter.

Ah've been walkin aw day an night whit dis he expect? Ma tights an clathes feel manky, ma hair is plastered oantae ma face.

'Ah could go wi yi tae the station, wait fir yir dad. Or we could phone him tae come pick yi up here.'

'Hiv yi ever heard ae Barga?'

'Ah'd jist need tae phone the wife back. Ah don't think yi should be walkin aboot the streets at this time ae the night. Whit dae yi say?'

'But hiv yi?'

'Aye, it's where ma faither came fae.'

'Dae yi know a wumman called, Marcella, fae there?'

'Ah don't, but ma faither wid. He knows everybudy.'

'She's a pal ae ma mammy's. We're goin tae go there wan day.'

'That's nice. Ah wis there when ah wis wee but ah cannae remember much. Nae time fir holidays when yi're runnin this place.'

It wis lovely in the picture an ah really wid like tae go there. But ah wish ah could go tae Marco's even fir the wan night. He could phone ma dad, it wid be okay. A hot water bottle fir ma wee single bed in their spare room wi nice wawpaper an watch the telly an Marco's wife will make me a hot chocolate. Bet they've a cat stretched oot in front ae a gas fire, relaxin itsel. Ah'd like tae go there. Ah bet Marco's wife is pretty. We might git tae know each ither an ah can tell her aboot Big Gavin an Tojo. She'd say:

'Ah'm so glad Marco brought yi back here.'

Mibbe it's okay fir Paul tae stay away an fir Annemarie an Lizzie an Elaine tae go tae ma gran's in Ireland. Then ma daddy might be able tae cope better, especially if ah go wi Marco an his wife. Ah'm too auld tae be adopted an ah've got a faimily anyway, but ah could still stay wi them fir a while, if they let me. That wid only leave Anna, Simmit an Pinkie. *And Paul.*

Three's no too bad, easier than eight. Ah'd hiv ma ain bed.

Stick together. You've all got to stick together.

At primary school, we plastered thick, white glue oan oor Japanese dollies wi masks made fae wet newspapers that hardened like magic so we could paint oan a face. Paper mache. The smell ae glue used tae make us dizzy, but naebudy said it wis illegal then cos the teacher gied yi it; couldnae help sniffin it if it wis in yir haun an yi needed glue tae stick a cut oot crepe tree tae yir project aboot the countryside. It wid hang oan coloured paper, rolled oot across three desks then put up oan the classroom waw fir the hail term: The Countryside, fir a title. Evirybudy is fawin aff the coloured paper in oor hoose like we're bits ae people that used tae be a project.

They could put the wee ones in a home. When they split you up, you'll never be a faimily again. What if that happens?

No, they cannae put them in a hame. They'd hate that. Bein wi strangers, bein away fae ma dad.

That's right.

Strangers, Erin. Remember, blood is thicker than water.

Thick and thin.

Whit if they dae put us intae a hame? Whit if they take the wee wans away? Whit if whit if whit if whit if whit if whit if whit if whit if whit if whit if whit if whit if whit if whit if whit if whit if whit ... So ah need tae keep goin. Ah need tae git Paul.

That's right. You'd never see them again. So, you have to get the faimily, our faimily, back together. It will be fine then.

Okay. Okay. Take a deep breath.

'Thanks, Marco but ah'm fine, honest. Ah'll walk straight tae the station. Ma dad's always early.'

He gies me a look, his brow wrinkled like he's weighin up if he believes me or no. Then he writes doon a number oan a bit ae paper:

'Look, here. Take this. It's our number, me an the wife. Ah want yi tae ring me if anythin happens, if yir dad isnae there. Dae yi promise?'

Ah take the bit ae paper an put it ma pocket.

Marco seems happy wi that an starts tidyin up the shop. Ah wipe the tops ae the tables fir him while he empties the till. At ma job in the chippie ah hud tae write the orders fae the customers oan the back ae piece ae cardboard cos by the time ah got tae the counter ah'd always forgotten. One puddin supper. Four rounds ae bread. Three teas, One coke. Maria said ah wid git the hang ae it an ah did. One, two, three scoops a portion. Salt and vinegar? Sauce? Broon or red? There were jars lik sweetie jars, but instead ae boiled sweets, pickled eggs an onions. We'd a little metal ladle to scoop them oot. Thought ae catchin black tadpoles wi ma brother's net: white egg tadpoles and there's a jar ae gerkins as well. Gerkins are green slimy lookin things wi ridges at the sides lik a crocodile's skin; no one ever asked for one. Ah wis too scared to fish it oot if they did. Ah'd die. How lang has that jar been there? And those boxes of chocolates, wi bunches of flowers on their lids; naebudy bought chocolates, either. Jist as well cos Maria telt me the boxes were empty. And imagine some man buyin chocolates for his wife and when she opens them, there's nothin there but trays ae empty holes, where chocolates should be. And a pickle's nice wi a bag ae chips but a gerkin. Cannae figure oot how someone could like that; chopped green fingers, floatin in murky vinegar.

It's nice havin somethin tae dae apairt fae walkin, avoidin people. When the tables are done, ah offer tae clean the flair.

Squeeze out the mop, do the job right.

'It's awright, hen. Yi better watch yir time.' Marco walks me tae the door.

'Remember, if yir dad's no there, gie us a phone. And if yi're evir passin the cafe again, come in an see me. Mind stay away fae that Donna.'

Ah gie Marco a big wave as he closes over the door. Ah nearly shout back, 'Wait. Wait. Ah've changed ma mind.' But then ah think don't gie up noo. Don't stumble at the last hurdle. Ah need tae jist git through the night then ah can go an git Paul. People like yi tae be strong in these situations so that's whit ah'll be. Ah wunder whit ah'll dae if Paul disnae want tae come hame. Ah hivnae really considered that till noo even though Donna an

Doris kept sayin it. Ah'm no sure how ah'd go hame if ah didnae hiv ma brother wi me. But ah still wish ah could phone ma dad an he wid come an meet me fir real.

He'd be mad about our wedding ring.

So he will. Ah forgot aw aboot that.

Mibbe Donna's right, mibbe efter a while naebudy will care. Still, ah feel bad aboot lyin tae Marco aboot meetin ma dad but cannae tell him the truth cos he'd phone his wife, end up takin me back hame. Marco's nice, kind. He reminds me ae ma uncle leavin us aw a present the mornin efter ma mammy's funeral when he wis goin hame. Ah git a pair ae curlin tongs an Anna git a tape recorder. Ah always wanted curlin tongs. It wis like Christmas then ah remembered it wis a goin away present an ah felt bad aboot enjoyin anythin when ma mammy hud jist died. But Donna's lucky so many nice people care aboot her – Marco, her Aunt Maureen. Wan day she'll realise it.

* * *

Hivnae seen anybudy fir ages until a car passes, music blarin fae inside, windaes blacked oot. It sits ootside a tenement fir whit seems an eternity until a figure comes tae wan ae the windaes. They stay in a deadlock like that, car no movin, person at the windae starin doon. When the car engine revs up, the figure retreats, pulls the curtains over.

It's oor Anna's fault, aw those years sharin a room: 'Dae yi want tae talk?' Stories tae scare each ither, witches wi lang nails, claw hauns, reachin up between the gap between oor bed an the waw. Wish ah could forget that, especially when humans are hard enough tae deal wi, don't want tae bring in ghouls an witches as well. It makes me mair tired that ah hiv nae place tae go. But ah miss Anna an her daft smells. It's no the same wanderin streets on yir ain. Ah wunder whit they're aw up tae. Probably in bed sleepin, an the hoose safe an cosy feelin, ah wish ah hud a Tardis oot Doctor Who tae take me there or ah could click ma heels like Dorothy in the Wizard ae Oz.

Cannae say tae masel keep goin, yi'll soon be there, cos ah don't know when ah can stop. Ma legs feel heavy an ma heid feels light. But at least noo evirythin is quieter an ah'm gittin quicker daein the loop the loop, past Marco's café. Only thing is, this time, the shop's shut.

the People's Palace

Ten minutes later, ah'm runnin back over the bridge. Smell ae
the city's river an the sky is the same black that ah cannae find
anythin in. At the end ae the bridge, there's an entrance tae a
park lit up inside an lined wi trees an fancy lampposts. No way
can ah bed doon under a bridge in the city centre, it's bad enough
bein mobile, bad enough eatin oot bins Ma mammy wid kill me.
Ah hiv tae keep oan the move. Ah hiv tae last the next few hours
an git tae the hostel in the mornin. Once ah've walked through
the arch at the entrance, ah keep the stane needle in sight. Inside,
there's grass tae the sides an a wide paved path slices through the
middle. Aheid, some men are unloadin fae a green van. Smell
ae newly cut grass an rain. The needle is a five-minute walk fae
here wi a buildin beyond. Ah slow doon tae a normal pace then
take a deep breath an try tae stay calm, tellin masel evirythin's
gonnae be fine.

Close up, the same two men are fittin whit looks like metal
barriers thegither, makin a fence, a piece at a time. Wan hauds a
section, lowerin it towards anither bit ae the fence, gittin the hooks
in line wi holes. His jaicket says: LAND SERVICES. The jaicket
is filthy. The ither guy is tryin tae explain somethin wi his hauns.

It's the younger wan notices me first; nods his heid towards me as if he's lookin fir support. The aulder wan his grey hair stickin oot the sides ae his woollen hat still hisnae seen me. He looks towards the big glass buildin and shouts:

'Hey Stupid Heid. Did yi lock that side door, properly? Ah'm sure ah jist saw it bangin against the waw, there.'

The younger guy wi dark, curly hair an a persecuted look, shakes his heid: 'Aye, gonnae shut it wi the 'Stupid Heid', Davy. Yi're turnin intae a right nag.'

There's nae ither way, ah've got tae pass them.

When he sees me then the aulder wan says: 'God, hen, ah thought yi were a ghost. Been oot at an aw night pairty?'

'Aye. Oan ma way hame. Ah live over there,' point tae the big flats aheid.

He gies me a lang look. Ah'm used tae seein that look oan faces when people ask is there somethin wrang but at the same time they don't want tae git involved: 'Yi shouldnae take this as a shortcut, hen. It's no safe at this time ae the night.' He's checkin oot the marks oan ma coat. Ah wish ah'd pulled the the lang sleeves past ma fingers.

'Ah'm fine, ah know ma way. Ma dad's lookin oot fir me, he can see me when ah git tae the end ae the park.'

Both ae them look towards the high flats: 'Well, yi better hurry up. This place is usually locked up but we're gittin it ready fir a concert the morra.'

'Whose playin?'

'Don't bloody know hen. Aw ah know is, we've got enough work tae dae withoot this oan top ae oor normal work.'

He turns away tae lift anither section ae fence fae the van.

'Mind, hen. We're lockin the last gate oan oor way oot. Yi make sure yi don't git locked in.'

The wan called Stupid Heid makes a face behind the ither wan's back. It's good tae smile again.

The stane needle says *Nelson,* oan wan side, *Trafalgar,* oan the ither. There're names roond the base: Scots who died in some great battle against the French an Spanish. Behind, there's a buildin like a glass hoose fir a giant fae wan ae oor Annemarie's storybooks. A sign reads: **People's Palace.** Ah'm wan ae the people so ah don't feel too bad aboot breakin in. In front is a red stane fountain, heids ae lions in a circle, mooths pourin oot water. Right at the top like the fairy oan a Christmas tree, Queen Victoria. She disnae smile an seems so sure ae evirythin, makes things tick.

There're ither words oan the fountain: *Let Glasgow Flourish*; *Britannia.*

Queen Victoria's face is chubby as a hamster, saft-lookin an her stane mooth is tightly shut:

Go back to your father, young lassie. Aye right.

Say a prayer. Then you'll get the answer.

The Queen stares doon at me wi a steady gaze.

In the fountain, lamplight makes the surface ae the water shimmer. Ah sweep a haun across. The water is icy. Under the surface, a layer ae coins oan the fountain's flair. Could soon put them tae good use. When ah put ma feet in the water it comes up tae ma knees. Ah need tae keep checkin that the men in council jaickets arenae movin towards me, that ah'm well hidden by the height ae the fountain sides. There's a few ten pence pieces an even a couple ae fifties. Oor Pinkie an the ither laddies wid love this, findin money fir free. They're always scavengin, fir ginger bottles maistly. Simmit's great in water, fantastic fir catchin netfuls ae tadpoles. Ah wish the laddies were here, ah wish ah wis hame arguin aboot days ae the week fir the telly but it's too late noo.

Those people that threw the money, ah wunder whit they wished fir? Well, at least ah'm no beggin, ah'm bein resourceful this time.

It starts tae rain. Big drops explodin oan puddles, runnin doon panes ae glass in the glass palace. Ah definitely need tae git indoors noo. Wait a minute. Think, think. The mair hungry ah feel the slower ma brain works. Ah decide tae hide low doon in a sheltered spot wi some trees. Ah'm glad noo ah took ma jaicket aff afore goin in the water. A blast ae wind brings a bangin sound tae the right, fae the same direction, a wee door opens an closes. No thinkin aboot it, jist a decision by ma body tae be somewhere warm. Once inside the buildin it's as if the moonlight his been switched oan, makin evirythin feel lit up, brighter like in anither wurld until the sound ae a car engine comes fae naewhere. Ah duck doon oan the flair, away fae the door, an ah wait.

Two familiar voices fae ootside start talkin.

'Bloody wind. If that door smashes, it's me'll git the row. Whit did ah tell yi, Stupid Heid? Always check the door.'

'Aye right, yi said. That's the last night shift ah'm agreein tae oan a night like this. Dae yi hear me? The last. You sort it. You're the foreman.'

'Here, gie me yir jaicket.'

Then a lock turns an there's a hard push away tae check the door. Metal scrapes the grun as somethin is moved against the door. There's silence then apairt fae wind an rain until the shadow ae the truck drives past. Ah read the words ae the sign oan the waw: **Opening Hours: 9.00 am – 4.30pm**

There's a jungle ae trees, big exotic lookin plants ah've nevir seen afore. Tojo's snake wid be right at hame here. Any minute noo, a lion oot wan ae oor Annemarie's books'll appear. And best ae aw there's jungle level heat generated fae a band ae black pipe that starts under the windaes an extends roond the entire room, makin steam rise fae ma jaicket as if ah'm cookin fae the inside. Ah hate tae think whit ah smell like. The tree trunks are baldy wi branches like bigger versions ae sticky oot bits oan pineapples. Aw the trees hiv plaques. Mibbe this is a museum fir trees. Wan says: 'Banana,' followed by a lang word in Latin. Latin fir banana, ah suppose.

Bright coloured flooers, reds, yellaes, aw planted in white coloured stane. Wan day ah'll bring the wee wans here cos yi'd nevir believe yi could find real banana trees in Glasgow nevir mind Scotland.

The path roond the trees an plants is made ae rickety wood. Ah keep away fae windaes in case anyone sees me but it's hard when the hail place is made ae glass. The roof is even higher than a church roof.

Fir a pillow, ah lean against a banana tree near two Weeping Figs. At least it's somewhere tae lie doon, withoot worryin that sumbudy's gonnae stab me or kick me in the heid. Don't think ah can take anither day ae this. Too tired tae work it oot.

Ah still don't feel safe. Somebudy might be see me through the glass an break in so ah go tae the door an lie against it; if anybudy's comin in, they'll need tae move me. Then ah try tae faw asleep tae the smell ae bananas an figs. It's dead uncomfortable, lyin oan the flair an ah drift in an oot ae sleep. Ah dream ae green an orange

Lovebirds in a beautiful gairden. Ah nevir believed Paul that the birds were real. Mibbe, when he said that time he saw them, it wis a dream too. The green an orange colours are bright like the colours ae Opal Fruits: lime an orange flavours. Then the birds' faces are faces ae people ah know: Donna, Marco, Dad an Drew; aw talkin in a language ah don't understaun; aw at the same time.

'Who the hell are you?'

This wumman's glarin at me, haudin a sweepin brush towards me, lookin as if she plans hittin me wi it, any minute. An me only in ma underwear cos ah the first thing ah did when ah woke up wis put ma clathes tae dry oan the hot pipes. Oot ae the corner ae ma eye, ah can see the clathes, lookin crisp an bone dry.

'Don't move or ah'll phone the polis. There's a phone, in the office, an ah've got a key so don't think ah won't.'

The wumman points her cigarette at me.

'Ah wis only shelterin, no stealin, only took a few crisps. Ah'll gie yi the money.'

'Who else is wi yi? Is yir boyfriend here, where is he? Waitin tae jump me? Ah'll hit him wi this brush wherevir he is.'

If ah move she might think ah'm attackin her. Try tae mind if ah've read anythin, seen anythin oan the telly, how tae deal wi a mad person intent oan killin yi wi a brush.

'There's naebudy else here. Only me.' She gies me a lang, scathin look then she uses her foot tae stub oot the cigarette, lifts the dout fae the flair an throws it towards a metal bin against the waw. Then she gies me anither lang look as if evirythin hangs in the balance. Ah'm wishin those birds wi faces wid appear again, peck her oan the body like in *The Birds* by Alfred Hitchcock, gie me some time tae git away.

'The door wis open. The two men left it like that. The wans who were in the park.'

'Stupid ejits, they two. Laurel an Hardy. Right comedians they two. 'S'me wid git the blame.'

She's still clenchin the brush so the danger isnae over but her voice isnae as threatenin. Her anger's turned ontae the workmen an ah've got a reprieve. She's no auld, aboot the same age as ma mammy. The wumman notices the coat oan the radiator, ma tights rolled up in ma shoes.

When she lowers the brush, ah try movin tae git ma coat but this time she disnae fly at me. Ah'm sore fae lyin oan the grun, an then ma nose starts tae run. That's whit ah git fir jumpin in the fountain. Ah put the coat back oan, tryin tae mind the direction ae the door. Hauf the coins roll oot the pocket, rattlin across the flair.

She looks at the money then at me.

'That better no be fae ma till.'

'Naw, honest. Ah've been here aw night. Ah've no been near yir till.' Ah git up fae the grun.

'Well, where dae yi think yi're goin?'

'Naewhere. Ah mean, away.'

She dis that clickin thing wi her tongue that ma mammy used tae dae.

'God's sake, hen.'

An this time, as soon as she says 'hen,' ah know it's goin tae be awright.

'Put yir clathes oan in the toilet then come back an sit oan that bench. The kettle's oan. Yi're no goin anywhere till yi tell me how yi got here. And then ah'm makin yi some breakfast. Dae yi like ham an cheese toasties?'

Ah like cheese. Ah like ham. Ah like toast.

'Aye. Ah mean, yes.'

'Aye's fine here. Now go an wash yir face at the sink in the toilet. Take that towel oan the counter. An there's soap. Ah've got some perfume in ma bag.'

The warm water feels great. The wumman hums a tune tae hersel, the radio oan, as she cuts a block ae red cheese intae slices. The white towel his *City Council Property* written across it. She catches a glimpse ae hersel in a wee mirror oan the windae ledge. It's wan that magnifies evirythin, makin yir face seem enormous, a huge country ae freckles an skin.

'State ae ma hair,' she says tae hersel, tuttin aboot the grey section near her left ear. Ah hiv a wee smile inside when ah mind ma mammy's lilac hair. The kettle clicks aff as the lid jumps aff wi the heat ae the steam.

'Whit time will folk start tae arrive?'

Ah've found oot her name is Francis. She telt me she works here in the mornin, daein some cleanin afore the place opens; dis some hours in the café as well. Needs the money cos her man lost his job. Francis continues slatherin cheese between two slices ae bread, placin the sandwich oan a machine wi two triangle shapes engraved oan the surfaces.

'Och, don't worry. No fir ages, hen. We'll hiv this then ah'll git the place spick an span. Won't be anybudy fir a few hours. There's a big concert so they're openin late an workin later.'

Ah nearly go tae tell her aboot the two work-men but she's already mad at them.

'Where dis yir faimily live, hen?'

'We fell oot. Me an them.'

'Fell oot! Ma wans are always fawin oot … an fawin in. That's normal. But runnin away, hen. That's different. That's serious. Yir poor mammy's heart'll be roasted.'

Cannae bear tae think whit wid happen if she knew ah'd run away, left the wee wans, left ma dad oan his ain. The smell fae the machine wi triangles is unbearable. Cheese drizzles oot the sides, runnin ontae the worktop.

'It's no easy oan the streets, is it?'

'Ah'm goin straight back hame.'

'But tell me, hen, whit made yi run away? That's a bit drastic, is it no?'

'Ah fell oot wi ma mammy aboot clathes.'

'The usual. Mines are always 'want want want.' They think money grows oan trees.'

Really? Well, it disnae. It's at the bottom ae stane fountains.

'An whit aboot yir daddy?'

'He's got his ain problems. Always at work, nevir his time tae talk aboot stuff.'

'Whit stuff dae yi mean, hen?'

'Ah don't know. When bad things happen like ma granny dyin, he acts as if evirythin's the same. Stuff like that.'

Ah cross ma fingers behind ma back an hope ma granny disnae die cos ah said that.

'Och hen, mibbe he disnae know how tae talk aboot feelins an things like that. Ma man's the same. But listen, ma weans are aulder than you, aw leavin hame. They nevir talk tae us noo. It kills their daddy. He misses them so much. Wan day yir dad'll be the same. He'll be able tae talk tae yi. Takes time, hen. It's no easy bringin weans up.'

Ah make tea in two white mugs, leavin the bag in mine fir a while.

She tells me tae quick dip the bag in hers an add some cold water.

'Are yi sure yi're aw right? Is there anythin else?'

'If yi were sick an were goin tae die, wid ye talk tae yer weans aboot it?'

She puts her haun tae her heart as if she's got a pain.

'God, whit a question hen. Ah don't know. Ah'd want tae spare them the worry mair than anythin. Whit makes yi ask?'

'Nuthin. Ah saw a programme oan the telly an ah jist wundered, that's aw.'

'Are yi sure you're awright? Yi talk like yi've the weight ae the world oan yir shoulders, hen.'

'Evirybudy tells me tae lighten up but ah'm no a lightbulb. Ah mean ah don't know whit they mean.'

'Probably, jist be a bit mair cheery or no worry aboot stuff.'

Ah make the best kid-oan smile.

The toastie his wee lines across it an the edges are harder than normal crust oan a piece, but when ah bite through the saft middle, cheese bursts oot, stringy an hot. The breakfast is great an sets me up fir the rest ae the mornin. It's a pity aboot the lies.

When Francis goes tae the toilet ah hiv tae decide. Leave or stay. Leave or stay. Mibbe, she'll take me wi her tae her hoose, wi aw her weans, an there'll be their faimily photos oan the waws an their telly in the corner. Jist like oors.

The voice in ma heid said 'charity begins at hame' but if charity begins at hame then that wumman widnae hiv helped me. An mum always gied anybudy who came askin fir help whit they needed even if it wis jist tae talk aboot their problems. She hud time fir evirybudy. It's wan ae those things folk say tae make excuses fir bein selish an they say it tae weans tae git them tae dae whit they want, an even though ah know it, ah also know ah still need tae go.

* * *

Passin the fountain, ah take wan last look at Queen Victoria an the lions. Hail, Yir Majesty. Flair ae the fountain is clear, efter me. Even though ah don't believe it will come true, throw hauf the money back in the water. That's fir evirybudy's wishes. That's them again, Yir Majesty. Gie them double luck.

Ah feel rotten that ah done a runner fae that wumman Francis but it's better fir her in the lang run. She disnae really want tae git saddled wi ma problems. Above, a sea gull courses the wind. It's amazin how it seems made tae be able tae dae that, the way it hauds its ain in the wind. Ah wish Paul wis here so that ah could say that tae him.

The gull starts squawkin above me. That's aw ah need. Ah tell it in ma loudest whisper: 'Shut up. Shhhhh.'

Goin over the bridge towards the hostel, the mornin sky is red as if sumbudy is burnin their rubbish in a big fire. That reminds me ae ma mammy an daddy burnin things oot our back gairden; when ah looked in one ae the bags it wis full ae sanitary towels. Anither thing she wis hidin afore she went tae the doctor. In the distance, ootlines ae trees an buildins are startin tae take shape in the grey light ae the mornin, an above me, clouds move in a journey tae the city that nevir ends. But really, it makes me feel better tae look at the sky.

Joe

It's late oan Sunday efternoon, Joe's aboot tae settle doon tae fitbaw oan the telly. There's somethin relaxin aboot the green grass ae the pitch an the commentator's voice comin oot the box. Simmit an Pinkie are oot kickin a baw. They got up early, were away till dinner an noo he'll no see them till suppertime. If Paul wis here, they'd watch the fitbaw thegither. They aw seem tae hiv places tae go durin the day but he his naewhere – only the shops fir the messages an then back tae the hoose. He misses the company ae the men at work but it's too late noo fir aw that. This is his life cups ae tea an weans tae think aboot mornin, noon an night. Thank God fir sleepin tablets, at least he can forget till mornin.

Joe considers ringin Erin at Drew's tae tell her tae come hame the night instead ae the morra cos wan night away fae yir ain hame is enough at her age. Whit is that scent in the hoose? Must be their Anna wi Eve's good perfume. If it's no Erin talkin tae hersel bein heid in the clouds, it's Anna sniffin wee bottles. Still, could be worse.

The wee wans are upstairs playin when the phone rings, only him an Anna doonstairs.

Joe shouts fae his chair in front ae the telly in the ither room.

'For God's sake, tell them the fitbaw's aboot tae start. Can ah no git any peace?'

The theme tune fir the fitbaw is already oan when Anna comes intae the room.

'Who is it? The game's oan.'

'Drew's mammy.'

'Whit dis she want? That wumman nevir phones.'

'She says she his tae speak tae yi.'

He drags hissel away fae the telly.

'Is that Mr McLaughlin, Erin's dad?'

'Aye,' he replies. 'Whit's up?'

The wee wans are at the top ae the steps. Annemarie his the heid ae a Barbie doll an Lizzie's tuggin at the legs, screamin.

'GIE ME THAT, IT'S MINE.'

'S'cuse me,' Joe puts a haun over the receiver.

'Anna, take them intae wan ae the rooms while ah'm talkin, ah cannae hear a thing.' As Anna walks up the stairs, passin him, she turns an says, 'Ah wis gonnae tell yi. Erin's no at Drew's hoose,' then she signals tae the three wee wans tae follow her.

Annemarie asks: 'Whit's up?'

Anna draws her a dagger an she shuts up.

Joe goes back tae talkin tae Drew's mammy: 'Whit dae yi mean no there, ah don't git it. She definitely telt me she wis goin tae your Drew's tae look efter your Karen's weans oan account ae her an her man goin tae a weddin. That lassie's been away since yesterday mornin. Are yi sure?'

It's hard tae git aff the phone cos Drew's mammy his bad nerves as well an she's talkin machine-gun-rapid, sayin where could the lassie be, an she hopes nuthin bad's happened.

'Aye of course, ah'll let yi know. Thanks again. Ah'll need tae go. Polis? Naw. It's a bit early fir them.'

Efter he puts doon the phone, Joe sits oan the stairs an tries tae puzzle it oot in his heid – how lang Erin's been away an when he last spoke tae her an whit she said. Anna's back again at his side.

'Whit's goin oan Anna?'

'Ah wis tryin tae tell yi but ah nevir got the chance.' His face is red an any minute noo he'll explode.

'Nevir got the chance. Yir sister's missin. Did she no say anythin tae yi aboot where she wis goin?'

'Nope. She disnae tell me a thing. She's mibbe at Sally's or wan ae her ither pals.'

'Yi're right. She'll be at Sally's an nevir bothered tae tell us. You look efter the hoose an the wee wans. Ah'll git ma coat an go there.'

He's oot the door wi the coat over wan shoulder, fixin it as he walks towards the gate. Simmit an Pinkie are still kickin the baw. When he tells them he's goin tae try tae find Erin, they say they'll help.

'You two go tae a couple ae hooses where Erin's pals live an ah'll go tae Sally's hoose.'

'Right, Da,' Simmit says.

'Tell her when yi see her that ...'

'Aye, that yi'll kill her,' Pinkie shouts, punchin his fist intae the palm ae his haun.

'Naw, don't say that. Jist tell her tae come hame.'

Simmit an Pinkie

Simmit says: 'She liked catchin tadpoles, mind?'

'That wis yonks ago.'

Pinkie thinks fir a second.

'Well, she's always got her nose in books.'

'She's no at the library, daftie.'

'It's a perfect ruse.'

'Aye, but if she's in hidin, she'd go sumwhere people willnae suspect; anyway, yi're no allowed tae sleep in the library. We're missin somethin.'

'The bing?'

'Good idea. Let's spread oot. You take the grassy bit where the pond is, ah'll take the bing.'

The bing is a piece ae waste grun behind the housin scheme, wi a hill that yi can run doon pretendin yi're a robber an the polis are chasin yi.

Pinkie says: 'Right, Doyle. Good idea.'

Simmit is eleven, a hail year mair mature than his brother. He shuvs Pinkie but then takes up the voice hissel, kid-oan talks intae a pretend radio inside his stripy jumper: 'C15 Agents Doyle an Bodie stakin oot the area. Back up may be required. Dae yi read me?'

He's Doyle cos ae his black, curly hair bein like Doyle's bubble perm. Pinkie is Bodie, younger, but tougher.

'C'mon. We better hurry up afore the cops git here. This is oor operation.'

Simmit leads the way. 'Geronemoooooooooo …' is Pinkie's cry as he charges doon efter Simmit, kid-oan tomahawk in his haun.

The bing isnae far fae the hooses, but when they git there it always feels like anither wurld away wi a pairt that his only weeds growin, anither pairt his the hill where they've spent maist summer holidays playin games like Best Man Falls. Noo they hardly go there cos there isnae any flat bit ae grun yi can play fitbaw an there're better places fir that.

Efter an hour ae searchin eviry corner ae the place they meet up at the pond where Pinkie is oan his hunkers, waitin. He's got a stick an pokes it intae frog-spawn; they watch the greeny-black sludge move lik a big patch across the pond.

'Checked the hill, top tae bottom, Doyle. Nae sign ae the missin agent.'

'She'll probably be at Sally's or wan ae her ither pals. Yi know whit she's like.'

'Aye, probably.'

'Dae yi think if people keep escapin, we could as well?'

'Paul an Erin'll be back. They cannae stay away forevir. Dad won't let them.'

'Oor Paul might want tae be Bodie. That's if he wis in.'

'Well, he'd need tae be The Cow. That's the only wan left. Ah'll tell him oor decision.'

'Wid yi?'

'Aye.'

'Wunder if he's still daft aboot they daft burds an Bob Marley.'

'Dae yi think he'll evir speak again?'

Both laddies stare intae the pond; the frogspawn moves slowly like wan large fish, but it's comin towards the bank.

'Mad, that isn't it?'

'Aye. Relaxin, but.'

Near their feet, in the water, there are wee black commas, wrigglin away.

'Yi know whit we need?'

'Whit?'

'Fast cars tae git roond the place quicker. We cannae cover Motherwell an Wishy like this.'

'An The Ruskies might hiv the agent. She might no last their interrogation.'

'That's right, ma man. We need wheels. Follow ma drift?'

'No, really.'

Pinkie gits tae his feet: 'Ah've hud an idea. The lassies' bikes.'

'Erin's auld bike? But it says *The Pink Lady* oan it. Ah'm no goin oan that.'

'Look, this is an emergency. Anna's bike's awright. That's got black haunle bars. Yi can take it, ah'll take Erin's.'

'Whit a sacrifice, hope she preciates this.'

Pinkie throws the stick intae the pond, it makes a *glug* sound. Then they turn an walk away fae the desert ae the bing, back towards their street.

Anna

Later that night when their dad comes back, Erin isnae wi him. It's only Simmit an Pinkie. She feels guilty aboot no sayin earlier whit Drew telt her but a pairt ae her is mad at Erin fir no takin her as well. Their da tells Anna no tae say a word tae the younger wans as he lifts the phone, then she watches as his face becomes pale an the phone faws oot ae his haun.

'But where ...' his voice tails aff tae silence. He hisnae dialled a number. Anna disnae know who he's talkin tae.

'Dad, are yi awright? Whit yi daein?' she asks. 'Who yi tryin tae phone?'

'The polis, we need tae phone them. They'll help. Ah've looked evirywhere. Sally's no heard fae yer sister, nane ae her pals hiv.'

Again, he takes the danglin receiver that bounces up an doon towards the carpet then puts the phone oan the hook. He hesitates an Anna realises he's waitin fir sumbudy else tae pass the phone tae, make the difficult call. That's the kind ae thing Erin wid dae fir him: fill in his social security forms cos he always says he cannae write an she talks tae people at the Social oan his behalf.

'But why wid she dae it? Run away?'

'Ah don't know. It could be tae dae wi that big poet man in the manky raincoat. Remember yi threw that book wi him oan it doon the stairs an she wis dead angry.'

'Ah wis jist tryin tae git her tae buck up her ideas. She should know it's ma nerves.'

Her da shakes his heid then he dials 999. They baith listen tae the ringin, baith wait fir sumbudy tae start speakin at the ither end ae the line.

Erin

There's a phone box oan the way tae the hostel. Wan ring hame tae let them know ah'm oan ma way back the night. Then wan ring tae Paul. As ah dial oor hoose number, ma haun shakes.

'Hiya.'

The person that answers disnae say anythin back.

'Is that you, Annemarie?'

Nae answer. We're turnin intae a faimily ae silent callers.

'Hiv yi runned away?' It is her.

'No, ah'm at Drew's hoose. Remember ah telt yi.'

Then she starts cryin.

'Shhh, whit is it? Ah've no run away. Ah'm only checkin yi're brushin yir teeth an gittin tae yir bed early. Did yi brush yir teeth?'

She stops cryin tae answer: 'Aye, ah brushed ma teeth an Lizzie put ma hair in a bobble.'

'But yi're hair's short.'

Then she starts as if she's goin tae cry again. Ah forgot Annemarie hates when people don't believe her.

'Okay, okay. Ah cannae wait tae see your new hair.'

'Can ah come wi yi?'

'Ah'll be hame soon. We can play a game then if yi like.'

'Yeees. Can we dance tae *Bat oot ae Hell*?'

She means run aboot the livin-room goin mental.

'Aye. Guitar solos an everythin.'

'Promise?'

'Aye.'

'We found Jesus' body in a shed.'

'Ah cannae wait tae hear aboot it but can yi git Anna fir me?'

'Okay, see yi...'

'Wait...Yi've no tae worry. Ah'll be back later.'

'See yi.'

'See yi.'

If ma daddy comes tae the phone ah don't know whit ah'll say.

'Yi're for it...'

It's Anna this time.

'Is Dad there?'

'Naw, he's away lookin fir you.'

'How is he? How is evirythin?'

'Whit is it? Whit's goin oan wi you? Ma da's nerves are bad enough. Yi're makin them ten times worse.'

Think. Hurry up, think. Time, yi need a bit mair time.

Then Anna whispers: 'Drew's mammy phoned. Where are yi? Dad's goin nuts. He's phoned the polis.'

But she whispers an that gies me hope. Ah've got tae take a chance an trust her.

'Ah'm goin tae see Paul. Tae try an git him tae come hame. It's the only way things can git better. Ah've thought aboot it.'

'Is it cos ae us yi're goin?'

'Whit dae yi mean?'

'Ah don't know. Ma daddy's oan the nerves aw the time.'

'It's no cos ae anybudy. It's jist whit ah said. Ah'm comin hame when ah git oor Paul tae talk tae me.'

'It's a lang way but. How'll yi even git there an where are yi stayin at night?'

Put the telephone down. Don't let her talk you out of it.

'Ah'm fine. Ah've got money tae git there an evirythin. Ah've made a pal an she's helpin me. Help me as well.'

'Two men came fae the Orange Lodge an gied ma daddy fifty quid fir us.'

'Whit did they dae that fir?'

'They said they liked ma mammy an they wanted tae help.'

Then she says: 'Ah read a bit aboot him in the library.'

'Who?'

'Wordsworth.'

'Really?'

'Did yi know his mammy died when he wis eight? Is that why yi like him?'

'Ah didnae know that.' Same age as Joanie.

'Jist bring ma eyelash curlers back wi yi.'

'An will yi tell Annemarie ah've no run away? Tell her yi made it up. Please.'

'Yi're no real.'

But afore ah can reply she puts doon the phone.

Paul

Efter the day they see the heron, a couple ae weeks later, there's a box oan his single bed wi his name written in blue biro oan the wrappin. Isnae even his birthday. Inside, is a small set ae binoculars. It says oan the box, *fully coated with ten times magnification*. These are much smaller than Jim's, made ae aluminium an lighter. Perfect for bein oot an aboot.

Paul takes the glasses ootside, settles doon tae watch some sea birds that can't decide if they're landin in Oban or headin back tae the cities and bigger towns for richer pickins. He wonders if the fact he hisnae spoken, means he'll nevir be cured. He's not ready, disnae know if he'll ever be ready tae face aw that, goin hame. It's nice bein the only wan. Too much tae think aboot. He goes back tae watchin the birds circlin; this time they're makin that sound they make when they've spotted leftover fish an chips oan a pavement an they're ready tae swoop.

He wis havin his cornflakes an toast afore he got ready fir school. He wis feelin better an wis even practisin sayin things again tae his aunt an uncle. But aw in his heid. They promised tae gie him aw the time he needed. Naw, he wisnae back tae his ain sel. So, when it wis his sister at the ither end ae the phone, he realised he shouldnae hiv picked up.

'Hello, hello ...' She sounded dead weird.

'Is that you, Paul. Ah know it's you. Yi don't hiv tae talk tae me jist listen.'

A lang pause. The cracklin ae a bad line.

'Paul, yi hiv tae come back hame. Dae yi hear me? Ma daddy needs yi. He's no been the same.'

That's right, Erin. Tell him to come home.

'Look, ah'm comin tae git yi an yi can tell me then whit made yi stop talkin. We can fix it.'

He nearly tells her whit he's thinkin, that naw, she cannae fix this.

'Listen, Paul. It's no jist you. Whit ah mean is ah git it.'

He waits wi the phone against his ear. He wisnae expectin her tae say that. He thought she wis takin it well. She seemed cool an calm; that nearly makes him speak but when he tries tae reply nuthin comes oot his mooth. Anyway, she's probably only sayin it tae make him go hame.

'An ah hear voices in ma heid so ah must be goin mad. There's naebudy else understauns whit ah'm goin through, only you. Ah think we could help each ither.'

There's nuthin tae be done; he disnae know how tae go back hame even if he wants tae so he puts the phone doon.

The next day his dad is oan the phone again tae Mary an Jim. Paul hears them fae anither room, disnae say that their Erin rang. He disnae want a big conversation, disnae want tae hiv tae talk tae them aboot it. He takes the new binoculars an goes fir a walk alang the road tae the shore front tae watch boats comin an goin tae islands he's nevir heard ae; he looks fir a lassie wi broon hair an green eyes that he'd know anywhere, but she nevir appears. He cannae explain it. Why he stopped talkin, it wis like it wis the end ae somethin when their mum died an if he started talkin, that wid start life up again, an that wid be an insult to her. An she'd wanted him there at the hospital when she died, so it must be up tae him, there hud tae be somethin he could do for her.

Doris

Doris meets Andy in a café inside Central Station. The black leather jaicket wi the polo jumper underneath makes him seem like sumbudy oot the telly. An he's got shoes wi a heel. She smiles tae hersel an remembers he's nevir been happy wi his height, but tryin tae be taller makes him look a bit ae an eijit is aw.

'Still, wearin the flashy gear? That jaicket must hiv cost a bomb. Yi nevir change.'

She smiles through her yellae teeth an he grins back but his teeth are perfectly white an straight. Doris hisnae hud a drink the day; she's feelin a bit desperate an scratchy inside her heid.

'Hiya, doll,' he grins. They baith dae. She's no been 'doll' fir a lang time. This is jist chat. They hiv tae dae this. Doris knows Andy is wearin better than she is. He's makin money fae his line ae work.

'Whit yi drinkin?'

'Only tea, in here,' she replies.

'You git them, will yi doll,' he says throwin a tenner across the table.

'Sure. Sugar an milk or still sweet enough?'

'Jist milk. Can yi make it quick, ah've somewhere else tae go.'

It's no easy gittin roond these days. She feels a pain in her hip when she tries tae move.

'Ah'll dae ma best,' she says, lookin at the queue.

When she comes back wi tea, she goes tae gie him his change. He says:

'Keep it,' looks away as she pockets the money.

'So, how's the wean?'

Andy looks at Doris, grinnin. Her haun is shakin as she spoons sugar intae the cup: 'Don't you dare ask me aboot her.'

'Take it easy. Still wi the social workers, then. She's better aff, Doris. Face it.'

'It's nane ae yir business.'

'Okay, awright. Ah hear yi. Gawd sake, ah'm jist tryin tae be friendly an show an interest.'

'Don't bother.'

Doris stirs the sugar in her tea. He's no right talkin aboot her daughter.

'Hiv yi got the money? Ah sold the stuff yi gied me. Good job ah didnae git caught wi the polis.'

She considers takin the money an then dispppearin. But when she thinks ae it, she cannae think ae anywhere tae go that Andy disnae know aboot.

'Now who's talkin?'

They'd agreed a figure oan the phone.

'Ah'm no daein it here. Sumbudy might see us.'

'Still frightened ae the polis gittin a haud ae yi? How come evirybudy else gits the jail but you?'

Doris hud known Andy nearly aw her life.

'Cos ah'm careful, that's why. Now, whit wis the favour yi wanted?'

'Dae yi still drive up the Oban direction fir business?'

'Whit's it tae you?'

'There's a young lassie at the hostel wants tae go there. Ah said ah know sumbudy who might take her. That's if yi're goin that way. She'll be no bother.'

He takes an envelope oot ae his inside pocket, places it oan the seat beside him then stands up.

'Why are yi helpin her? An why wid yi think ah'd help her?'

'Ah jist blurted it oot an noo ah'm stuck wi it. If yi cannae help ah'll jist tell her.'

Andy thinks fir a minute.

'Your pal's in luck. Ah've a meetin aboot a new venture wi a guy no far fae Oban. It'll be a wee bit oot ma road but if yi promise tae dae a bit extra fir me then the pleasure's mine.'

'Ah'm no sellin shite knock-aff vodka. Gie me somethin worthwhile tae sell.'

'Okay. Okay. Aboot the lift an yir pal. Ah'll need tae be oan the road early.'

'That's fine. Ah'll tell her tae be ready. Yi can pick her up at the hostel.'

'See yi the morra mornin then?'

Doris leans over the table, looks up intae his eyes: 'An don't hurt her. She's a nice wee thing.'

He grins: 'Cross ma heart.'

'Whit heart?'

'Ah heard yi were lookin fir people fir yir line ae work. Whit aboot me?'

'Eh, naw, we're goin tae be mair upmarket than yi're used tae, doll. Don't worry, ah might offer yir wee pal a job as a waitress.

'Please yirsel.'

'Mind the money. Don't you lose it.'

'Ah won't. Stop naggin.'

As soon as he leaves, Doris lifts the envelope fae the seat an shuvs it intae a plastic bag. Her hail body craves fir a drink an she'll no git any mair till the night. She curses hersel fir gien Erin any money. Mibbe guilt made her dae it, but Doris reminds hersel she cannae afford guilt.

Then she feels deeper intae her pocket. Thank God, she thinks. The lassie's ring's still there.

Simmit an Pinkie

'Look, Simmit. Meat wagon.'

As the laddies come roond the corner intae their ain street, a polis van is parked at their gate.

'Our Erin'd dae anythin fir attention.' They lean the bikes against their fence.

Pinkie says: 'Listen, if Erin an Paul aren't here by the weekend then we should git their days ae the week.'

'Friday an Saturday, yi mean?'

'Aye, best days ae the week.'

'Ah like Monday. Anyway, we still watch the fitbaw oan a Seturday so whit's the problem?'

Pinkie kicks the tyre ae Erin's bike.

'They git the good days then they go. It's us should hiv the days, cos we're here.'

'She could be back. The polis'll bring her back. She won't git tae stay up late an go tae Drew's then. Serves her right.'

'Aye, but Drew's awright.'

'Aye, Drew's bang oan.'

'But she … she's always …'

'Causin trouble. Lassies, eh.'

At their gate, Robert fae across the street is oan his bike, his beady eyes oan Simmit an Pinkie.

'Check youse oot wi the lassies bikes,' he points tae *The Pink Lady*, his hail body convulsin wi laughter, but disnae take it too far cos Pinkie is strong even though it's Simmit oan the pink bike. There's millions ae the McLaughlins an if he starts a fight wi wan, he needs tae take oan the hail faimily, the da as well.

Pinkie grins. Nae harm done.

'Whit yi tae up tae?'

'Nuthin. Jist lookin fir oor Erin.'

Robert looks away fae them, tae the last hoose in the road an then tae the end ae the road.

'How, where is she?'

'Dunno. Cannae find her. Hiv yi seen her?'

'Saw yir Anna an Elaine but ...'

'Aye, they're fine ... we're no lookin fir them.'

'An ah saw the two youngest lassies. Whit's their names ... they were chalkin the pavements.'

Simmit an Pinkie notice the scrawled numbers oan the pavement fir the first time.

'Naw, no them ...'

'Is she in trouble?'

He points tae the polis van parked oan the road. Pinkie looks at Simmit, shrugs his shoulders.

'Dunno ...'

'Least it's no us, eh?'

Robert chuckles: 'Aye, no us fir a change.' He's been in trouble fir fightin wi laddies fae the high flats.

'Fancy a kick aboot ... borin bein oan holiday ...'

Robert disnae hiv any brothers, only a younger sister. Yi wid be bored, the ither two laddies are thinkin.

Pinkie says: 'Aye ... better than school though ...'

Simmit an Pinkie keep an eye oan their front door in case it opens an the polis come oot.

Simmit replies: 'Right enough.' He disnae say that he likes school fir the pie, chips an peas.

Robert says: 'So, dae y'eez?'

'Whit?'

'Fancy a game ae fitbaw?'

'Mibbe, later when ...we find her.'

'Aye ... okay ...'

Robert lifts his feet aff the grun, balances hissel oan his bike as if he's aboot tae take aff.

'Ah could help yi look fir her, first. If yi like ...Ah've done ma paper round fir the day.' Simmit shakes his heid.

'Aye, that wid be good. If she's no back efter oor tea, we'll gie yi a shout.'

Robert jumps ontae the bike an starts tae move.

'At least it'll be dark an folk won't see yi oan yir sister's bike, Simmit ma man. Whit yi thinkin there?'

He knows they know he only says it fir a joke an that if he'd meant anythin he'd hiv said it when he wisnae peddlin away. The two brothers shake their heids.

'Desperate times ... see yi later Robert ma man.' Pinkie's glad it isnae him oan the bike cos no matter how friendly Robert is he'll tell some ither laddies aboot it bein pink an they'll slag Simmit like mad.

The laddies are still at their gate. Starlins start tae land oan the telephone wires, soon there'll be hunners.

Simmit says: 'Will we go in?'

Pinkie shivers under his jumper. 'Ah thought ah saw sumbudy like her in Avenue. Let's try wan last lap afore night.'

'Awright, mon, let's go then.'

'Ah cannae believe yi've been through the hail ae Wishy oan *The Pink Lady*. That's dead funny.'

'Ah know. Arrestable affence, ma man, arrestable affence.'

They baith mount their bikes again, pedal away fae the hoose. In Hawthorne Avenue, the lights are oan, an where curtains arenae drawn the two laddies can see inside intae livin rooms. People are eatin dinner an watchin telly. The two go roond the street three times but cannae find the lassie they thought might be Erin.

'Mibbe it wis her an she's gone up the road noo.'

'Ah'm starvin,' Pinkie says.

'Me too,' Simmit replies. Then he says: 'Dae yi fancy tryin tae git a paper round? Ah heard it wis dead easy, yi jist hiv tae git up early in the mornin an we've git bikes.'

'Aye, it'd be good tae hiv some money ae our ain.'

'An we could git Lizzie a present fir her birthday, cos her's is next.'

'Aye, we could gie Erin or Anna some ae the money an they could git her a toy or somethin.'

'We'll tell them when Erin comes hame. Ah think she worries aboot that.'

'Whit?'

'That birthdays are cancelled.'

'It willnae be the same.'

'Ah know. But ah'd lik tae dae it.'

'Aye, so wid ah.'

'Dad willnae go as well, will he?'

Pinkie looks up fae tyin his shoelace as Simmit wheels the two bikes in front ae them; they take the bikes an wheel them tae the back ae the hoose.

Pinkie says: 'Yi know how some folk say it's harder fir Erin an Anna an Paul cos they're the eldest; an ither folk say it's worse fir the younger wans. But whit aboot us?'

'Whit dae yi mean?'

'Well, we're in the middle an naebudy evir says it's hard fir us tae. Ah'm jist sayin.'

Simmit disnae answer him cos Brodie is supposed tae be the tougher wan. That's why he gits tae be him. He kids-oan he nevir heard it. They go inside the hoose, wan efter the ither, no speakin, an they can hear the adult voices as they come through the door. The hoose feels warm an Simmit an Pinkie can smell the dinner fae the kitchen. It's soup again.

Erin

True tae her word, Doris is waitin fir me ootside the hostel. Ah git the same feelin ah hud when ah wis staundin ootside Tojo's flat – that ah want tae run. But where wid ah go? The last time ah ran away ah wis aboot ten. Ah came hame fae school tae ma mammy readin ma diary aloud tae Agnes at the top ae the step. They were baith killin themselves laughin. Ah jist took aff. When ah stopped it wis at the bridge where Motherwell sterted. Ah'd nevir walked tae the ither side masel. It hit me that ah had nae food, nae money an that the feelin that took me there wis gone. Ah turned an walked back up the road. On the way, ah met ma mammy. She said she wis sorry fir readin ma diary. It's weird but ah keep thinkin she'll still appear an tell me she's sorry an then we'll go hame.

'Where did yi stay last night, hen? That bitch at the hostel didnae let yi in, did she? Yi should report her tae social work fir that.'

Doris his a way ae talkin tae yi that feels as if she's known yi aw yir life. Ah need tae mind she hisnae. The main thing is ah'm here noo an soon ah'll be oan the road.

'Ah stayed wi a pal ae mine. She's got a flat in the city centre.'

She isnae sayin if she believes me or not. Lyin's easy wi folk that don't really care. If ah wis an adult evirythin wid be so much easier. Ah'd be able tae work, git money fir masel. But she's made the effort tae help me an ah cannae say ah'm no goin noo. Ah don't hiv a choice but tae trust Doris.

'Where's yir pal?'

'He'll be here soon, don't worry. He'll hiv yi at yir aunt's hoose in a few hours.'

Auntie Mary'll be angry aboot me lyin tae Dad, but once ah explain she'll sit me doon an we'll talk through it aw an evirythin will be better. An Paul will be there, at last. Ah'll git Paul back. Things will be better. Better than it's been. It his tae be the day. Anna said Da phoned the polis. Even if she jist said it tae make me feart, he will start tae wunder when ah'm no hame this evenin. That's when he'll ring Drew's mammy an then the trouble'll really start.

Aw the voices are gittin mixed up in ma heid, sayin evirythin might be better if ah nevir go hame. But ah feel sick an hiv a bad feelin aboot this, keepin oan the move might make me feel better, take the feelin away.

The man arrives at the hostel an hour later, drivin a white sporty Capri, smellin ae eftershave – no like Drew's, that yi can detect fae hauf a mile away. Ah like Drew better when ah watch him play fitbaw fir the school team an he comes up tae me at the end. He smells ae sweat but in a good way.

Doris says: 'This is Andy, hen. Ma pal ah telt yi aboot.'

'Okay.'

The man says: 'Are yi ready fir the road then, honey?' Feel like sayin okay, jam.

Don't go with strangers, remember.

Well, beggars cannae be choosers an it's either this or anither night avoidin bridges.

'Mind yi look efter her.' Doris says like she's ma daddy sendin me wi ma uncle oan holiday tae Butlins.

In the car there's a spotlight fixed tae the back windae, an a black an white furry dice, suspended at the front. It's got silver colour wheel trims. Andy says: 'If anybudy asks, we'll say yi're ma niece, okay? An ah need tae go sumwhere else afore ah take yi tae Oban. See a man aboot a dog. Won't be lang though.'

The man's straight oot the letters page ae *The Jackie*, except he's a bit auld, even fir Sally's big sister who gits *The Jackie* eviry week. Ma mammy got me *The Diana* but there were nae posters ae pop stars tae put oan the waw. Sally an me used tae read the letters pages fir a laugh:

Dear Jackie,
   There's this boy in the youth club that I fancy. How can I get him to notice me?
   Infatuated from Motherwell.

Jackie writes:

Dear Infatuated from Motherwell,
   Boys don't like girls to be too obvious. You could find an excuse to talk to him: ask him the time or bump into him, gently. Make good eye contact but be natural. If he likes you back, he'll soon get the message.
   Good Luck,
   Jackie

Ah used tae dream ae writin tae Jackie aboot Drew afore we started goin thegither but comics were kind ae oot ae fashion by then. Still, it wis nice thinkin Jackie wid read yir letter an put aw that thought intae yir problem. When ma mammy got sick ah wundered aboot writin fir some advice but naebudy evir writes aboot people dyin or stuff like that.

Dear Jackie,
   Ma mammy's jist died but ah hivnae been able tae cry. Is that normal? Is there somethin wrang wi me?'
   Confused,
   Wishy

Ah wunder whit he means, if anybudy asks.

'Will it take a while tae git there?'

'Jist relax. Yi're no oan a meter. Ah'll keep yi right. Ah'll put oan some nice music soon.'

He pats me oan the airm, makin me wish ah'd kept ma jumper oan.

When we start aff oan oor journey it's daylight; trees an fields take over fae buildins an wastegrun. Andy switches oan the radio attached tae the walnut effect dashboard: Kate Bush sings 'Wutherin Heights'. Drew thinks she's great. Wunder if ma dad's phoned his hoose again an if he knows ah've scampered.

There's nae point worryin so ah sink back intae the leather upholstery. Better than oor Ford Cortina wi us nine inside – mair like an endurance test than a pleasurable experience.

Andy says: 'Whit music do yi like, then?'

'Maistly disco, Abba's 'Dancin Queen' an The Bee Gees. Dae yi like Night Fever?'

Me an Anna are always makin up oor aine dance routines an copyin Pans People oan Top of the Pops. Ma daddy says gawd sake an goes intae the kitchen fir a bit ae peace an quiet.

Ah expect Andy tae reply that he likes Frank Sinatra or some ither guff. Awkward silence.

'But at oor school some ae the laddies are gittin intae The Sex Pistols.'

Andy disnae say anythin back fir a while. Ah can feel ma leg startin tae shake. It dis that when silences are angry an ah git a taste ae how bad ma breath must be fae no brushin ma teeth this mornin.

'Dae yi go tae the school? Ah thought yi were a bit aulder than that.'

'Aye, ah'm in third year. But ah'm leavin in fourth year.'

'An whit dis yir faimily say aboot yi travellin the country oan yir ain? That's if yi've got any faimily?'

'Ah don't hiv faimily. Jist ma aunt.'

He taps a wee tune oan the side ae the wheel.

'An dis she know yi're oan yi're way? Yir aunt?'

'Aye, she's expectin me.'

'Oh, right. An whit street dis she live in? Ah know that area well.'

'Yi can let me aff where the shops are. Ma uncle'll collect me in his car.'

We pass a stretch ae road wi the biggest hooses ah've evir seen. Hard tae believe people live here when a few miles away Donna cannae git her ain flat an ma dad an aw the rest ae them are squeezed intae oor hoose.

A sign says: **Loch Lomond three miles.** Efter a while ae mair trees the road widens tae a view ae water oan the right haun side.

Ah mind Mrs Kelly sayin that Wullie Wordsworth visited Loch Lomond oan his tour ae Scotland. Aheid the traffic's movin dead slow an that makes me think they aw must be here tae look at the view an why wid ah come aw this distance an no dae that as well.

'Can we stop, please?'

He turns the radio doon.

'Sorry, whit?'

'Can we stop. Ah've nevir seen Loch Lomond. Look ...'

He's got his two airms full stretched oan the steerin wheel.

'Whit fir?'

'Tae see the loch.'

'Sorry, hen. Look at the cars. Must be the golf. Ah'll need tae go anither way.'

The line ae cars hardly moves.

That's right, you don't have time.

Hills an green islands look intae the mirror ae the grey loch; in the distance, mist is comin doon. He goes aff the road we're oan, roon anither twisty road. Eviry time he turns the wheel ma hail body lurches tae wan side, the same direction as the car, but he stays straight the hail time as if he his somethin inside him that keeps him fae floppin tae the side. We take a turn as if we're doublin back oan oorselves.

Darkness faws quickly so the trees an bushes an hills disappear intae black. No street lights either oan the twisty roads.

A sign says: **Trossachs**. Mibbe Andy knows a shortcut tae Oban. Ah don't want tae sleep but ah'm dead tired. The dark becomes so we can only see the bit ae the road the heidlamps light up an this big boulder size shape comes right in front ae us an bounces aff the bonnet ae the car; at the same time we're thrown forwards but then back again as we swerve tae the ither side ae the road. Andy steadies the car an we're okay again. Ah thought ma heid wis gonnae fly aff ma shoulders but evirythin is in place.

'Whit the hell ...?' he's unfastenin his seat belt then he's oot the car.

Ah'm no sittin here in the dark masel so ah go tae follow him oot. But when ah push the haunle, nuthin happens. Ah'd forgotten he'd locked the door when ah got in afore. Ah batter oan the windae wi ma fist. He turns an looks at me an shakes his heid. Keep hittin the windae, he ignores me so ah keep goin till Andy finally unlocks the passenger door.

'Whit's up wi yi? Yi're safer in there.'

'Ah want tae see.'

'See it? A hauf deid animal. Are yi daft, hen?' But there's nae saftness tae the way he says 'hen'.

It's dark ootside even although he's put oan his emergency lights. At first, ah don't see whit he's lookin doon at cos the darkness ae the road is overwhelmin an there's nae lights ae hooses, only the light fae the car. At the ither side ae the road there's a young deer lyin oan its side that looks as if it's takin a nap. Only ither time ah've seen a real deer wis the dead wan oan top ae that shed, near Donna's auntie's stall. Yi can see its chest goin up an doon. It's still breathin.

He puts his two hauns oan either side ae ma shoulders an turns me roond tae face the side ae the car.

'That wis sair.'

'Better let me deal wi this.'

He looks alang the road, in baith directions. It's quiet apairt fae the breathin ae the deer like nae sound ah've even heard.

'Yi cannae jist leave it there.'

'Hurry up or yi'll be next if a car comes. Don't blame me then. This is a helluv an unpredictable road sometimes.'

'Ah wish we could carry it intae the woods so it disnae git hit by anither car.'

'You stay there an ah'll check ma bumper.'

When Andy goes tae the ither side ae the car, ah go across the road until ah'm eye tae eye wi the hurt animal. *Until the day break, and the shadows flee away, turn, my beloved, and be thou like a roe or a young hart upon the mountains of Bether.*

Ah need tae dae somethin. Ah try tae push the deer fae its side but it's too heavy, like when ma da falls asleep oan the couch an ah'm worried the sleepin tablets will knock him oot, so ah push him an he wakes up an says Christ whit's the matter. But ah cannae budge the deer.

'Ah wis checkin ma bumper. Too dark tae see if there's any mark. Whit the hell are yi daen?'

'Will yi move it aff the road?'

'Jesus. Okay. Noo, git back in the car in case yi git hit as well.'

Andy crosses over the road an starts tae move the deer aff the road so ah git in the car again an wait. While he's away ah hiv a think aboot how we've been oan this road fir a while an he said it wis a shortcut but ah don't see anythin familiar fae ither times we've went tae Oban in ma daddy's car. The trees look lik skeletons ae trees lik the wans oot ae the video fir 'Bat oot ae Hell.' The light is goin an ah'm scannin the road fir a bus stop but this is the middle ae naewhere. When he gits back intae the car, he's breathin heavier, must be fae the effort ae movin the deer. Mibbe the voice wis right an this is a bad idea. But ah'm too tired tae argue wi voices in ma heid tellin me whit tae dae when the voices aren't real people. Ah'll hiv a wee sleep an when ah wake up ah'll be in Oban. It works. Ah doze aff an oan. Eviry time ah look oot ae the windae, it's no hooses but mair shapes ae trees at the sides ae the road.

'Is it far noo?' ah ask again, soundin like oor Annemarie.

'No too far.'

Ah start tae drift aff again. Ah don't know if ah'm dreamin or if it's a wakin dream but it's aboot four weeks efter the funeral an ah'm at mass. The priest is aboot tae read oot the names ae the deid fir their month's mind anniversary. Evirythin is fine, ah can hear people coughin nearby an see a wee lassie pickin her nose, then the next minute jist as the priest says ma mammy's name evirythin goes dark in ma heid an ah loose the power ae ma legs. When ah come too ah'm in the wee room they call the sacristy an a wumman is wipin ma foreheid wi a damp cloth sayin: 'It wis probably the heat.'

This time when ah wake up, the car is slowin doon, mibee ah'm dreamin again, or we must've arrived an that's why we've stopped. Instead, ae the shops in Oban facin oot tae the sea wi boats oan it, we're surrounded by even deeper silence an darker trees.

'Why've we stopped?'

'Listen, hen, ah'm gonnae be up front wi yi. Ah've nae time fir a detour tae Oban. Ah've got ma ain stuff tae take care ae so this ia whit ah'm suggestin ...'

'But yi said yi were goin there. That's the only reason ah came wi yi.'

He looks right at me but it feels too claustrophobic tae look back so ah jist look doon.

'Don't git ratty wi me, ah'm only daein Doris a favour, here.'

'Ah jist need tae git tae Oban, ah didnae mean anythin.'

'Look, ah shouldnae hiv led yi oan like that. Ah should've been up front wi yi but Doris wis oan ma case an ah really thought ah could make it but wi the golf traffic an then havin tae move that deer.'

The car seems tae close in oan me even mair that it did afore.

'Whit am ah supposed tae dae? There's nuthin here.'

'Ah know. An ah'm sorry. But listen yi can still come wi me an ah'll take yi back tae the city in the mornin. Ah'm sure we can find space fir yi at ma pal's hoose. Doris can take it fae there.'

'So, yi're really no goin tae Oban efter me comin aw this way?'

'Dae yi want a lift or no cos ah'm only tryin tae dae a favour. Whit dae yi say?'

'Ah'll jist git aff here.'

'Yi're in the middle ae naewhere.'

'Ah've made ma mind up.'

'Please yirself. If anythin happens tae yi, it's no ma fault.'

He leans over me an ah hold on tight tae ma bag ready tae whack him oan the heid if he touches me but instead he opens ma door.

'Be ma guest.'

It's the side ae the road, a dark layby wi overhangin trees. Ah'm no sure whit direction tae go.

Andy says: 'Right, that's enough ae this madness git back in the car an ah'll take yi tae bloody Oban.'

But the way he says it, ah don't believe him. So, ah take aff intae the darkness, an ah run like the clappers until ah can hear the car movin an the lights are turned aff. There's pavement but narrow, ah keep stumblin intae bracken, only managin tae keep ma feet. The car's dead close tae the side ae the road like he's used tae drivin in the dark, an ah'm trapped at the side ae the road, when ah put a foot oot an the pavement ends. Sound ae a car comes fae the opposite direction, an when ah look up the full glare ae lights comes roond a sharp bend, straight intae Andy's line ae vision.

'Where are yi, ya daft lassie,' he shouts. But ah've made up ma mind.

He his tae put his lights oan cos ae the ither car. There's an argument ae car horns. Ah pray the ither car'll stop cos that wis dangerous but the driver keeps goin. Ah crouch behind a waw, near the road. There's anither car in this direction so he his tae pick up speed. Ah start tae run through the bracken, again, nettles stingin ma legs but ah keep low, almost crawlin, onwards.

Don't know where tae look: the grun is boggy. Efter a while, ah make oot shapes ae things, trees an a waw aff the road. Need tae make ma way away fae the roadside an follow the waw. Been quiet fir a while. Too quiet. Ah grab a fist ae a barbed wire fence an hiv tae stifle a big ahhhh in case he hears me. An ah'm tryin that hard tae be quiet, ah don't see the root ae the tree stickin oot above the grun. Afore ah know, ah'm fawin intae darkness, towards a flair ae leaves an muck. Ah quickly start tae git up again, disentanglin ma ankle fae the tree root.

Then it hits me. It's jist me in the middle ae naewhere an ah'm lost.

Ah should've listened. Ah should nevir've trusted Doris or Andy. Don't know whit the truth is any mair.

There's nettles, pee-the-beds an sticky willies evirywhere. Ah'd go back oan tae the road but ah don't want tae hiv tae argue wi Andy again or worse.

This is the same as sleep walkin wi trees callin ma name but how dae they know ma name? Like efter ma mammy died when ah kept hearin this wumman's voice, callin her wean in fir dinner. Ah used tae think, she wis callin me: aw ah hud tae dae wis find that street an there'd be ma real hoose, an at the top ae the stairs she'd be there.

Efter ah've been goin fir whit feels like ages, there's nae sound ae him runnin behind me but ah don't know if he's got in the car an gone aheid ae me. Ah keep goin alang bumpy grun that make ma feet hurt until ah cannae go any further. The rain his started an a wind is pickin up. It's harder tae run an no faw cos ae the rain makin the grun slippy. At least ah've got a hood. When ah'm sure Andy isnae behind me ah stop under a group ae big trees; their branches fan oot makin a roof ae leaves. Ah catch ma breath, tryin tae keep quiet, but ma breathin won't let me.

Ah start tae run again, through the eerie sound ae the whislin wind, until ah've ootrun darkness an intae the start ae light, until ah cannae run any mair. Ma legs are so tired they buckle beneath me, but ah feel safer wi the light comin. The plan tae git Paul seems daft an no worth aw this an ah don't know whit drives me, whit makes me run away as well. An noo tae make it worse, the voices are louder inside ma heid an ah cannae make them stop.

You've got to defrost the turkey the night before.

That's right, ah forgot. That's why the turkey nevir cooked fir the dinner.

Red cells an white cells aw gone tae hell.

Love nature. You will find peace in the sky and the woods. Be free.

Shut up. Please. Ah cannae think.

Burnin plastic bags full ae sanitary towels, months ae blood.

Whit are yi daein?
Nevir you mind, get back inside and close the back door.
If ah can sleep, if ah can think.
Right ... this is the form
Fill it in fir me. You're good at that, fillin in forms.

Ah wish ah could be still as a loch inside me but ah cannae. And then ah let it go, evirythin ah've been holdin in fir months, right here in a wee scabby den like some kind ae mad animal. Ah cry until ah've nuthin left; ah cry cos it's so cold, ah cry fir ma mammy an evirythin she's gonnae miss in the future an ah cry fir oor Annemarie an Lizzie an eviryone ae us an then ah cry hardest fir masel. An when ah'm finished it's quieter inside ma heid. There are voices sayin evirythin'll be fine but they aw sound like me. But it's freezin. Ah don't think ah'll sleep. Ah wish ah knew how tae make a fire. That's the kinda thing Pinkie an Simmit wid know.

* * *

When ah waken up, ah'm in a big double bed wi a hot water bottle at ma feet. Oan a wee cabinet beside the bed, a nightlight glows although it's day time. Two dogs are lyin oan the flair. When ah rack ma brain ah mind a burnt oot log an a tin ae Forest Green paint at the side ae a wee cabin. Ah wis lyin oan the grun, lookin at a pair ae muddy wellingtons. The ridge ae a gate wis cuttin intae ma back. That's aw ah mind.

Sumbudy in the next room is movin roond. Wunder could it be her? Mibbe the hail thing wis a dream an she didnae die an she's here, makin hersel a cup ae tea? But the room is no ma gran's or oor hoose an the photo ae the faimily oan the waw is no ma faimily. Oan a table next tae me, there's a wee candle nearly burnt oot.

'Hiya, hen. Yi're awake,' says a wumman, who appears at the door, her short hair tousled by sleep an wan ae her front teeth missin.

She puts a haun tae her mooth.

'Don't mind me, hen. Ah'm gumsy. Ma tooth came oot in a cake last night.'

The dogs start tae bark, runnin oot ae the bedroom towards the front door.

'That'll be oor Charlie. Shut it, Buster.'

It's like being in hospital that time ah got ma tonsils oot, the bed really high up.

'You take yir time, hen. The kettle's oan.'

'Where am ah?'

The wumman laughs.

'Yir at the huts, hen. Oor ain wee heaven.'

'How did ah git here? Ah don't mind. Ah wis high up ... trees.'

'Did yi shelter in the wood fae the rain? God knows how yi found yir way tae here. Charlie, that's ma man, he went tae take the dogs fir a walk, opened the door ae the hut an saw yi leanin against the gate. Whit a fright. Couldnae git over it: how yi were there an the dogs no barkin. They go doolally at the slightest thing. Yi were in some state, hen. Whit oan earth happened? Yir clathes covered in aw that muck. We couldnae git over it, how yi found yir way here in the middle ae the night. It's a wunder yi didnae git hit by a car. They go too fast oan that road.'

'Ah don't know. Ah mind bein lost, an ah think ah hit ma heid but ah don't mind much.'

A man appears at the door, stocky wi bright blue eyes, as if his eyes know a joke that he is jist aboot tae tell.

'Well, if it isnae the ghost fae the forest. Are yi the Grey lady ae the woods?'

'Och, leave the wee lassie alane you. C'mon intae the ither room, hen, ah'll pour yi a nice cup ae tea.'

The way the man an wumman talk tae each ither feels so easy. The place wi its waws full ae photographs an paintins ae whit looks like the cabin, aw different seasons, covered in snow, wi nae path, or surroonded by leaves fae the big trees ah don't mind seein ootside. It's like a hoose in a fairy tale, the wan that Hansel an Gretel found. Climbin oot the bed, ah find ma shoes fae last night. Sumbudy his cleaned them, scraped aw the muck away an ma tights hiv been washed an lie folded, waitin fir me.

When ah enter the room the couple are talkin in a whisper. They stop an turn an look at me. There's a wee stove wi a glass door, coal an some logs burnin inside, right in the centre, against a back waw. Wan ae the dogs is stretched oot in front ae the fire. The wumman goes tae the coal bucket, puts some fresh coal in the stove an when she opens the door, the smell is a mix ae the aw the scents ae the forest, dampness, bracken, grass an trees. She pours steamin hot tea intae three plastic mugs an places a pile ae toast oan a plate. The plastic mugs make it seem like a picnic.

'But whit happened that yi landed here?'

Ah don't know whit tae tell them. Ah don't know if ah've got any mair lies in me.

Then she says: 'It's Erin, isn't it? Yir daddy's been lookin fir yi, hen.'

The door ae the stove is open but ah can see ma smudged reflection in the glass door.

'The polis announced it oan the radio. That yi'd gone missin. They've been searchin evirywhere. Whit happened?'

'Hiv they? Ah didnae know.'

'Aye, hen. Yir daddy made a special appeal. He's been worried sick.'

'His he?'

'Lucky that Charlie remembered hearin it efter the news last night. It wis him helped yi up an brought yi here.'

Charlie says: 'Aye, yi were in some state. Yi kept talkin aboot Oban. Yi asked if this wis Oban an then somethin aboot a deer.'

'Ah don't mind that.'

The wumman says: 'The shock. Probably, the shock.'

Charlie puts his mug oan the table; he stauns up.

'Anyway, ah'll need tae go, ah've got stuff tae git oan wi. Ah'll see yi baith later.'

Openin the door, he lets in the view ae hills an sky.

While he's away, his wife keeps the fire goin an ah sit there listenin tae the sound ae wood spittin in an open hearth, an ootside, birds singin. There's a bird table outside an two swallows dive-bomb it then up in the air, like weans playin tig. They make me think ae Paul an how ah've failed him. Ah'll nevir git tae Oban and he'll mibbee nevir come hame. How come birds always sound happy even though bad things happen?

'You hiv a wee rest, hen, an then when yi feel like it we'll talk aboot whit tae dae.'

'Ah'm so tired. Ah think ah will.'

Ah wunder if ma daddy wore his sheepskin jaicket when he made his special appeal or if he got his words mixed up like he sometimes dis. Ah hope sumbudy helped him.

Ah can feel the breeze fae an open windae. They couldnae

stop me if ah made a run fir it. Ah could easily git past them. Ah'd be faster than them. Ah'm sure ae it. Ah can hear voices but no whit they say.

* * *

This time when ah waken ma daddy's comin inside the hut wi the man that lives here. He looks drowned in his coat as if he's shrunk since a few days ago. There's a smell ae wet suede fae the coat.

'Yi gied us such a bloody fright. Are things that bad?' ma daddy says.

'How did yi find me?'

'The polis spoke tae a wumman called Doris at that hostel. Whit a place fir yi tae end up in. How could yi take a lift fae some man yi didnae know? Anythin could hiv happened. It wis stupid.'

Two lines between his eyebrows seem deeper. Mibbe he put his worries fir me in that ditch.

'Ah'm sorry aboot the paintin. Ah shouldnae hiv painted over it,' he says.

Ah know if ah look away, he'll look at me then.

The poliswumman, who brought him here, is ootside talkin intae her radio. She'll want tae shine a lamp in ma face, ask me questions.

'Ah've some good news, a miracle's happened,' ma dad says.

'Whit's happened?'

'Yi're brother's talkin again, at last.'

It sinks in, my God. That's great news.

'But whit made him speak?'

'It wis him telt me yi phoned an that yi'd some daft plan

tae go tae Oban. Wan good thing's come oot ae aw this carry-oan.'

Ah'm chuffed it wis cos ae me our Paul's started talkin, again.

'Is he comin hame?'

'Mibee wan day, but he needs a bit mair time.'

'Dad?'

'Whit is noo?'

'Ah've lost ma mammy's weddin ring.'

Ma dad looks sadder than ah've seen him since he arrived.

'Ah know.'

'Whit dae yi mean? How could yi know?'

'That wumman at that hostel place, she telt the polis she nicked it. They tried tae git her tae say where it went but she said she sold it tae some man an she cannae mind his name.'

'But ah thought...'

'Yi're safe an that's aw that matters.'

In other words, we won't see the ring, again. But ah wis wrang aboot Donna. Ah hope she's okay.

An then there's Paul. Ah nevir brought him back, efter everythin, ah'm rubbish at this.

'But yi can phone yir brother when we git up the road. Let's git this over wi, let's git yi hame tae Wishy.'

When ah'm back, the telly's oan up full bung as usual an eviry-budy looks pleased tae see me an Anna bursts oot cryin fir nae reason. Later, ah shut the door ae the livin-room an dial the number in Oban. Paul answers: 'Hiya,'

'Hiya, it's me.'

'Ah'm talkin, again.'

'Obviously,' ah say. 'That's good.'

There's silence that goes oan for a while then ah come right oot wi it.

'Whit wis it like when yi went tae the hospital the night ma mammy wis sick, dae yi mind?'

Ah imagin Paul rubbin his foreheid; rememberin might be gien him a pain.

'Whit dae yi mean 'like? Whit dae yi think it wis like?'

'Did she say anythin else? Did she tell yi, whit we should dae noo?'

'No. She wis too sick, she wis...'

Ah knew that wid be the answer but ah hud tae ask.

Then he says: 'Ah've got a question fir yi?'

'Fire away.'

'Yi said yi can hear voices in yir heid, whit did yi mean?'

'Jist as if she's inside ma heid, tellin me whit tae dae.'

'It's the same fir me.'

'Is it, really?'

'A wee bit, aye. But ah kinda like it.'

'Whit dae yi mean?'

'Ah don't know, ah jist dae. It might be worse when we cannae mind the sound ae her voice ...'

Ah nevir thought ae that.

'She left us an ah don't know why.'

'She died.'

'It feels the same.'

There's a space where ah think Paul is goin tae say somethin else but he disnae.

'Ah'll nevir forget.'

'Me, neither,' he says.

'Are yi stayin away fir good?'

There's the longest silence.

'Don't be daft. There's nae fitbaw up here and ah miss the scabby crows oot oor back green.'

Ah've no laughed on the phone fir ages but ah laugh now.

But ah don't tell Paul ah've been hearin a dead poet's voice as well.

Corra Linn

The road goin tae New Lanark is twisty an seems tae take fir ages although it's only a forty-five-minute drive. Anna an me used the curlin tongs oan each other's hair this mornin an she twisted mine intae a plait so ah'm tryin no tae git ma hair lookin like rats' tails. Some ae the laddies at the front ae the bus are eggin oan the driver tae go faster roond the bends but Mrs Kelly's got her beady eyes oan them an so his Mr Naughten, who is a bear ae a PE teacher. Mrs Kelly is massive wi her baby noo.

Sally whispers near the back ae the bus: 'Bet it's twins.' Ah tell her tae shush cos ah don't want any mair trouble efter runnin away. The history teacher, Mr Twaddle, is here as well; he's still sittin, leavin Mr Naughten tae lay doon the law.

When the big door opens wi a whoosh, the people at the front go tae rush forward.

'Hey, you lot, back in yir seats.' Mr Naughten his his airms across the bus, barrin evirybudy's way.

We git the talk.

We've tae stay in pairs.

We've no tae wander aff the beaten track.

We've tae be nice tae the staff at the centre an anyone we meet. We're here representin the school an we've no tae gie the teachers a showin up.

The first sight ae New Lanark is fae the top ae a high path, beyond the car park. The village is like wan big auld fashioned factory wi tall, clean lookin buildins.

Mrs Kelly is stayin up near the bus wi her flask an magazines cos she's too big tae make it doon the hill but Naughten is wi us eviry step ae the way. Some ae the laddies go intae a run doon the hill an when they start they can hardly stop themselves. It's a strain oan calves goin doon. The grassy bits are still soggy but the pavement through the village is dry.

When we git tae the bottom ae the path, the teachers lead us in tae a grim lookin buildin that used tae be the auld school hoose. Ah'm here, at last, but ah'm stuck inside learnin aboot Robert Owen. He's no even ma project. There's ages ae listenin tae the wumman tour guide who talks tae us like we're oor Annemarie's age; she's goin oan aboot how great evirythin wis fir weans here cos they actually got tae go tae school. Ah suppose in those days it wis a big deal. Naughten, at last, says we've got some free time but we've tae mind an meet back at the bus in an hour.

There's a sign that says Falls of Clyde, pointin away fae the visitor centre, towards trees an a path goin up a hill.

'Sir, can ah go there?'

He gies me a look that says ah'm up tae no good.

'Whit fir?'

'Well, that's where the waterfaws are, up alang that path.'

If Mrs Kelly wisnae oan the bus, she'd make the hail class go.

'Och, that's right. That's where the poet went, wasn't it?'

'Yes, sir.'

He shouts tae the class: 'Who else wants tae see the water-faws?' Evirybudy's already dispersin tae picnic tables or back intae the visitor centre tae buy knick-knacks fir their families.

'No very popular is he?'

'No, sir.'

'Ah'll go wi her, sir,' Sally dis history wi Mr Twaddle. She's a prize pupil.

'Coffee, Mr Naughten?' Mr Twaddle looks too hot in his tweed jaicket.

The teachers nod their heids at each ither then Naughten says: 'Right, well, stay oan the path the two ae yi. Be back in good time fir the bus or yi'll need tae walk back.'

Sally an me are no far fae the mill village wi its picnic tables an visitor centre when the roar ae water drowns oot the sounds ae the birds.

'C'mon, that sounds like the Faws.'

Sally traipses behind me till we find a wooden structure that leans oot fae the top ae a hill. We staun inside a buildin withoot a front that's a sort ae viewin area right where the bottom ae the Faws runs in full spate over flat rocks. Two geese skite across the smooth surface ae water landin-another two belly flops at Wishy baths. The water is white where it cascades over rocks an soupy green where it's still as a slab ae glass. A big black crow flies across lookin fir its tea.

Aw alang the path that skirts the water's edge, followin it up tae The Faws, are wee bits ae cardboard wi labels fir names ae plants. The smell that's evirywhere is 'wild garlic.' Another card says 'pink campion' beside a star ae pink. The path cuts right through a wood, aw alang the side ae the water. The wee labels say 'anemone' an 'bluebells'. Sally an me sit oan a bench that his 'Billy an Lizzie,' carved intae the wood. We walk farther alang, until we see a sign wi an arrow that says: Corra Linn.

Sally says: 'Whose Corra Linn?'

'It's the waterfaw, daftie.'

'Sounds like a person.'

'C'mon.'

Noo the walk is steep. Yi need tae really climb.

But Sally's stopped.

'Whit's up?'

She sits oan the grun: 'Ah'm knackered.'

'We're nearly there.'

'But we've been walkin fir ages. Ma feet are sair.'

'Ah'm no goin back efter comin aw this way.'

'We've been away fir ages. The teachers'll kill us if we're late fir the bus.'

'Naw, we'll be fine.' But ah can tell by Sally's face, she means it. Then she stands up.

'C'mon. If we hurry, there's still time tae git tae the café. Ah'll treat yi.'

'Ah've git ma aine money.'

'Ah don't mean it that way.'

The rain starts tae come oan.

'That's it. We'll git soaked up here. C'mon, let's heid back.'

Sally his her haun oot as if she disnae think the rain is real.

'You go back. Ah promise ah'll only take a quick look then come straight efter yi. Yi can tell the teachers ah'm oan the way.'

'Yi're no gonnae run away again, are yi?'

'Naw.'

'It's no jist you.'

'Whit dae yi mean?

'Afore yi moved tae oor bit, ma granny died. Ah used tae see her eviry day.'

'Yi nevir said ...'

'Well, yi nevir asked. Anyway, ah don't like talkin aboot it.'

'Whit wis she like?'

'Och, mental but in a good way. Ah could say anythin tae her.'

'Did yi evir feel it wis your fault?'

She gies me a lang look.

'Naw, cos ma granny wis auld but ah did feel bad that ah'd been cheeky an nevir said ah wis sorry. But whit can yi dae?'

'Ah miss ma mum.'

'Ah know. An ah'm sorry.'

The rain's gettin heavier. Ah can feel it soakin through tae ma skin.

'Yi already gied the talk. Whit is it yi're lookin fir away up here in the middle ae naewhere?'

Her eyes say yi need tae lighten up but ah don't think she means it in a bad way.

'Ah'll se yi back at the bus,' ah say but she's already walkin away.

Another twenty minutes goin up afore ah see the grun stickin oot tae a platform wi the sign, again, Corra Linn. Below, The Faws are white across rocks an ah can jist make oot sumbudy's fishin gear. The river below slices an soars through a forest ae tall trees that seem tae be singin wi the sound ae water as well. Ah sit oan a bench that overlooks the drop doon. When ah close ma eyes, there's only the ongoin poundin sound ae water an a feelin in ma blood like ma blood is poundin as well, as if ma blood an the water sound are the same. The rain is heavier; ma face is wet but ah keep ma eyes closed. An ah do feel it, a sort ae peace inside. Ah'm no sure if it'll last but it's nice.

When ah open ma eyes, there's nae William Wordsworth appears, no even his name carved oan the bench. Whit did ah expect?

'William Wordsworth wis here,' an a rubbish attempt at a quill.

There's only sky an trees an water.

The sounding cataract ...

Like a waterfall. Haunted.

Ah git up an go nearer tae the waterfaw; the water looks dead shiny. When ah look up at the highest point, remember whit ma Aunt said, that mum wid always be lookin doon oan me, keepin an eye. Ah wunder who wis keepin an eye oan her when she needed it? Efter she found oot aboot the diagnosis. Ah wunder if she stood at the windae ae the hoose, watched the stars, bright against the night sky; they seemed close but were a million miles away. Did she imagine sumbudy wis lookin doon at her – God an the saints? A figure in a pink dressin goon; a wumman at a windae. Wi aw the people in the wurld, ma da an the weans in the hoose, she wis alane; totally alane. In the mornin, when we found oor Anne-Marie's school shirt oan top ae the pile ae school uniforms, aw ironed an ready fir the next day, ah nevir thought at the time how she must've done the ironin when she came hame fae the hospital. Ah wunder whit she wished fir? That it wid be completely black so yi couldnae see a thing like in the power cuts.

Ah imagin her listenin tae the cars oan the main road, thinkin it wis nice that there were people still up an aboot. If the wurld wid go oan in a black, silent way like a perfect night that wid be better than days ae light an colour an the sounds ae life goin oan roond yi. Did she wish she wis at hame in Ireland, in the country? There'd be nae street lights there.

In the sideboard drawer she found her writin pad an wan ae ma daddy's bookie pens. She started tae make a list ae aw the people who'd need tae be paid: the milkman, Carpet Club, the Co-op an the telly rental. Blue book an black book. She'd mind tae gie the list tae me in the mornin. In the kitchen, the flair wis clean, smellin ae Dettol; aw the dinner pots shiny, hingin in their places oan hooks above the sink. The cooker hud grease stains. She decided tae ignore it. She wis tired. In a minute she'd go up. Above the door a damp patch nagged fir a coat ae the spare lilac paint. It hud eaten away gradually, always under the surface an nane ae us hud noticed. She made a wee note in her heid tae say tae ma daddy in the mornin.

Passin the lassies then the laddies' room she listened at oor doors. The last year ah've been mad at her fir no sayin mair, fir no tellin us how she felt. But noo when ah think ae it, how could she sit us doon an say those things people say oan the telly when they know they're gonnae die? Those nights ah used tae hear her walkin the landin, as if she wis listenin, an ah wundered whit wis she listenin fir? Whit wis she listenin fir? Mibbe that wan ae us wid hear her, call oot her name. She heard only the snorin ae the laddies an felt her ain beatin heart. But aw this is whit ah think; ah'll nevir really know. Ah've been lookin fir answers an there aren't any. That's the wan thing ah'm sure ae.

An leanin as far as ah can towards the waterfaw, ah say whit ah need tae say.

Shite, the time.

Oan the way back doon the steep hill, alang the wooden path, this time ah run.

At the bus, Mr Naughten his his airms crossed.

'Hope yi don't think yi're gittin oan this bus like that?'

Right enough, ma hair's plastered tae ma face, ma jaiket is drippin. Ah'm in big trouble. Mrs Kelly appears. She looks hot an exhausted. Won't be lang till the baby, noo. She says somethin tae Naughten. He shakes his heid, then ducks back intae the bus. Aw the faces ae the class are lookin at us through rain-soaked windaes.

Mrs Kelly reaches oot tae take ma wet jaiket.

'So, Erin, did yi find oor Mr Wordsworth up there?'

Ah found the sky an trees an the roarin sound ae water.

'Ah saw the waterfaw. Ah saw Corra Linn, miss.' She smiles at me.

'You gied a great talk last week aboot your Mr Wordsworth.'
Once again I see
Somethin somethin ...
little lines
of sportive wood run wild: these farms,
Green to the very door;'

Ah don't really git aw ae 'Tintern Abbey', an ah don't know if whit ah said made any sense tae the class but ah telt them whit ah read, that Wordsworth wis tryin tae make poetry mair like real life, no highfalutin, the way it hud been afore; he wanted tae write aboot ordinary folk an that's why he went oan his journeys. Ah wunder if he wid hiv taken me wi him, if ah'd asked. Probably no. He'd hiv listened tae me then got oan his jauntin cart an written a poem aboot a scraggy wee lassie fae Wishy who tried tae hitch a free lift. Wan ae the laddies in the class put his haun up tae ask a question: He said:

'That Wordsworth must've hud loads a money tae travel aboot an he probably lived in a big hoose an whit aboot the people he wrote aboot, how come yi're no daein a talk aboot them?'

It wis wan ae the laddies who's always debatin the existence ae God.

'Yi've got a good point,' ah said. He wis pure ragin. Some people hate it when yi agree wi them but then eviryone clapped fir me an though ah wanted tae hide in the cleaner's cupboard the feelin passed.

'Erin?'

'Yes, miss?'

'Ah heard you were thinkin of leavin school at the end of fourth year. Is that right?'

'Ah think ah might stay oan. Jist till ah decide whit tae dae.'

'Good lassie,' she says.

'What's that perfume? It's a lovely smell.'

'Ma sister made it.'

'Right, well, we better not keep the driver waitin.'

Rain's stoatin aff the grun an ah'm stertin tae shiver. Ah wunder how Donna is an if she's still hangin aboot the station. Ma daddy took me there but we couldnae find her. Wan day, mibee.

The driver shakes his heid at me as if bein soaked an late is a personal affront tae him; his windae wipers are goin backwards an forwards, makin a racket, an inside the bus smells ae leftover packed lunches at the bottom ae bags. Apairt fae him worryin aboot drips oan the bus, eviryone else his lost interest except Sally who's pointin tae a seat beside her.

There's already a plastic bag oan the seat fir me. When ah sit doon the bus goes intae gear an we start tae move away.

About the Author

A writer and poet, born in Wishaw, Julie Kennedy's work has been published widely in poetry magazines such as *New Writing Scotland*, *Causeway/Cabhsair*, *Southword* and by the Poetry Society. She was highly commended in the Ledbury 2022 Poetry Competition. *Ma Mum & William Wordsworth* is her debut novel.

Printed in Great Britain
by Amazon

45193719R00179